瞳文社
TONGWENSHE

世界 尽头

I'LL WAIT FOR
YOU
AT THE END OF THE

WORLD 等到你

▶ **青林之初** / 著
qing lin zhi chu

R 天津出版传媒集团
天津人民出版社

图书在版编目（ＣＩＰ）数据

世界尽头等到你 / 青林之初著. — 天津：
天津人民出版社, 2014.12（2020.3重印）
ISBN 978-7-201-08988-1-01

Ⅰ.①世… Ⅱ.①青… Ⅲ.①长篇小说－中国－当代
Ⅳ.①I247.5

中国版本图书馆CIP数据核字(2014)第264825号

世界尽头等到你
SHIJIE JINTOU DENGDAO NI
青林之初　著

出　　版	天津人民出版社
出 版 人	刘　庆
地　　址	天津市和平区西康路35号康岳大厦
邮政编码	300051
邮购电话	（022）23332469
网　　址	http：//www.tjrmcbs.com
电子信箱	reader@tjrmcbs.com
责任编辑	玮丽斯
装帧设计	梦　柔
制版印刷	三河市华东印刷有限公司印刷
经　　销	新华书店
开　　本	660毫米×960毫米　1/16
印　　张	18
字　　数	244千字
版权印次	2014年12月第1版　2020年3月第2次印刷
定　　价	46.80元

目录
CONTENTS

目录
CONTENTS

I'LL WAIT FOR
YOU AT THE END
OF THE WORLD

▶ Chapter 1　不曾遗忘

命运冰凉的枯爪正残忍地慢慢地探入她刻意封闭的记忆，妄图撕碎她所有强行的伪装，
揭示沉浮于记忆深处的一幕幕悲欢离合。

（1）

出了酒店开车上三环，转上机场高速时，乔萝接到了助理关欣打来的电话。

"乔总，珠宝部的预展都布置得差不多了，这次秋季拍卖的拍品因为比以往都多，为免酒店安保出现疏漏，还有几份贵重的拍品依然放在银行保险箱，等到预展当天再运过来。还有，我们在预展期间安排的珠宝讲座，唐士英大师已经答应来做演讲人。"

"非常好。MG银行的回复呢？"

"他们私人理财客户部已经联系了五十名对珠宝感兴趣的VIP客户来参加，具体的活动流程一如以往。事业部提供的这次将参与拍卖会的贵客名单已经出来了，您要是不方便，我把名单报给您确认一下。"

报到最末时，乔萝听到了一个陌生的名字，皱皱眉："LH基金章白云？"

"这是新崛起的一个金融公司，资本非常雄厚，那个章白云的背景也很深，好像和梅氏有关。"

梅氏……乔萝怔了怔，在封闭多年的心绪翻涌之前，连忙转移了思绪："小欣，我现在去机场接个人，待会儿凌董可能会来视察预展现场，你帮我接待一下。"

"可是……"关欣有些迟疑，提醒她，"现在已经四点半了，昨天我接到King&River律师事务所江律师助理的电话，约了您五点在公司见面。"

"我知道。他是来看Harry Winston祖母绿钻石项链的，你带他去银行看就行。"

乔萝话语很平静，态度竟然再公式化不过。

关欣在那边听着暗暗叹气，心想：自己的这个上司和那个江律师明明在名分上那样亲密，现实交往却如此冷漠陌生，彼此之间毫无互动，平日的通讯电话尽是由助理之间联系，真是让人看不明白。

乔萝挂了电话，加快车速，现在还不是交通高峰，因而一路走得顺畅。

乔萝摇下车窗，初秋的风还未退去盛夏的暖意，拂面极惬意。只是夕阳炽烈，斜照入眼未免不适，她从包里拿出墨镜，戴上。

缤纷的世界在墨色镜片前迅速沉淀下来，入眼的时空有着定格的美，对她而言，这样才是安宁的。

首都机场T3航站楼，接客层。电子屏幕上显示从悉尼飞往北京的NF航班还有半个小时才抵达。时间还很宽裕，乔萝不紧不慢地走到出闸口，想起附近有个咖啡店，寻思着去那儿坐等。

不料到了咖啡店前，迎面却看到一个熟人。

"乔总？"童依依穿着职业套装，小小的、白净的脸蛋上化了裸妆，虽然长发依然扎成马尾辫，但成熟干练的举止早非乔萝第一次见她时局促害羞的模样。出了校园刚刚半年，就被江宸调教成这样，真是不可思议。

乔萝含笑望着她："你怎么在这里？"

童依依手上拿着两罐咖啡，站在乔萝面前多少有些不自在："乔总，你是来接江律师的吧？我不知道你今天回来，江律师没有说……"

"我是来接我朋友的。"乔萝心平气和地问："江宸出国了吗？"

童依依怔了怔："是啊，江律师在办一个跨国收购案，已经去德国一个月了。乔总不知道？"

"不知道。"乔萝听着耳边传来新一趟航班抵达的播音，微微一笑，"LH7320，从法兰克福飞回的，是不是江宸的航班？"

"啊，对对！"童依依清醒过来，忙说，"乔总，抱歉，我先走了。"又想到乔萝的身份，又停下脚步，红着脸问："乔总不一起去接江律师？"

"不了，你去吧。"乔萝温和地拍拍她的肩，"我等我朋友。"

"那……乔总再见。"童依依咬咬红唇，急步离去，脚下的高跟鞋笃笃敲击地面，马尾辫随之一晃一荡，尽显飞扬多姿的青春。

乔萝看着她离去的背影，忽然想起五年前的自己，刚从国内出发去美国留学时，似乎也是这般踌躇满志，充满活力。只是她的青春比任何人都来得短暂，那突如其来的意外早早地将她的灵魂困锁于黑夜中，即便是由心地喜怒哀乐都不能够，又何来飞扬无忌的青春？

她不禁苦笑了一声。

坐在咖啡店里喝了一杯热巧克力，听到又一航班抵达的播音响起，她这才起身，心不在焉地走到出闸口。等候片刻，终于看到那个红色身影出现在人流中。

"萝萝！"顾景心笑着奔上前。

麦色肌肤，乌瞳白齿，衬以利落潇洒的短发，真是一个既秀气又健康的美女。只是美女走路却不顾形象，那身红裙在她疾跑时如同火焰一般，简直是一路燃烧过来。

乔萝被她的气场惊到，在左右行人投来的目光下讪讪道："景心，你要不要这么隆重？"

"虽不是衣锦还乡，但也算载誉而归吧，怎能不隆重？"顾景心张开手臂给了乔萝一个大大的拥抱，"叶晖那家伙这个时候竟敢放我鸽子，还好你能来接我，真不枉我数年如一日地在南半球对你日思夜想、念念不忘啊！"

"浪子在外漂泊够了吧？"乔萝由衷地微笑，"欢迎回到祖国的怀抱。"

顾景心往她怀里蹭："这就是祖国的怀抱啊？好温暖好柔软好香啊！"

"一边儿去！"乔萝笑着推开她。

两人一路说说笑笑地往前走。顾景心移民澳洲十年，虽然期间偶尔回来过，但上一次距今已经三年了，尤其是和少时的死党乔萝两年多没有见面，谈话间恨不能诉尽这段时间的世事变迁。两人手舞足蹈的，十分兴高采烈。

直到车出了航站楼驶上高速，顾景心的笑谈声依旧不绝于耳。乔萝心中感激她的回归，让自己在久违的老友相处中找到了曾经的快乐和温暖。她暗问自己，多久没这样笑过了？

似乎是九年前，又似乎是五年前……命运冰凉的枯爪正残忍地慢慢地探入她刻意封闭的记忆，妄图撕碎她所有强行的伪装，揭示沉浮于记忆深处的一幕幕悲欢离合。

（2）

进入城区，正是晚高峰拥堵的时刻。乔萝的车技再好，在庞大的车流中也难以施展，到了八点，才将车停在事前约定好的饭店前。

这家饭店年代久远，外表看起来只是普通的现代饭店装潢风格，内部布置却别具特色。这也是顾景心在国内最喜欢的一家餐厅。她在长途飞机上没正经吃过东西，一下车就轻车熟路地往大堂走。

"你慢点儿，订的位子不在大堂，在这边！"乔萝拉住她，带着她走向大堂后面庭院的包厢。

推开包厢的门，里面一片黑暗，好在这是临水的雅室，没有实墙封闭，外面的灯光透过飘动的软纱，依稀能映出室内人影模糊。

"熄了灯做什么？"顾景心盯着那黑影，"这是给我惊喜，还是给我惊吓？"

乔萝哭笑不得地轻咳一声，将她推了进去。

黑暗中听到"嚓"的火苗轻燃声，顾景心吃惊地看到，她的男人从室内摇曳的烛光中捧着鲜花盛装而出，单膝跪地，面对着她。

"叶晖？"顾景心猛然意识到他的意图，心跳得厉害，支支吾吾地说："你……你不是临时有要紧事出差去了吗？"

虽然被她开门的第一句话险些毁了兴致，叶晖还是竭力按捺情绪，星目朗朗，深情地看着她："我一直在这里等你回来。当初你告诉我这是你父母初识并定情的地方，你羡慕他们的浪漫，想有一天也能拥有那样的爱情。今天，我也很想和你在这里情定终身，以你的父母为榜样，携手一生，此志不渝。"

"什么啊？"顾景心听得起了一身鸡皮疙瘩，大叫，"叶晖，你别耍我！"

叶晖深呼吸，忍耐再忍耐，继续一字一字地说："景心，我们相爱八年了，八年虽然不短，却也不长。我想再和你相守八十年，可以吗？"

顾景心望着他情真意切的眼睛，涨红了脸，这次却叫不出声来了。

叶晖掏出戒指举到她面前，微笑道："景心，嫁给我吧。"

事前准备的话说得一字不漏，虽然被求婚的人反应有些异常，不过这也是预料中的事。

乔萝松了口气，含笑沉默，静静地望着眼前的两人。

"别跪着了。"顾景心难得害臊起来，拉叶晖，"你在澳洲不是已经问过我了吗，我不是也答应了，怎么回来了还有这么一出？这样演戏给谁看啊？还这么没创意，我虽然羡慕爸妈，但你就不能换个地方？"

叶晖正跪得腿颤，闻言脸色发黑，咬牙低喊："顾景心！"

"是！"顾景心终于在一个激灵下清醒，扑到他怀里装温柔，"我嫁给你，嫁给你！什么时候娶我进门？"

叶晖嘴角一抽，不想说话了。

"好了，皆大欢喜！"乔萝这才开口，"那我功成身退了。"

见她转身就要往外走，叶晖忙说："乔萝你等等。"

室内不知谁亮了灯，华彩骤然铺泄眼前。乔萝转过身，本是含笑看着那相拥的二人，目光无意一瞥，却见室内还有第四人。

那人懒散地倚着墙壁，站在灯光暗淡处，俊美的眉眼略带疲惫，望着乔萝，冷淡地一笑。

"江宸？"顾景心蹙眉，冷着脸瞪一眼叶晖。

"阿宸也是刚下飞机，我打电话让他过来的。"叶晖对她二人解释，殷勤地说，"我们四个好不容易又聚在一起，一起吃顿饭吧。"

既然他这样说，乔萝也不便推辞，笑着说："这样特殊的日子，是应该好好给你们庆祝一下。就是不知道江律师忙不忙，有没有闲暇和我们吃饭？"

江宸淡然扬眉："我今晚有没有闲暇，你不清楚？"

他话中的意思乔萝再明白不过，微笑道："我原以为我很清楚，可是看见你在这里，却有些不清楚了。"

"当然，你总是自以为很清楚。"江宸轻飘飘地接过她的话，"这么多年，大概谁都没有你过得清楚。"

眼见乔萝面色微变，他唇角上扬，倒有了几分笑意，也不管旁人目光如何，反应如何，他先走到餐桌旁坐下，按了桌上上菜的提示灯。

叶晖是知道他们二人过往纠葛的，朝顾景心使尽眼色，才换得顾景心拉长着脸不情不愿地拖着乔萝，低声说："看在我的面子上，一起吃顿饭吧。"

乔萝被她按在江宸身旁坐下，看着小心翼翼笑谈热场的叶晖和顾景心，心中苦笑：自己从来没想过会和他生分到这个地步，然而世事变迁，他和她的关系从始至终都背离一切能预想的方向，朝一条难以望清未来的不归路扬长而去。

　　四人不尴不尬地用完晚饭，随后兵分两路。顾景心和叶晖另觅宝地庆祝求婚之喜，饭桌上喝多了酒微醉的江宸则坐上乔萝的车，开往名义上他们的"家"。

　　一路两人都保持沉默，江宸靠在副驾驶座上看了会儿夜色，还是抵挡不住疲倦和酒意闭目休息。车外车水马龙，不胜繁华，车中却是沉寂一片，乔萝甚至能听到身旁的他轻微而深长的呼吸。在一个路口等绿灯时，她忍不住侧头看了身旁的人一眼，这才见他双眸紧闭，面容安详，已经沉沉睡去。

　　他似乎比两个月前看到时瘦了些，下巴胡楂隐现，这是多久没有好好收拾自己了？

　　也只有在他睡着时，她才可以无所顾忌地打量他。

　　为了让他能睡得安稳些，乔萝放慢车速。从饭店到住宅并不远的路程，她却开了整整一个小时。到了小区外，乔萝没有开去地下车库，而是将车停在路边树荫下。

　　睡梦中的他应该感觉到了什么，有些迷蒙地睁开眼。穿透树荫的稀疏灯光斜射入车内，照得他脸色有些不正常地泛白。

　　"你醒了？"乔萝看看窗外灯火并不繁密的小区，随口说，"到家了。"

　　"家？"江宸冷冷一笑。

　　他解了安全带将要下车时，胃突然一阵抽痛，疼得他轻轻一哼。

　　"怎么了？"她望过来，漆黑的眼眸里满是关切。

　　他却视若无睹，手掌紧紧按着胃部，快步走出车外。他想呼吸一口清新的空气，谁知胃部痉挛更为厉害，他弯腰俯身呕吐起来。

　　身后有人扶住他，柔软的手心轻轻拍着他的后背，递给他一瓶矿泉水。

　　他漱过口，在她的搀扶下缓缓站直，她看着他，唇微微翕动，欲言又止。

"你回去吧。"他突然有些筋疲力尽。

乔萝看着他缓步离去，看着他的身影消失在小区门口的树荫花丛间，许久，才转身坐回车中，久久没有启动车子离开，就这样看着不久之后某个楼层的窗口亮起了灯光。

原本是温暖的灯光，此时看起来，也依然温暖，只是在她眼里，却遥不可及。

乔萝这一夜睡得极不安稳。

那白衣白裤的身影，那青春靓丽的背影，还有夜色下江宸与自己的对望……重重思绪的累加终究汇成一柄指向过往的犀利长剑，在她的睡梦中侵入她封存的记忆，在她无力阻止时刺碎她的神经并长驱直入。

梦中浮现的是熟悉又遥远的江南小镇，青河长流，夕阳西下。白衣少年的面容模糊在温暖的光线中，温润的声音在她耳边含笑说："小乔，等我。"

他将留恋的吻印在她的眉间，在她感觉幸福快要溢出胸膛时，他却突然狠狠推开她——阴风席卷，黑暗中时空逆转，骤然是大雨倾盆的夜，她被淋得浑身湿透，手足无措地趴在冰冷湿凉的山间公路上，哭喊那个少年的名字。然而他却无动于衷地躺在那里，面容安详，任鲜血将他的白色衬衫染成殷红。耳边陷入死寂，风雨声皆不可闻，她只听到自己粗重的呼吸声和不顾一切地凄厉嘶喊。远方有强光袭来，她惊恐回望，却被光亮刺得眼前又陷入黑暗……

"秋白——"她在再一次失去他的绝望中窒息挣扎，继而大汗淋漓地从梦中醒来。

睁开眼，房间里灯光昏黄，寂静的夜里只有她惊魂未定的急促喘息声。

她摸到床头柜上的水杯喝了几口凉水，稳住心神，侧过头，看着摆在窗边梳妆台上相框里的少年。

睡梦中模糊的面庞终于清晰地呈现在面前，她无助地伸出手，冰凉颤抖的指尖隔空触摸照片里少年如墨染就般的眉目。

那是青葱的岁月里她收藏的唯一有关他的照片。

唯一的，也是永远的。

一夜无眠，第二天的脸色未免难看，乔萝只得化了浓妆遮住倦色。

因秋拍预展接近，乔萝一日的工作极为忙碌，早餐后先与展览部的同事去酒店再度确定了珠宝部门陈设展厅的布置，中午又赶回公司，向她的上司、嘉时拍卖董事长凌鹤年引荐香港的几位新锐珠宝设计师。下午看了设计师们带来的作品，她又从中精挑细选了十六件作为此次主场之前珠宝部门小型专场所用的展品，然后召集整个部门开会，正式布置秋季拍卖预展的各项流程。

等她好不容易能歇下来喝杯茶时又接到顾景心的电话，问她下班后要不要去逛街。

乔萝疲惫地靠在椅子上，本要拒绝，转念一想，却说："好，六点半在国贸见。"

顾景心怀着吃喝玩乐的兴致匆匆而来，却不料乔萝带她去的是一家新开张的艺术品店，顿时不满地噘起嘴："你干吗，下班还顾着工作？来这店里买什么，我又不装修房子。"

乔萝却挑得仔细，淡淡地说："江校长马上八十岁大寿了，我得挑个礼物。"

"江校长？"顾景心啧啧直摇头，"他可是江宸的爷爷，你一口一个校长的，不怕别人听得生疏？"

乔萝对她话里话外的试探毫不理睬，只耐心看着店里的商品，似乎挑得全心全意。

　　顾景心对着她继续感慨："不过你既然不叫爷爷，又何必这样费心买礼物？真不知道你这孙媳妇是尽职尽责呢，还是虚情假意、表面功夫做得好。"

　　乔萝仍当没听到，拿着一个白玉雕刻的骏马正观望时，顾景心终于忍不住问："萝萝，你和江公子真的没有挽回的余地了？"

　　"我说你刚回国怎么不黏着叶晖，就着急找我逛街，原来是身负使命。"乔萝似笑非笑地看她一眼。

　　顾景心有些脸红，嘴里却嚷嚷："就算我别有目的也没错啊，叶晖是江宸的表哥，我以后就是他的表嫂。虽然再不待见这小子，以后也算是沾亲带故。况且这小子一直对你真心相待，别人不知道，难道我还不清楚？"

　　乔萝微笑不语，放下玉马，继续看别的。

　　顾景心看着她满不在乎的样子，怒其不争，忍不住又说："我就不明白，你和江公子比我们谁都认识得早，算是青梅竹马长大吧。你当时和他关系那么好，就算是他高中一毕业就去了美国，可你大学毕业后不也去了吗？而且没多久两人就结婚了。这样的关系，这样的感情，怎么都比别的情侣强，可为什么等你们回国时就闹得水火不容，以致如今长久分居的地步？"

　　乔萝脸上的微笑在她的连声追问下终于挂不住，面色微微发白。

　　顾景心凑近她，压低声音问："总不会是江公子有外心了吧？我看他身边也没有什么桃色绯闻啊。还是……你们在国外的时候发生了什么事？"

　　"你别猜了。"乔萝语气忽冷，眼底涌动着疯狂的暗潮，脸色比刚才更为苍白。

　　顾景心一怔："萝萝，你怎么了？"

　　乔萝也意识到自己的失态，随手取了一套文房四宝交给服务员包装，淡淡地说："不关江宸的事，只是我不够好而已。"

Chapter 1
不曾遗忘

　　"你不够好？你哪里不好？难道是你变心了不成？"顾景心明显不以为然，数落她，"不是我说你，你现在确实怪怪的，又沉闷又无趣！当初那个乔萝去哪里了？"

　　"当初的我去哪里了？"乔萝苦笑了一下，"我也想知道，当初的我去哪里了。"

　　顾景心再大大咧咧，也听出了这话下的万千惆怅和伤感，细细看了看乔萝，终于不再言语。

　　三天后嘉时拍卖的秋季拍品预展活动正式开启。

　　早在预展前一个月，新出的拍品图录已陆续送到意向买家手中，杂志报纸上的广告也都刊登完毕。从预展开始的那个周末，乔萝便将拎着行李箱入住展厅所在的酒店，一是方便随时照顾到现场突发状况，二是不少外地赶来的意向买家都住在附近，方便洽谈事项。

　　因凌鹤年统掌下的嘉时拍卖是国内顶尖的两大拍卖行之一，其预展和拍卖时间通常是业内风向标，许多小的拍卖公司为抓住外地潜在买家，只得紧贴大的拍卖行拍卖时间，相继开放预展。

　　预展第三天，周末已经过去，展厅里客流已不如前两天多，看热闹的显然少了，真正的潜在购买者多了起来。

　　这天下午，乔萝所带领的嘉时拍卖珠宝部和MS银行私人理财客户部联合举办了英式下午茶讲座，邀请银行私人理财俱乐部五十名VIP客户，来听香港著名珠宝设计大师唐士英的专题演讲。

　　唐士英是为数不多享有世界声誉的华人珠宝设计师，乔萝平时虽和他接触较多，但这样充满个人风格的关于珠宝设计与审美流行的专业讲座，她也是第一次听到。

　　乔萝在角落里找了个位子，听得入神时，关欣轻步进来，在她耳边低声说："乔总，LH基金的章白云先生在外面看拍品，他对Orpheus蓝宝石钻戒非常感兴趣，想和您见面聊聊。"

"章白云？"乔萝愣了一会儿，才想起这人是今年事业部在买家名单上新添的贵客。这样的客户确实需要自己亲自接待。乔萝和一旁主持讲座的工作人员简单交代一下，便随关欣出了讲厅。

珠宝拍品预展大厅里，远远看见一名西装笔挺的男士坐在沙发上，正翻看拍品图录，工作人员陪在一旁讲解。

关欣在乔萝耳边说："那位就是章先生。"

乔萝点点头，近前微笑着伸出手："章先生，让您久等了。"

低头看着图录的黑衣男子抬起头来，微微一笑，站起身时，手不轻不重地握着她的手，视线不经意地望入她的眼眸，微微一笑："乔小姐，久仰。"

面前这个人面庞冷肃，目光沉静，看起来是个不苟言笑的人。可乔萝对上他的目光时，不知何故，心中猛然一颤。

乔萝让关欣把Orpheus戒指从展柜中取出，取了两双白手套，其中一双递给章白云。

"这就是珠宝大师唐士英以希腊神话为灵感设计的戒指？"章白云将蓝宝石戒指拿在掌心端详，望着戒指两侧雕镂细致的镶钻竖琴和夜莺鸟，衷心赞叹道："国际大师的水准果然不同凡响，确是难得一见的精品。"

乔萝笑道："章先生眼光不错，这是唐大师设计三年才出的作品，您若是感兴趣，拍卖那日不妨前来竞价。"

"一定。"章白云将戒指放回匣中，忽道："不知戒指戴在真人手上是什么样子，乔小姐可以试一试吗？"

"当然可以。"乔萝摘下手套，将戒指套在左手中指上，"章先生觉得如何？"

"比我想象中的要美很多。"章白云低叹。

Chapter 1
不曾遗忘

这话并非虚言推崇，纤纤素手衬以灵光闪耀的蓝宝石、流光晶莹的细钻，的确美得惊心动魄。

乔萝刚要摘下戒指时，章白云却伸手轻轻握住她的指尖，彼此的肌肤隔着他手上的一层白手套，乔萝却依然能感觉出他掌心的冰凉。

章白云好似随意地问："乔小姐这双手，细长灵敏，幼时是不是练过古琴？看你本人气韵也像南方人，眉眼更有几分江南烟雨的影子。乔小姐，你知道江南有个叫青阖的小镇吗？"

他竟然将如此唐突的话在此时说得水到渠成，乔萝脸上的笑意终于退去了几分，慢慢将手抽回，取下戒指，让关欣重新把戒指放回展柜，才对章白云笑道："章先生既对戒指感兴趣，那在正式开拍之前，我们会有工作专员与您保持联系。里面还有个讲座需要我照看，就先失陪了。"

章白云淡然一笑："好，乔小姐请忙。"

乔萝回到讲厅，就算唐世英此刻的演说再精彩绝伦，乔萝也只觉得是嗡嗡一片杂音。她坐在没人关注的角落，这里灯光暗淡，诸影模糊，让她觉得安全。

青阖、青阖……

章白云看似不经意提及的地名，让她瞬间思绪翻涌，方寸大乱。

（3）

这个周四是江宸爷爷江润州的八十大寿。乔萝和江宸的婚姻关系虽名存实亡，但仍背负着孙媳的身份，这种全家团聚的时刻，不得不出席。而且江润州是她一向敬重有加的长辈，为了不让他看出她和江宸形同陌路的关系而感到失望，乔萝特地和公司请了假，约好让江宸来接她一起去江润州的住处。

江宸向来是恪守时间观念的人，早上十点，乔萝走出酒店时，果然见那辆黑色路虎已停在路边。

乔萝走去径自打开后车门，坐上车。江宸正半躺在车座上闭眼休息，对她的动静不闻不问。

乔萝等了一会儿不见他发动车子，皱眉说："出发吧，爷爷住得远，再不走就赶不上中饭了。"

江宸这才有些不情不愿地睁开眼。秋阳斜射入车内，映着他苍白的皮肤，呈现淡淡的青色。

乔萝对他今日格外迟钝的反应感到纳闷，探身看他一眼，皱眉："你又连续熬夜加班几天了？看你这样是要神游太空，还是我开车吧。"

"好。"江宸略略怔了一下，便移去副驾驶座坐下，顺手取过一旁备放的三明治，只吃了两口，便放了下来。

乔萝系安全带时余光瞥到他难以下咽的痛苦表情，眉皱得更深："你是不是早饭又没吃？这样折腾下去，你的胃还要不要了？快把三明治吃了。"

江宸瞥她一眼，慢慢地、勉为其难地把三明治吃完。

"你的胃痛怎么样了？我让你助理这些日子多熬点粥给你吃，胃痛好些没？"

"劳你关心，我肠胃健康，五脏完好。"江宸言辞淡淡，"不比某些人没心没肺，有空还是多多操心自己吧。"

乔萝一口气被堵在胸口，沉着脸一声不吭，在拐弯的地方猛然加速，车子打旋一样飘出去，唬得两旁的车辆狠狠刹车让道。

一片鸣笛谩骂声从车后传来，江宸不动声色地放低椅背，再次闭上眼眸。

车内空气不再流通，两人也不说话，极静的环境中乔萝清晰地听到他略显粗重的呼吸声，过了一会儿，又听见他刻意压低的断断续续的咳嗽声。

她忍了再忍，还是忍不住问："你是不是生病了？要不要去医院？车上没药吗？"

Chapter 1
不曾遗忘

他神色冷漠，轻笑："和你有关系吗？"

"无关。"乔萝咬牙切齿，握紧方向盘，"我只是不想让爷爷担心。"

"既与你无关，那请不必再问。"他眉眼间满是嘲讽之色，头转向另一侧，过了一会儿，还是撑不住周身蔓延的疲累，睡了过去。

路过药店，乔萝停车买了矿泉水和药片，回车上摇醒江宸。他已经睡得颇有些不省人事，迷迷糊糊的，在抗拒中喝下药，而后倒下继续睡觉。乔萝伸手摸了摸他的额头，体温已经烫得不像话。

好在这天路况格外顺利，原本一个多小时的路程她只开了四十分钟便到了京郊西山下的那片别墅区。

江润州的八十大寿本不想大摆筵席，只一家人能团圆着吃个便饭也就罢了。但他曾是国内最著名学府的校长十余载，学生故旧遍布五湖四海，即便是没有丝毫刻意去宣扬，此次闻讯赶来拜寿的宾客还是络绎不绝。

连绵的车辆将清静空旷的别墅区挤得水泄不通，江家这时候里里外外都是前来贺寿的宾客，乔萝知道江宸这种状态不太好出现，将车绕过江家住宅，停在了后院。

江宅后院有栋独立的小楼，平时收拾出来当客房。乔萝扶着江宸上楼，正好碰到江宅的女佣冯阿姨，她一见到江宸的样子自然很吃惊："这是怎么了？"说着忙过来扶人。

"感冒发烧了，我扶他来这边休息一下。冯阿姨，你暂时先别惊动爸妈和爷爷。家里不是有药箱吗？帮我拿几片退烧药来吧。"

冯阿姨应声去了，很快就拿了药来，乔萝看着江宸吃下去，才扶他躺下，替他盖好被子。

江宸烧得全身绵软乏力，微微睁开眼睛看着她。她眼睛的颜色一向比别人深，此刻在这样的光线下，眼瞳如琉璃一般，却也将疏远与冷淡表现得再明白不过。

也许是此刻被烧得有些迷糊，不知为何他竟想起初见她时，夕阳下的那嫣然一笑。

那时她看着他，眼眸总是带着温度的，每每对视，总似有万千花蕾在她的眼中盛开。不过那并不表示她对他由衷地欢喜，因为他见过那对黑瞳彻底燃烧的样子，如同一团野火，盛满致命的浪漫与无限的激情，将那个人的身影在她的眼眸深处缠得密密麻麻。

药性渐渐上来，眼睑不受控制地闭上。

是她欠了他的。他突然想起。

可为何每次相处他总在下风，她高高在上地俯视着他，让他无可逃避地羞惭？

说到底乔萝也是今日寿宴的主人之一，江宸虽然病了，但她也无法以这个借口消失一整天。等江宸熟睡后，乔萝交代了冯阿姨几句，便去了江宅。江宅里帮忙的人已有不少，乔萝见一切有条不紊，她便在江润州面前露了一脸，送上礼物，说了祝寿的话，又回到江宸那儿守着。

江宸仍安稳地睡着，冯阿姨拿走他额上敷着的湿毛巾，在冷水中镇了镇，又重新给他敷上。

"小宸中午起来喝了碗粥，吃了药又睡下了。"冯阿姨悄声告诉乔萝，"之前量过了，体温降了些。"

乔萝轻声说："谢谢阿姨照顾他。"

冯阿姨笑着摇摇头，出了房间留他们二人独处。

乔萝坐在床边，看着江宸的睡容。

江润州已过世的夫人是中葡混血儿，因而其后代都头发卷曲，轮廓深邃，带有明显洋化的特征。病中的江宸脸色极为苍白，衬着他浑然天成的俊

I'LL WAIT FOR
YOU
AT THE END OF THE

WORLD 等到你

美五官，不知为何竟让乔萝想起了传说里中世纪那些终年不见天日的贵族吸血鬼。

睡梦中的他忽然不安地动了动，手伸出被外，将额上的湿毛巾拨开。

乔萝皱眉，手背贴上他的额头，见温度的确降了很多，便将湿毛巾放回盆中。

再看向他时，他的脸庞已微微朝右侧，眉眼对着光亮的方向，渐渐舒展。乔萝想，是不是只有在这个时候，两人相处时他才能敛去所有逼人的尖刻与刺人的锋芒，安宁沉静，一如年少的时候？

傍晚的时候，江宸醒来，她正百无聊赖地翘起指尖在桌前做弹琴状。感觉到身旁有人注视，她侧过头，对上他大梦初醒的目光，一笑："醒了？"不等他回答，她拿了从江宅带过来的干净衣服，又说，"你去洗个热水澡，再换衣服吧。晚宴快要开始了。"

江宸并不去接衣服，只是静静看着她的眼睛，指望能从里面找出她今天异常温柔的缘由。然而她只从容淡定地笑着，让他并不能得其要领。修长的手指揉了揉眉，说了声谢谢，他便接过衣服，进了浴室。

乔萝耐心地在外面等着。

十五分钟后，果然见他只围着一块浴巾，不顾发上、身上水珠直滴，就走到她面前。

江宸盯着乔萝，眉目一时黑得凛冽，慢慢地道："你是不是有什么事还没和我说？"

"对，有件事是想和你商量下。"乔萝微笑以对，"寿宴后趁着全家人都在，不如通知一下长辈们我们要离婚的事？"

江宸难以置信地盯着她，恼火地说："今天是爷爷的寿辰！"

"你觉得我们能瞒着他到几时？" 乔萝脸上的愧疚与抱歉并非虚假，看着神色僵硬的江宸，轻轻一笑，"阿宸，我们的自欺欺人还要维持到什么时候？"

"自欺欺人？"江宸一字一字说着，盯着她，眼中的愤怒一点一滴地消失，取而代之的是寒流下骤起的风暴，正将他所有的情感冰封。

"对不起，我让爷爷失望了，也让你失望了。"乔萝低下头，真心诚意地说道，"江宸，事已至此，我们拖不下去了，放手吧。"

"放手？"他冷笑，厌恶而又痛恨地说，"你别忘了，是你欠我的，我还没有开口，你没有资格要求我。"

乔萝忽感悲伤："是我欠你，我会还你。你要我怎么还？"

"怎么还？"江宸伸手抬起她的脸，"我要你做一个妻子该做的，你能吗？"

乔萝说："只是这样？"手指轻解衣扣，竟毫不迟疑。

"小乔！"江宸紧紧握住她的手指，终于感到绝望，"你以前不是这样的。"

"只要是我能做到的，我都可以给你。"乔萝悲哀地说，"可是阿宸，我的心早已死了，你没有必要再和我纠缠在一起。"

"心死？"江宸垂首，将她抱入怀中，唇贴在她的耳边，轻轻地说："如果我说，孟秋白的死不是因为你，而是因为别的女人。你的心还会死吗？"

怀中的人一语不发，面色木然，让他在这一刻终于下定决心，从随身的文件包里抽出一沓文件，递到她面前。

"是什么？"乔萝的心突然抑制不住地颤抖。

"你想要知道的真相。"江宸薄唇微启，吐字无温，"他和她，死前的真相。"

乔萝的面庞骤然血色全无，目光愣愣纠缠在文件夹上，半晌儿，才移步上前，颤抖着手打开。

那是他和她死亡时的照片，从现场到太平间。他和她生前都是那样美好的人，死的时候却猝不及防，血肉模糊，支离破碎。

　　乔萝双手冰凉，一张张翻过文件，一次次眩晕。她浑身战栗，只觉窒息般万分难受。照片后，是警方记案的详细资料。她强迫自己冷静下来，一行行看清资料上的字。

　　死者最后的通讯记录上，警方明确记录在档：孟秋白手机最后一通电话，乔欢手机最后数通电话，果然都是打给当时江宸的号码。

　　"他……他们……"

　　"你想问他们打给我说什么，是吗？"江宸不知何时已穿戴整齐，走到她面前，不疾不徐地问。

　　手指无力，所有的照片和文件散落了一地。乔萝什么话也说不出，抓住江宸的衣袖，在绝望中希冀地望着他。

　　江宸却拨开她的手，弯腰拾起资料，一张张重新理齐。他神色冷淡，目光异常平静，像是说着与他完全不相干的事："我和你要结婚的消息，你告诉了孟秋白，是期望能以此刺激他挽回他吧？可惜，他却并没有任何挽回的意思，他打电话来祝福我。不过电话被乔欢听到了，你发的照片也被乔欢看到了，她最后的电话都是打给我的，她最后和孟秋白上路，也是来找我的。"

　　乔萝目光涣散，哀声说："秋白……"

　　"是，你的秋白，打电话来祝福我，而不是你想象的那样，他出车祸是因为要来阻止你我结婚。"江宸望着乔萝微笑，"他若爱你，怎么会甘心拱手把你送到我的怀里？而他在那辆车上只有一个原因，为了阻止他心爱的女人来找我。警察说，正是因为车上两人的激烈争执，才会发生车毁人亡的惨剧。"

　　"如此？"乔萝嘶哑着声音问。

　　"是。"江宸点头，"仅仅如此。"

　　他俯身从矮桌上拿起一个黑色记事本交到乔萝手上："如果你还不信，这是乔欢生前的日记，我在他们公寓收拾遗物时找到的，你看完了也许一切就都清楚了。"

接下去的一整个晚上，乔萝都如毫无灵魂的木偶被江宸牵着，勉强应酬着寿宴上的来宾。她坐在主桌旁，手藏在桌布下，在无人注意的地方轻轻探入随身的包中，摸着那个记事本。

本子的皮面极软，指尖触过的地方光滑无纹，大概也是乔欢昔日经常摩挲的——这个念头在脑海中闪现时，乔萝一个寒噤，将手迅速撤回。

次日，乔萝索性向凌鹤年请了长假，说有事要回南方。

"这时候请假？"秋季拍卖正当忙时，凌鹤年再有心理准备，也觉得她这个要求超出心理预期了。他目光敏锐，自然察觉她神色茫然失落，又想起江润州多次提及乔萝与江宸关系时的担忧，便叹气说："小乔，你要是觉得累或者压力大，休息几天缓缓神也是好的。你和小宸……唉，我就不多言了，不过，作为过来人还是劝你一句，家和万事兴，夫妻之间也没有什么过不去的，彼此宽容以待才能长久。"

乔萝难以解释，只得就势低下头，轻声说："是，我知道了，谢谢凌董体谅。"

乔萝花了一天的时间交代好珠宝部接下去各项工作的进展，忙到傍晚，才收拾了行李直奔机场，买了半个小时后飞往S市的机票。站在候机厅，乔萝望着窗外深沉的夜色，看着远处灯塔上红白两色光束忽明忽暗，指示起起落落的飞机井然有序地进出跑道。

世上一切的事和人本该都有着明确的目标和努力的方向，可她清楚，自己的命运早就偏离了原定的轨道，正混乱无章地一路茫然向前。

飞机准点起飞，准点到达。出了S市机场，乔萝打了辆出租车，对开车的师傅说："麻烦您去青阖。"

师傅刚开动车子滑出几米，闻言猛然一刹车，扬声说："哪里？"

　　"青阖镇。"乔萝从钱包中取出所有的钱，诚恳地说，"请师傅帮忙走一趟。"

　　师傅掂量着纸币的厚度，嘴里嘀咕："这一来一去，我回来也要凌晨三四点了……算了，看小姐你也是有急事，我就送一趟吧。"

　　乔萝再次致谢："麻烦师傅了。"

　　车子重新启动，乔萝微微松懈下来，身子后仰，倒在座位靠背上。沿途的路灯透过道旁的繁密树叶，洒下深深浅浅的光线。夜间不知何时飘起了小雨，绵绵如丝，落在车窗上。这是个多雨潮湿的地方，有着让人多愁善感的山水，乔萝打开车窗，在拂面的夜雨中深深地呼吸。

　　外公，外婆，爸爸……还有秋白。

　　我回来了。

　　（4）

　　凌晨一点的时候，车开到青阖镇中心。这里水绕人家，桥连阡陌，白墙青瓦间碎石铺路，一条条古老而又深幽的长巷窄而狭，绕如迷宫，车子难以入内。乔萝让出租车停在镇西一条巷口外，下了车，撑开伞，高跟鞋踩在青苔遍生的石砖上，走得步步艰难。

　　一路提心吊胆地缓慢前移，但就在从思衣巷前矮桥下来那几步，乔萝还是没稳住，摔了一跤。

　　行李包跌落一旁，伞被夜风刮出几米外，乔萝失力跌坐在地，疼痛从膝盖蔓延至心中，细雨落入眸中，一片涩冷。她揉了揉眼睛，泪水却还是从眼角溢出，顺着脸颊缓缓滴下。

　　风雨中依稀听到少年用柔软而又担忧的声音说："你就不能走慢点？这么摔下去，以后要是我不在你身边，你跌倒没人扶，怎么办？"

　　他已不在，她依旧还是会跌倒。没有人会再从她身后伸出一双手稳稳扶住她，她只能自己慢慢从地上爬起，收了伞，捡起行李，就这样狼狈地走到思衣巷内。

右手第三户人家，深夜门已紧闭，院内灯光也早熄灭。乔萝在门前站了一会儿，才伸手敲响院门。一时半刻无人应，乔萝加大了手上力道，重重拍了拍门。

这扇门已经年久失修，潮湿的红漆裹着旧木，松软易碎，黏在乔萝的手上，她胡乱擦了擦。

"这么晚了，谁呀？"院内终于有人应答，男人含糊的声音里不掩恼意，显然是熟睡中被人吵醒很不满。

乔萝略略提高了声音说："坚叔，是我，乔萝。"

"乔小姐？"男人似乎有点惊讶，随即唤道："阿芬，快起来，是乔小姐回来了！"

院里灯光随即亮起，有人打开院门，露出一张憨厚老实的中年男人的脸，有些无措地看着她："乔小姐怎么突然回来了？这又不是清明，也不是二老的忌日……"说了半天，见乔萝被细雨浸湿的长发湿淋淋沾在脸上，才意识到不妥，忙让了让身子："这下着雨怎么不打伞？快进屋，快进屋。"

坚叔的妻子也是刚从被窝中爬起，睡衣外披了一件宽松的外套，端着热水给乔萝："乔小姐怎么回来也不通知我们一下？我们也好去接你啊，你看这淋得浑身湿透的……"一边埋怨，一边又问："吃饭了没？"

"吃过了。"乔萝在客厅的竹椅上坐下，将热水放在茶几上，接过坚嫂递过来的干毛巾擦了擦长发，这才笑着说："不好意思，深更半夜把你们吵醒了，我没带老家的钥匙，路上本来想给你们打电话说一声的，但是没打通坚叔的手机。"

"怎么会没打通呢？"坚叔从房间里取来手机，拨了拨，放在耳边听了一会儿，才不好意思地说："什么时候欠费停机了，我都不知道。"

"你呀！"坚嫂责怪他，"一天到晚心思都只在那些牌九上。"

"哪有，哪有。"坚叔打着哈哈，瞪了一眼坚嫂。

乔萝外公早年在镇上办了所中学，坚叔坚嫂当时刚从外地迁往青阆镇，一开始没地方落脚，乔萝外公见他夫妇老实心诚，便让他们在学校打杂，分了一间教师宿舍给他们。坚叔夫妇也是知恩图报的人，此后常在乔萝外公外婆身边跑前跑后，为二老分担重活，两家关系一直亲厚。

前些年乔萝外公外婆去世后，为免房屋空着腐朽，她便让坚叔一家住进来。说是帮忙看房子，但她常年难得回一次，今后也不会再定居青阆镇，所以除了楼上的书房和两间卧室仍保留当年的原样外，整个院子都归坚叔一家所有。坚叔坚嫂心念乔萝之情，这些年来将楼上打扫得一尘不染，隔三岔五还常去乔萝外公外婆和她爸爸的墓前清扫打点，让乔萝就此少了桩心事。

夜色已深，乔萝没有和坚叔坚嫂聊太久，提了行李上楼。坚嫂帮她铺好了床，又烧了热水给她洗澡，处处准备妥当了，才回楼下休息。

乔萝刚才摔了一跤，又淋了雨，此刻泡在温暖舒服的热水里，浑身疲倦散去，差点睡着。意识蒙眬时，却被楼下传来的敲门动静惊醒，听到坚叔没好气地冒雨开门。

熟悉的声音传入耳中竟让乔萝一个激灵，忙从浴缸里起来，擦干身体，匆匆穿了一件长裙下楼。

这位不速之客的到来声响很大，将坚叔坚嫂的孙女祝儿也吵醒了。

乔萝到了楼下，正见坚叔坚嫂面面相觑地站在江宸身边。

小祝儿则倚在房门上，睡眼迷蒙地盯着江宸问："这个大哥哥是谁啊？"

坚叔不知道怎么回答，看向乔萝，喃喃地说："乔小姐，这位先生说是你的丈夫。"

乔萝抿抿唇，不置可否，走到江宸面前。他浑身湿透，裤脚沾满泥污，看样子比她之前的狼狈也好不到哪儿去。他的脸上水渍还没干，双眸此刻异常明亮。乔萝看他一件行李也没有，不由轻笑。

"笑什么？"他皱眉问。

"没什么。"乔萝说，"只是感慨江大律师的神通广大，我上天入地都逃不了您的法眼。"

江宸冷冰冰地说："你以为我想来？是凌老告诉了爷爷你回了青阁，爷爷非逼着我来看看是不是你老家出了什么事。"

"原来是这样。"乔萝点点头，转身，"上楼吧。"

江宸的到来让坚嫂不得不再烧了热水送上来，等他进浴室洗漱后，坚嫂陪乔萝在她外公外婆的房间找江宸可以穿的衣服时，几次三番欲言又止。

"怎么了？"乔萝看出她脸上的为难，笑着说，"坚嫂你想问什么就问吧。"

坚嫂悄声问："这男的真是乔小姐的丈夫？"

乔萝点头："算是。"

"算是？"坚嫂惊讶地看着她，这样模糊的用词让她的忡忡忧心不免更重了几分，"四年前，应该是乔小姐刚回国那年，清明那天你来给你外公外婆扫墓，我看见他远远地站在一边，还以为是哪个过路的人呢。"

乔萝手下翻衣服的动作顿了顿。她先前还在奇怪为何他今晚能轻易找到她的老家，原来如此。

坚嫂没看出她神色的变化，抱怨道："乔小姐结婚的事也不该瞒着我们啊，你外公外婆对我们的大恩大德，我们应该包个红包祝贺的。"

"不用这么麻烦。"乔萝说，"我们结婚一切从简，所有的亲戚朋友都没有随礼。"

坚嫂瞪大眼睛说："这样怎么行？"

乔萝笑笑，拿了几件外公的旧衣裳放到浴室外面的椅子上。

　　江宸洗完澡出来，走到乔萝房间，见她盘腿坐在一张宽大的竹木摇椅中，抱着一本厚重的史书，正看得入神。他凑近看了一眼，那书页上满满的都是钢笔注释，字迹清俊潇洒，笔锋勾画间说不出的流畅好看。书页的角落里，有人用铅笔胡乱涂鸦，有一幅山水素描、一架古琴，还有两个长袍飘逸的古人侧影。

　　"坐下看吧。"乔萝往边上缩了缩，主动让出一半的空间。

　　"瑜长壮有姿貌。初，孙坚兴义兵讨董卓，徙家於舒。坚子策与瑜同年，独相友善，瑜推道南大宅以舍策，升堂拜母，有无通共……"江宸坐下，念着被人浓墨重笔勾画的一段，"你就这么喜欢周瑜？"

　　"我是小乔啊，自然喜欢周瑜。"乔萝似随口玩笑地说。

　　江宸望着她，低声问："小乔，谁是你的周瑜？"

　　乔萝笑容凝住，良久，她轻轻叹息一声，将书合上："阿宸，你还记得，我们第一次见面，你站在树林里背书，却被我扑出来摔倒的事吗？"

　　"永生难忘。"江宸柔声说，"一个冒失鬼突然从天而降，从此扰乱了我所有的生活。"

　　乔萝抱歉地说："对不起，我不是故意的。你那时刚好腿受了伤，被我那么一压，很疼吧？"

　　江宸笑了笑："你现在才想起来问我疼不疼，我已经忘了。"

　　乔萝也微微一笑，握住他的手，将他发冷的手指包在掌心，轻声说："你即便今天不来，我回去后也要第一个去见你。因为我想给你讲个故事，你只知道后半段、却不知道前半段的故事……"

▶ Chapter 2　往事无双

她忍不住一个寒噤，手紧紧按住乔欢的伤口。然而不管她怎么努力，鲜血依旧从她指缝
间流出，沾染上她的肌肤，也沾染了她此后的生命。

（1）

乔萝一直认为她的童年止于八岁。

父亲说过，所有开得太过绚烂的花朵，维持的时间都不长久。她的童年大约就是无忧无虑得太过美好，所以才结束得仓促。

八岁之前，她是父母的掌上明珠，是外公外婆的心头肉，还是哥哥乔杉最包容最疼爱的小妹。这么多人的爱密密麻麻绕织成瑰丽的泡沫，让她快快乐乐活了八年，但这泡沫一旦破碎，就是毫无挽回的分崩离析了。

乔萝八岁那年的夏天，父亲乔桦因病去世。

那是乔萝第一次接触死亡。父亲躺在那里再无声息，昔日生龙活虎的年轻身体已被拖延半年的病痛折磨成消瘦颓败的模样，乔萝看着父亲凹陷的五官，想着往常与她在溪边林里四处游玩的父亲饱满英俊的面容，在懵懂的失落和害怕中弥漫而起的绝望和无助，即便时隔二十年后，她依然能清晰地感受到。

江南盛夏闷热不堪，外面已经是让人寸步难行的酷暑高温，医院里却依旧是冷似冰窟的惨白世界。母亲林蓝已经在床边哭昏过去，年老的外公外婆除了勉强支撑着不倒下去之外，别无能力张罗乔桦后事的安排。一家五人，老的老，小的小，无人能够主持大局。

所幸还有乔世伦在。

乔世伦是父母的挚交好友，这是外婆告诉乔萝的。乔世伦是父亲乔桦远房的堂哥。乔桦这一支人脉凋零，乔桦的父母又去世得早，年少的乔桦被林家二老收养过来，早和乔家那边断了所有联系。即便是乔世伦，也是在大学时和乔桦相识，两人论起祖上渊源，这才知道彼此沾亲带故。

乔萝第一次见到乔世伦是在父亲病入膏肓的时候，乔世伦的到来让父亲病弱苍白的面庞有了一丝难得的光亮。乔萝记得，那一晚父亲的精神出奇的好，在病房里和乔世伦从下午一直聊到半夜。赖在医院不肯回家的乔萝就睡在隔壁床上，迷迷糊糊中总是能听到父亲久违的爽朗笑声。

后来乔萝睡熟过去，天蒙蒙亮的时候被窗外的鸟叫声吵醒，她睁开眼，这时耳边已经没有父亲和他朋友的谈笑风生，却传来微微的哽咽声。

她侧过脑袋，看到了乔世伦脸上的眼泪。

乔萝当时想，这个叔叔真的和爸爸关系很好，他一定是个好叔叔，何况他也姓乔，那我们就是一家人。

好叔叔第二次出现，是乔桦去世后的第二天。在全家都将崩溃的时候，乔世伦承担了整个烂摊子。

丧事持续了一个星期，等过了"头七"乔桦的后事才算彻底办完。乔世伦忙里忙外，瘦了整整一圈，即便劳累不堪，他还是坚持照顾着病倒在床的林蓝，直到她精神日渐康复，他才辞别林家二老离开。

林家上下自然感激不尽，乔世伦却依旧谦和礼让，并不托大。此后两年，他经常来青阖镇，侍奉二老如双亲，待乔萝和乔杉如同自己的子女，和林蓝依然是知心好友。长此以往，乔世伦俨然已经是和林家最亲近的人。乔萝的外公外婆对乔世伦赞不绝口，林蓝即便没说什么，但每次看到乔世伦来，脸上的笑容便比往日多了几分。

乔世伦是Q大的新闻系教授，知识渊博，天文地理、时政财经无所不晓，和外公一聊就没完。外婆喜欢看法文小说，乔世伦每次过来都带一沓法文书，为此外婆每次听说乔世伦要来都很高兴，常提前几天就开始准备乔世伦喜欢的菜式。

乔萝有时甚至觉得，外公外婆喜欢好叔叔比喜欢爸爸还要多。不过这样笑容儒雅、温和谦恭的男人谁不喜欢呢，就连乔萝和乔杉也愿意和他亲近。

乔萝十岁生日那天，乔世伦特地赶来青阁镇。他送给乔萝的生日礼物是个铜塑美人鱼，是他之前在丹麦开学术交流会带回来的。乔萝虽然对北欧童话从不感兴趣，但收到美人鱼还是很高兴，给了乔世伦一个拥抱。除此之外，即便不是乔杉的生日，乔世伦还是送给他一个丹麦风车的小模型。

两个孩子抱着各自的新玩具欢喜地去了，当然没有注意到林蓝和乔世伦相视一笑松口气的神情。

晚上吃饭的时候，外婆在乔萝的生日蛋糕上点燃蜡烛，让她许愿。乔萝双手合十，眼睛紧闭，小脸上满是虔诚。

吹灭蜡烛，乔杉切蛋糕时，外婆和蔼地摸摸乔萝的头，说："小萝刚刚的愿望是关于爸爸吗？"

"是啊。"外婆总是最了解自己，乔萝没有任何提防地点头。

外婆又说："如果小萝再有一个新爸爸，那样好不好？"

"新爸爸？"乔萝似乎很茫然，"我只有一个爸爸啊。"

一旁的乔杉总归比乔萝大两岁，已懂得察言观色。他注意到大人们眼神交换的异样，还有欲言又止的犹豫，皱了皱眉，将切下的蛋糕放在乔萝面前，故作欢快地说："小萝，快吃蛋糕吧，这可是我和外公去市里买的。"

"好。"乔萝低头准备吃蛋糕。

外婆和外公对视一眼，轻轻叹气。林蓝看了看乔世伦，乔世伦对她摇了摇头。

林蓝却吸了口气，下定决心，拉住乔杉和乔萝的手说："小杉，小萝，妈妈有话和你们说。"

乔杉和乔萝都看着她，林蓝温柔地微笑，慢慢地说："妈妈和乔叔叔要结婚了，你们就要有新家了，好不好？”

乔萝怔了怔，目光游移在两个大人脸上，良久，手轻轻从林蓝掌心抽出，一声不吭地重新低下头吃着她的蛋糕，好像刚才什么也没听到。

乔杉望了一眼乔萝，也缓缓缩回了手。

话到这里再难说下去了，林蓝尴尬而又抱歉地看着乔世伦，乔世伦拍拍她的手，示意无碍。

夜晚，乔萝睡不着，坐在院里紫藤架下父亲给她做的秋千上，望着夜空最明亮的那颗星星，泪水滚出眼眶。

“小萝，你不要担心。”有人站在她身边轻轻地说，“不管妈妈和不和乔叔叔结婚，她都不会不要我们的。”

乔萝回过头，才见乔杉不知道什么时候也到院子里来了。这个时候最了解乔萝的人非乔杉莫属。

他伸手按在她的肩上，一副小大人的模样，问她：“小萝，你还记得爸爸去世前说了什么吗？”

乔萝紧抿双唇，抬手擦了擦眼泪，不说话。

“爸爸让我们好好陪着妈妈，不要让妈妈伤心。”乔杉伸臂抱住乔萝，“我知道你很难过，可是我们这样只能让妈妈更伤心。再说了，你还有我呢，哥哥会一直陪着小萝。”

得到乔萝和乔杉沉默下的许可，过了几天，林蓝和乔世伦登记结了婚。两人都是再婚，因而并没有大摆筵席，只是在各自父母家中请了至亲好友简单地吃了一顿饭。

婚后乔世伦先回了北京，安顿好一切后，又回来接林蓝和孩子们。

一九九五年的深秋，十岁的乔萝辞别了南方水乡青阁小镇的绵延秋雨，第一次到了北京。

那时候的首都机场只有一个航站楼，小而繁忙，乔萝下飞机的时候，在北方干燥阴冽的空气下直哆嗦，扑面吹来的风中满是尘土的味道，让她忍不住伸手捂住鼻子。乔世伦解释说机场新的航站楼正在建，到处兴木动土的，所以这边的灰尘大了点。为了让乔杉和乔萝感受帝都的辉煌气象，乔世伦打到出租车后，特意让司机绕道去了长安街转了一圈，才转上二环，驶往位于北京西北角的Q大。

Q大西园的教授宿舍楼都是古老的欧式风格建筑，颇有年代感，铺满墙壁的爬山虎在萧条的秋季根根枯黄，放眼望去格外沧桑。

乔世伦的家在最南边那栋楼的三层。两室两厅，不大不小，家里家具不多，里外收拾整洁。因为只有两个房间，乔杉的卧室被临时安置在客厅阳台上，用厚重的布帘隔开，虽然简单，但床具、书桌都是崭新的，床头柜上还放着小男孩喜欢的各种玩具，看得出来布置的人花了很大心思。

安顿好乔杉，乔世伦又领着乔萝进了次卧。里面有一张实木上下床，还有两张一模一样的书桌和一个大衣柜。

"小乔，这是你和乔欢的房间。"乔世伦摸着她的头温和地说，"乔欢这两天住在她妈妈那儿，明天我去接她回来。"

乔世伦有个女儿叫乔欢，和乔萝同岁。五年前乔世伦和他前妻离婚后，乔欢跟着乔世伦，偶尔会去她母亲那儿住几天。来北京前林蓝告诉过乔杉和乔萝，乔叔叔的女儿能歌善舞，且弹得一手好钢琴，长得也漂亮，学习也好，是乔叔叔的心肝宝贝，以后三个小朋友住在一起，一定要相处融洽。

乔欢。乔萝想，这个名字真好，她有爸爸有妈妈，一定比自己欢乐些。

已经是傍晚了，四人旅途奔波一天，到现在都有些饿。林蓝去厨房做晚饭，交代乔萝说晚饭后再来帮她收拾房间，让她先在房间看会儿书，或者去客厅和乔杉一起看电视。

这个时间电视里只播动画片，乔萝没有兴趣，便关了房门，打开自己的小行李箱，拿出父亲给她做的木雕小人和从青阁镇带来的课本，在两张书桌前怔了一会儿，选择了靠窗的那张。

因为另一张书桌上已经摆了一个相框，照片里的小女孩穿着红色的裙子，明眸皓齿，笑容温柔，那应该就是乔欢。

乔萝因为来北京已经落下好几天的功课了，她收拾好课本，想要温书，却又心不在焉，侧身趴在窗户旁，望着外面的风景。

这间房朝南，外面是一片小树林，再远处，是条河，河面的桥上来来往往都是青春洋溢的面孔，乔萝记得来的时候车子经过那里，妈妈说过，桥的那边就是Q大的学生宿舍。

乔萝掐指一算，从现在开始，到念大学，她至少还要再等八年。

八年之后，自己就长大了。她忽然开始热烈憧憬着八年后的未来。

厨房里的饭菜香透过门缝钻进来，乔萝肚子饿得咕咕叫，跑到厨房要吃的时候，听到客厅里传来乔世伦惊讶的声音："乔欢，你怎么回来了？不是说明天我去接你吗？"

林蓝炒菜的动作顿了一下，忙关了火，拉着乔萝走到外面。

门外站着一个极漂亮的女孩，门内站着有点呆愣的乔杉。

想来是乔杉开的门，女孩对他笑了笑："麻烦你了，我忘记带钥匙了。"说完，她似想起什么，侧头打量他："你就是乔杉吧？"

她穿着鹅黄色的长裙，外套白色毛衣，五官精致得不可思议，笑起来眉眼弯弯，像洋娃娃一样。乔萝的容貌本也算颇为显眼的了，但和这个女孩比起来，却只能称得上清秀。

乔杉看着女孩的笑容，脸不知为何竟红了，局促地点点头，走到林蓝身边。

乔欢的目光从他们母子身上掠过，停在乔萝身上，上下看了几眼，微微一笑。她在门口换了鞋，才回答乔世伦刚才的问题："妈说你今天就到家了，我明天还要上学，住妈那儿太远了不方便，就先回来了。"

"也好。"乔世伦招手让她过来，向她介绍家里的新成员，"这就是你林阿姨，还有乔杉和乔萝。乔杉比你大两岁，是哥哥，乔萝比你小三个月，是妹妹。"

"林阿姨好。"乔欢礼貌地称呼林蓝，叫了乔杉"哥哥"，而后才看向乔萝，伸出手，"乔萝你好，欢迎来我家。"

乔萝怔了一下，看向林蓝。林蓝将她朝前推了推。

乔萝握住乔欢的手，轻声说："谢谢。"

这是她的家，自己是被收留的那位——从最初的见面，她们的关系就已划清界限。

（2）

不可否认，乔欢是乔萝那时候见过接人待物最有礼貌的同龄人。乔欢完全继承了乔世伦谦和礼让的作风，甚至发扬光大。分配床铺时，她把下铺让给乔萝，又给乔萝一个她曾经爱不释手的布娃娃，然后打开那个大衣柜，指着占了柜子三分之二的漂亮衣服，说愿意与乔萝分享。相比她的热情与慷慨，初来乍到的乔萝却显得羞涩而保守，只默默地收拾自己的书包，又拿着父亲做的木偶小人，放在枕头里侧。

乔欢看着她对待木偶人的细致小心有些好奇："这是什么？"

"小乔和周瑜。"乔萝在被窝里躺下，轻轻抚摸那对木偶人，"我爸雕给我的。"

乔欢的大眼睛里充满疑惑："小乔是你吗？周瑜又是谁？"

乔萝说："小乔不是我，是周瑜的妻子。他们是古代三国时候的人。"

乔欢迟疑了片刻，眨眨眼睛，笑着点点头："哦，这样啊。"

第二天要去新学校报到，林蓝一早就来把乔萝叫醒。乔萝下床穿衣服时，发现睡在上面的乔欢不知道什么时候已经不在了。她出了房门，才看到乔欢在客厅里缠着乔世伦让他讲三国周瑜和小乔的故事。

乔世伦对女儿的问题虽然意外，却也欣然解答，耐心地说："三国就是中国古代的一个时期，是个乱世，有魏、吴、蜀三个国家。周瑜呢，就是吴国的大都督，是个大官，曾经率领吴国军队在赤壁打败过敌人的八十万大军。"

不是八十万。乔萝心里想：外公说真实的历史上，曹操大军只有不到二十万，《三国演义》都是夸大的。她站在旁边再听了会儿，确认乔世伦讲的只是《三国演义》上的故事后，才转身去了洗手间洗漱。出来时，全家都在吃早饭了，乔萝也坐上桌，接过林蓝递来的温水喝了半杯。

对面乔世伦仍在对乔欢说："小乔还有个姐姐叫大乔，姐妹俩关系很好，一个嫁给了周瑜，一个嫁给了孙策。"

乔欢忙问："孙策是谁？"

乔世伦说："孙策是吴国的开国君主，也是周瑜的好朋友。"

"哦，这样啊。"乔欢吃着白粥想了一会儿，忽然对乔萝嫣然一笑："你是小乔，那我就是大乔了？"

林蓝和乔世伦闻言都笑了，只有乔萝愣愣地说："我哥哥是大乔。"

"可是历史上大乔是个女孩啊。乔杉以后就是乔杉，是大乔、小乔的哥哥。"乔欢明眸一转，下了定论，问身边默不作声吃着早点的乔杉："哥哥，好不好？"

乔杉看着她近在咫尺恳求的眼神，脸上莫名地又开始泛红，抿着唇，点点头。

既然乔杉并不在乎，乔萝也就不必再争了。

然而她和乔欢都不知道，正是从这一刻开始，宿命之盘悄然启动，牵引她们跌跌撞撞奔向各自的归途。

　　乔家兄妹的新学校是乔世伦联系的Q大附小，乔杉在六年级十班，乔萝在四年级三班。林蓝告诉乔萝，她和乔欢一个班，以后有不懂的问题一定要多请教乔欢，姐妹之间要记得相互帮忙。除此之外林蓝还有很多叮咛，乔萝一一点头答应了。办好所有入学手续后，乔世伦和林蓝把孩子交到老师手上，这才离开。

　　第一节课的课间，老师带着乔萝到了班上。她被安排在第四排靠窗的位子，同桌是个白胖而略显腼腆的小男孩。

　　"我叫杜松风。"男孩观察了乔萝一会儿，试探地碰碰她的胳膊，想要展现他的友好，"你呢？"

　　乔萝将书包里的课本一一拿出来，说："我叫乔萝。"

　　"哪个萝？"

　　乔萝在纸上写下来。

　　杜松风好奇地问她："为什么叫这个名字？"

　　"我爸爸说我们一家都是草木精华。"乔萝在纸上又写了三个字，"桦、蓝、杉、萝，我爸爸、妈妈、哥哥和我的名字，这四个字都和草木有关。"

　　杜松风对这四个字还认不全，诧异了好一会儿，佩服地看着她："你懂得好多啊。"

　　乔萝羞涩地微笑，杜松风这才看到这个不声不响的女孩洁白的脸上有双漆黑如玉的眼睛，笑起来似清水荡漾的剔透琉璃般，格外好看。

　　杜松风即便年纪小，也知道对好看的女孩献殷勤，帮着乔萝收拾课本时，"咦"了一声："你这是什么书啊？怎么和我的不一样？"

　　乔萝怔了一下，看杜松风拿出他的课本来，一对照才意识到事情不妙。她并不知道，Q大附小用的是北京市教育厅提供的实验版课本，而她的是全国通用的人教版，里面的内容虽有相似，但大部分还是不同。

她只觉头一下子涨大，额角也渗出细汗，捧着课本手足无措。

杜松风同情地说："没关系，你今天先和我一起用，回去后告诉你爸妈，让他们给你买新的。"

乔萝沉默了片刻，才说："谢谢。"

这个课间乔萝一直没有看到乔欢，快上课时才见她和几个女孩子说说笑笑地进了教室。乔欢的目光从乔萝脸上轻飘飘掠过，没有露出任何表情，转身坐在第二排的中间。

"她也姓乔。"杜松风低声对乔萝说，"叫乔欢，大家都说她是我们年级最漂亮的女生。"

乔萝点点头，收回落在乔欢身上的目光，认真翻看杜松风的课本。

语文、数学课还好，两个版本的教材大同小异，即便跟上这边的进度有些吃力，乔萝还能应付。但到了英语课，却不仅仅是应付那么简单了。她很无奈地看着英文课本，那些字母对她而言本应是极熟悉的，可是组成的单词却让她觉得陌生，老师嘴里的发音也完全令她茫然。英语课上，老师似乎也想知道新来的同学英语学得如何，叫她站了起来，念一段对话。

她磨蹭着站起，盯着课本，开始发呆。

长久的无声让教室里弥漫起窃窃私语，乔萝听到前排有女孩小声说："听说她是小地方来的，是不是不会英语啊？"

周围响起一片恍然大悟的轻笑声，连同桌杜松风也在这样的笑声下害臊地垂下了头。乔萝孤独地站在那里，缓缓放下了课本，小脸变得雪白。

老师也有些没耐心了，问她："乔萝，你是不是有什么困难？"

乔萝摇了摇头，慢慢开了口："Je suis comme je suis……"

老师一怔："什么？"

乔萝顿了顿，便接着念了下去。

乔萝的声音不大，吐音却很清晰，除了第一句话她稍微有些颤抖外，后面的句子流畅而出，带着错落有致的韵律，入耳十分动听。

教室里一片寂然，秋风吹拂着教室外的参天大树，落叶飘动，阳光透着繁密的枝干洒在乔萝的身上，稀疏变幻的光影里，她的神情有种奇异的安宁。

所有人都知道这不是英语。

英语老师有些难以置信地问："你会法语？"

"会一些。"乔萝回答。

全班同学望着她的目光都开始变化，杜松风仰头看着她，更是不掩崇拜。

老师咳了一声，挥手："坐下吧。"

小朋友之间的新鲜事流传很快，到了傍晚放学前，整个年级都知道了三班来了个会说法语的女孩。乔萝背着书包走到校门口，一路不断有人对着她指指点点。她看到乔欢站在大树下，早上出门的时候，乔世伦交代乔欢带着乔杉兄妹回家，看来乔欢并没有忘记。乔萝想着她这一天在班上刻意和自己保持距离，因而并没有立即走去树下，远远地站在另一边的街旁。

乔欢也看到了她，似乎很犹豫，但还是招了招手。乔萝这才走过去，到树下仍和乔欢保持了一定的距离。

乔欢也没有走过来，只是说："我不想别人知道我爸妈离婚又结婚的事，所以没有告诉同学我们的关系，你不会生气吧？"

"不会。"乔萝摇头，她很理解乔欢的心情。

乔欢这才露出微笑，想起英语课上的经历，难免好奇地问她："你会法语啊？"

乔萝点头："嗯，我外婆教我的。"

乔欢奇怪："你外婆怎么会法语呢？"

乔萝想了想才说："她之前好像在法国住过一段时间。"

乔欢羡慕地说："你又懂历史，又会法语，一点也不像从小地方来的。"

乔萝轻声争辩："青阖镇不小，很大。"

乔欢扬了扬唇角，似笑非笑地望着她，没再说什么。

六年级放学晚，乔杉走出校门时，夕阳已经落尽了。乔萝看到他垂头丧气的样子，便知道他今天遇到的困境与她如出一辙。

青阖镇的小学是不教英语的，大概大人们都忽略了这个问题。

回到家后，林蓝问起兄妹俩第一天上课的状况。乔杉一一说了。

林蓝听到英语是主课这才着急起来："那怎么办？你们一点英语基础也没有，小杉马上就要考中学了，这成绩被拉下去还能有中学要吗？"

"你就是急性子。"乔世伦不慌不忙地说，"我从系里挑个英语好的学生给他们补课吧。"

林蓝问："来得及吗？"

乔世伦说："总比什么都不做强啊。再说了，小学英语都是一些基础知识，没那么难，小杉和小萝都是聪明孩子，学起来肯定很快。"

"但愿如此吧。"林蓝叹了口气。

乔欢在一旁亲昵地勾住乔世伦的脖子，央求道："爸，你能不能请个老师教我法语啊？"

乔世伦皱眉："你学法语做什么？"

乔欢说："哥哥和小乔都会法语，就我不会。"

乔世伦无从拒绝，为公平起见，只得从外文系托人又找了学法文的学生，来家里教乔欢法语。

几个孩子的学业就这么安定下来，接下来是解决林蓝工作的问题。

林蓝和乔桦大学毕业后本来由国家分配到S市很不错的事业单位，但他们习惯了青阖镇平静安乐的日子，一起辞职回了老家，在青阖镇的中学以教书度日糊口。林蓝虽有教师经历，但是在青阁镇那样的地方，却谈不上什么社会经验的积累。这次乔世伦拜托Q大校长江润州给林蓝找了个出版社翻译的工作，林蓝应聘后，乔世伦为表感谢，周末下午特意和林蓝带着三个孩子上门拜访江校长。

（3）

教师宿舍楼的北边有十几栋建自民国的旧四合院，如今是Q大老教授们的寓所，江润州的房子即位处其间。自他夫人去世后，家中只住他一人，他的两个儿子都已成家立业，大儿子全家在美国，小儿子是地方官。这些年儿孙不在身边，倒也亏了学校里外的烦琐事，才让他不至于太过寂寞清闲。

乔家父女是江润州家中的常客，江润州看见乔欢就抱了抱她，笑呵呵地说："家里的钢琴都积灰了，小姑娘怎么才来？"

乔欢乖巧地说："江爷爷，我最近又学会了几首新曲子，弹给您听一听？"说着就跑去钢琴前坐下，掀开琴盖，灵活的手指按在黑白分明的琴键上，巴赫的小奏鸣曲流泻而出。

江润州家里的钢琴是他夫人早年从奥地利带回的贝森朵夫（Bosendorfer）钢琴，无论是音色还是质感，都是乔世伦家里的那架海伦钢琴难以媲美的。乔欢此时就算还不是琴道高手，却也知道辨别优劣，因此每次来到江润州家，她多半时间泡在琴键间，自娱自乐的同时，更让长辈们对她日益精进的琴技刮目相看。

乔杉和乔萝第一次上门，自然没有乔欢的随意自由，跟着乔世伦和林蓝到客厅里规规矩矩地坐下。

大人们聊得欢快，孩子们在一旁却是百无聊赖。过了一会儿，乔杉跑去看乔欢弹琴，乔萝依旧端端正正地坐着，拘谨又木讷，一双眼睛却悄悄地顾盼四周，从左转到右，又从右转到左，将江润州的家在她能看到的范围仔仔细细地打量了一遍。

江润州的书比外公的还要多，她觉得自己坐在这间屋子里简直就要被书湮没。客厅对面的写字台上摆着全家福，有一张特意放大的，里面是一个和她年龄相仿的男孩，黑发微曲，面容静美。如果不是他穿着西方骑士服，眉目间有种夺人的英气，乔萝简直要怀疑他是个女孩。

她把目光移开，看到墙壁上挂着一幅山水画。泼墨勾画的笔触似曾相识，在哪里见过？她上下打量很久，一时茫然。怔怔地掉转视线，却意外地对上江润州望向她的含笑而深远的目光。

乔萝脸上一烧，讪讪地低下头。

到了下午四五点的时候，乔家一家才起身告辞。江润州留他们吃晚饭，乔世伦坚决推辞，江润州也没有再勉强，只是留下了乔萝，对有些吃惊的乔世伦和林蓝这样解释："我和这孩子有缘，想和她聊一聊。"

乔萝有些无措，看着林蓝。

林蓝摸摸她的脑袋，低声说："那你就留下吧，要听江爷爷的话，乖一点。"

乔萝点头，目送家人们离开，却看见乔欢一步一回头。乔萝轻轻朝她挥了挥手，可是乔欢冷淡地瞥她一眼，迅速扭过了头。乔萝一时呆在门口。

"小乔，过来。"江润州拉过她的手，站到那幅画前，"你对这幅画感兴趣？"

"我见过这幅画。"乔萝如实回答，这一刻她也终于想起来，"我见爸爸也画过这张画，只不过……好像有点不同。"她绞尽脑汁地想要形容，却找不到合适的词，直到记起外公对父亲画的评价，她才生涩地说："爸爸的笔力没有这一幅飘逸自如，意境也不如它阔达肆意。"

江润州大笑了几声，赞道："孺子可教。"

乔萝忙摆了摆手，红着脸说："这是我外公说的。"

江润州对她的诚实感到莞尔，和蔼地问："小乔，知道这是谁的画吗？"

乔萝摇摇头。

江润州轻轻叹了口气："这画的作者是乔抱石，也就是你的爷爷，他是近代最好的画家。"

乔萝吃惊："我爷爷？"

"是啊。"江润州蹲下，看着她澄澈的眼睛，"小乔，你想学画吗？"

"不不。"乔萝脚下退了一步，局促地说，"爸爸之前教过我们画画，他说哥哥比我有天赋。"

江润州笑了笑："你是个沉静且有灵性的孩子，就是太过聪明了。"他望了她一会儿，不知为何长长地叹了口气。

晚上回家时，乔欢正在复习功课，见乔萝回来随意聊了几句。她说话依然温和有礼，似乎和从前没有两样。乔萝怀疑傍晚那一眼是不是自己眼花了，看乔欢并不是心存隔阂的样子，她也就不再担心。

林蓝和乔世伦一直觉得小朋友沟通感情要比大人容易得多，这一个月来，三个小朋友在一起相安无事，乔欢与乔杉更是日益密切，打打闹闹毫不避忌，和亲兄妹一样，这无疑让乔世伦和林蓝悬着的心都落回原处。但他们都忘了，一个新组成的家庭没有经历任何磨合的阵痛期，就开始温馨和睦地运转自如，显然是不合常理的。

对于这个疏忽，上天的提醒是毫不犹豫地给予他们一场突如其来的变故。

事情的起因要从那年的元旦说起。此前的半个月，各年级都开始组织表演活动参加学校的元旦文艺会演。乔萝埋头课本不顾身外事，对这些动静一概不知，只是注意到乔欢和班里另外一个漂亮的女孩开始缺席每天下午的最后一堂课。看到乔萝望着乔欢空位子疑惑不已，杜松风告诉她，乔欢与那个女孩被老师选上参加代表四年级表演的《灰姑娘》舞台剧。乔萝这才恍然大悟，难怪乔欢每天回家都在喊累，笑容却有增无减。

一天课间乔萝正在做数学题，莫名其妙地被学校的舞蹈老师叫出去，领到班主任面前："这孩子娇娇怯怯的，长得也水灵，虽然没有乔欢洋气漂亮，但更适合做灰姑娘，我还是要她吧。"

灰姑娘？乔萝一下子回过神。

班主任还在迟疑时，她立即说："老师，我不想参加，我……我是转学过来的，功课落下很多。"

舞蹈老师安慰她："这次要是表演能得名次，期末能加分。"

"可是……"乔萝低头，神色腼腆，语气却比之前更为坚定，"我不会跳舞，也不想表演。"

舞蹈老师一番好意而来，见她这么别扭，也开始没好气："小地方的人就是这样。现在提倡素质教育，怎么只知道考试和分数？"

乔萝垂在身旁的手紧紧攥住衣服，头埋得更低了。

到底是班主任看不下去，打圆场说："孩子不愿意参加，你也不能勉强啊。"说着拍了拍乔萝的肩，让她先回了教室。

学校元旦会演那天，台上的灰姑娘和童话里谦卑辛酸的少女不太一样，乔欢再怎么忍辱负重地表演，她昂扬的眉宇和娇贵的气质，都表明她是个真实的美丽公主。

表演结束的时候，全场的人都在鼓掌，乔萝拍得尤其用力。那一晚，乔世伦和林蓝带着孩子们去吃了全聚德以示庆祝。回到家，乔欢舍不得卸妆，她还维持着台上的激动，一遍遍表演那些经典的台词。乔世伦和林蓝看得笑不拢嘴，乔杉盯着乔欢，眼中绽放着异样的光芒。

乔萝也很高兴。

但她的高兴没有持续太久，几天后的课间，乔欢将乔萝叫了出来，远远地走到音乐室前的走廊下，她才停住，回头看着乔萝，冷冷地问："我听说舞蹈老师原先是要找你演灰姑娘的，是不是？"

乔萝怔了一下，无言以对，半晌喃喃地说："舞蹈老师说我没你好看。"

"是吗？"乔欢冷笑，"乔萝，我不需要你让，你能做的，我做得比你更好。"她转身，快步离开。

乔萝望着她远去的背影，心渐渐沉落。

关系冷淡下去后，乔欢似乎事事都想和乔萝争一争，乔萝学英语，她学法语，乔萝数学考第一，她英语考第一，就算是在体育课上，乔萝跳远跳一米六，她非要跳到一米六五才停。

元旦过后没几个星期就是期末考试，乔家三个孩子都想奋力一搏，熬夜复习。乔世伦和林蓝看到他们这样认真，由衷地欣慰，丝毫不晓其中的波澜曲折。放假前考试成绩出来，乔欢得了全班第四，乔萝是第九名。而乔杉是班上第十六名。虽然乔杉的成绩不如两个妹妹优秀，但林蓝和乔世伦都颇为理解，他在六年级压力更大，这个名次已经很不容易了。

成绩单和试卷拿回家，乔世伦一一点评过，几个孩子表现都不错，夸奖的话是必不可少的。

乔欢听他夸奖乔萝尤其多，忍不住说："不就是第九名，有什么了不起。"

"不能这么说话！"乔世伦嗔责她，"乔萝是插班的学生，这个成绩很难得了，而且她数学满分，语文98，就是英文差了一点。假以时日英文成绩上来了，得个第一没问题。"

乔欢哼了一声，猛然从沙发上起身，出了家门。乔杉摸了摸头，片刻后也追了出去。剩下乔萝坐在沙发上，安安静静的，将红领巾在手指间一圈圈卷起，又轻轻拉平。

放了寒假，乔欢去她妈妈那儿住了几天，回来后发现乔萝常不在家，问过乔世伦，才知道她每天都去江润州那儿，说是练书法。

练书法？乔欢心情莫名地烦躁，在家里把小奏鸣曲弹得和战场进行曲一样，虽毫无节奏，却铿锵有力。

乔世伦怕打扰到邻居，斥责道："这孩子怎么了？这是钢琴，不是战鼓！你不愿意练，就去看书。"

乔欢"啪"的盖上琴盖，躲到房间里生闷气。

乔萝这天是在江润州那儿吃了晚饭才回来的，洗漱后躺在床上，照旧想要和木偶人说说心里话，手摸到枕头里侧，却发现她的木偶小人不见了。乔萝一惊，忙爬起来，在床上仔仔细细地找了一遍，不见踪影。她又去客厅、餐厅、厨房、洗手间找，家里能藏东西的地方她里里外外摸索过，依旧不见她的木偶人。

她只得走回房间，问上铺的乔欢："你看到我的小乔和周瑜了吗？"

乔欢看着连环画，用书挡住脸，冷漠地说："不知道。"

"你知道。"乔萝声音平静，慢慢地说，"因为其他人不会拿。"

"那为什么就我会拿？"乔欢扔下书，从上铺下来，望着乔萝因着急而涨得发红的面孔，一笑，"好吧，就是我拿的又怎么样？我已经丢了。"

"乔欢！"乔萝低喝，眸底狂潮涌动，看得乔欢心中一颤。

半晌儿，乔萝垂下眼帘，轻声问："你丢哪儿了？"

"楼下垃圾桶。"

乔萝披了件棉袄出了门。

楼下就三个垃圾桶，她翻来覆去地寻找，却终究没有得到任何蛛丝马迹。细小冰凉的东西贴着她的脖子融化，天下起了小雪，深夜的北风愈发凛冽。乔萝微微哆嗦，颤抖地站起，踏上回家的台阶。木然走了几步，她忽然觉得累，靠着墙壁坐下，抱膝埋头，泪水夺眶而出。

不知道过了多久，她听到楼梯上传来脚步声，片刻，乔欢的声音在她身后响起："哭什么啊？喏，你的宝贝木偶给你。"

乔萝抬头，看到她把木偶随手丢过来，木偶撞在墙上又擦过楼梯的尖锐处，"咔嚓"一声，碎裂。

乔萝怔了一会儿，弯腰拾起残骸，缓缓站直，走到乔欢站的那一级台阶，与她对望。

她深黑的眼眸里没有一丝波澜，如此平静，却更似深不见底的沉渊，让乔欢害怕。

"乔欢。"乔萝缓缓地说，"我不会原谅你。"

"我为什么要你原谅？"乔欢怒极，一瞬间所有心事都涌上来，恼火地说："是你一直在偷我的！抢我的！你是小偷，还是强盗！你已经把我所有的东西都抢过去了！我也不会原谅你，永远不会！"

乔萝看着她，良久，默然转身想要上楼，乔欢却伸手拉她："你站住！我还没说完……"

乔萝皱眉甩开手臂，却不料乔欢脚下没有站稳，往后一倒，"啊"地尖叫一声，身子沿着楼梯滚落下去。

"乔欢！"乔萝骇然，跟跄地跑下楼，跪在乔欢身边。

乔欢却没有了反应，楼道里昏暗的光线下，乔萝看到暗红的血液从她的长发下溢出。她小心地捧住乔欢的脑袋，看到她的头下，躺着一块鹅卵大的石子。

楼里开始有嘈杂声，被两个孩子的尖叫吵醒的大人们开始出来张望，认出是乔家的孩子，忙上楼去通知乔世伦。

"乔欢……"乔萝在寒夜冬风下，感觉又闻到了父亲去世前死亡的味道。

她忍不住一个寒噤，手紧紧按住乔欢的伤口。然而不管她怎么努力，鲜血依旧从她指缝间流出，沾染上她的肌肤，也沾染了她此后的生命。

▶ Chapter 3　初遇秋白

那是她此后数十年梦里都难以忘怀的初遇、夏日的朝阳从竹帘照入屋内、一道一道，满目华光。白衣少年背对她坐在竹帘旁，修长笔直的身影有松柏之姿。

（1）

那一年的春节，大概是乔萝过得最凄凉的春节。

从过了小年开始，Q大教师宿舍区的春节气氛就越来越浓厚，家家户户都是张灯结彩、笑语不断，唯有乔家一片冷清。出事之后，乔欢的母亲赶到Q大附属医院，和乔世伦轮流在医院守护。林蓝和乔杉也天天前往医院探望，在乔欢还在昏迷的时候，乔萝也去看过她几次，但自从乔欢醒了之后，大人们就再也不让乔萝去医院了。

乔萝知道，是乔欢不愿意见自己。

大年三十下午，乔世伦从医院回来洗了个澡，换了衣服，临行前告诉林蓝说今晚他在医院陪乔欢守岁，让林蓝在家照顾两个孩子。

"这怎么行？"躲在房间的乔萝听到林蓝说，"全家一起守岁才是团圆啊，我待会儿做好菜，也和孩子们去医院吧。"

"林蓝……"乔世伦低声叹气，似乎欲言又止。

林蓝很快明白过来："乔欢是不是还不愿见……"话没说完，她也轻声叹了口气。

乔萝想打开房门，和两个左右为难的大人说：我晚上就不去医院了。理由她也想好了，就说肚子疼。然而她手握着门把却迟疑了，现在还有谁在意她说与不说、退让与不退让？这些日子乔世伦常不在家，偶尔见到，他看自己的目光也是很客气而疏淡的，已经不再是以前的欢喜和赞赏了。妈妈也常唉声叹气，脸色再也没有初来北京的红润开朗。就连乔杉也一天到晚板着脸，看着她总是想责备又不忍心的表情。

既然如此，那她还不如一直沉默着，就把自己关在房间里，在这个目前只属于她一个人的天地里，慢慢排解所有的委屈和不安。在这里，至少没有人责怪她，她也不会给任何人带去烦恼和不快。

天没黑的时候林蓝和乔杉就陪着乔萝吃年夜饭。饭后林蓝打包好饭菜，和乔杉出门前，叮嘱乔萝："晚上别看电视，也别碰任何电器，就在房间看看书吧，我和你哥哥一会儿就回来。记得不要乱跑，有人敲门也别开。"

乔萝点头，眼睛却看着乔杉。

乔杉明知道她眼里恳求和挽留的意味，却依然轻轻把目光移开，低声说："我答应了乔欢今晚去陪她。"

乔萝想着那夜紫藤架下他抱着自己说的话，感觉自己被骗了，于是沉默着关上门。可是回头，她又忍不住趴在客厅的窗户旁，看着楼下妈妈和哥哥离开的身影。

前几天刚下过一场雪，外面积雪还未完全消融，小树林外的河面上积冰也很厚实了，她看到许多小朋友在上面滑冰。他们脚下踩着溜冰鞋，像是神话里踩着风火轮的哪吒，如离弦的箭一般潇洒穿梭在天地间。

青阁镇的思衣巷外也有一条青河，但是从来不会积冰。这个时候，想必青阁镇的小伙伴们都在岸边玩着鞭炮，在最可以放肆的一天，将隽秀清灵的江南水乡空气中燃满火药的味道。他们将小鞭炮塞在别人难以察觉的地缝里，等到行人踩上去，鞭炮突然炸响，小火苗擦着行人的鞋跟而过，他们便在一旁哈哈大笑。

乔萝也尝试过玩这样的游戏，但吓了别人一跳的同时，更吓了自己一跳。鞭炮声响起时，她拔腿就跑，如受惊的兔子般钻入外婆的怀中。

外婆无奈地摇头，说这完全不是淑女的样子。

想到外婆，乔萝又无比怀念起外婆年夜饭总会做的酒酿桂花圆子。

外婆说，年夜饭吃圆子，一家老小就会团团圆圆。

今年的年夜饭是因为没有酒酿圆子吃，所以只剩下她一个人了吗？

正沮丧时，家里的电话铃声响起，乔萝忙跑过去接，把话筒贴在耳边，听到里面传来一个男孩的声音："喂，我找乔萝。"

"杜松风？"乔萝惊讶不已。

"乔萝！"男孩也听出了她的声音，高兴地说："新年快乐！"

"新年快乐！"在被世界遗忘的角落，却有人还记得她，乔萝的眼眶突然有点发热。

两个小朋友在电话里开始闲聊，无非是寒假怎么过的，作业做完没，年后去不去看庙会等。

过了一会儿，乔萝听到电话那边有人在喊杜松风的名字，他答应了一声，对乔萝说："我去和我爸放烟花了，乔萝你们家放烟花没？"

不等她回答，他又匆匆地说："记得放烟花啊！"便挂了电话。

乔萝握着话筒，听着那边的忙音，良久才依依不舍地放下。外面夜色已经深了，五颜六色的烟火次第绽放，爆竹声如阵阵惊雷震响半空，将北京年夜的气氛正式点燃。

所有的人都在欢庆新年，只有乔萝在屋子里像困兽一样转来转去。

"记得放烟花啊！"杜松风的话在耳边回响。

因为乔欢住院的缘故，家里年货都没有置办，更别提买烟花了。

那就自己去买吧。乔萝下定决心，回房间翻出零钱包。今天妈妈走得匆忙，连压岁钱也忘记给她了。不过她还是薄有积蓄的，是来北京那天外公偷偷塞给自己的。她揣好钱，拿了钥匙，快步下楼。

到了楼下，她却失去了前行的方向。该去哪里买烟花呢？她呆呆地站在院子中央，看着别人点燃一个又一个烟花筒。有个小孩看出她眼里的渴望，递给她两根电光花。火苗在眼前四溅，乔萝忙将头和手保持最远的距离。

她这才想起自己是害怕玩火的，想要扔，却又舍不得。

她握着电光花在小树林边踽踽独行，欢笑声从她身边一一飘过，她突然觉得，自己是世界上最可怜的小朋友。

"小乔？"背后有人在叫她。

她转过身，看到江润州背着手望着她，他穿着一件唐装大衣，很喜庆的感觉。

"江校长。"乔萝对他的称呼一直很官方。

老教授们的除夕聚餐刚散，他在院子里随意溜达，却无意看到乔欢一个人在这里玩烟花。他问她："你家里人呢？"

电光花最后一抹余光散尽，乔萝低声说："他们在医院。"

江润州上前摸摸她的脑袋，也不多问，笑呵呵地说："走吧，去我那儿坐坐，我买了很多糖果。"

一老一少走在空寂的路上，路灯将他们的身影拉得很长。

江润州突然说："小乔啊，我那孙子过几天要从美国回来了。"

乔萝记得江润州提过多次的那个名字："江宸？"

江润州欣慰地点点头："是啊，等小宸回来，小乔就有伙伴了，我也多个伴。"

她的伙伴。乔萝此刻无比期盼这个素未谋面的同龄人。在她最孤冷的日子里，他突然成了她最大的希望。

乔萝没有在江润州家里留到太晚，九点的时候，她就回家了。打开门，家里客厅亮着灯，她记得走的时候是关了的，难道是谁回来了？她左右张望，发现主卧室的门半开着。

乔萝轻步走过去，看到林蓝坐在床边，手里拿着一张照片，脸上满是泪痕。

乔萝轻声说："妈妈。"

"小萝？"林蓝惊了一下，背对她擦了擦脸上的眼泪，转过头来说："我还以为你睡觉了。"

乔萝走过去，看着照片上父亲微笑的面容，问："妈妈，你是想爸爸了吗？"

林蓝不说话，用手抚摸着她的脸庞，眼中又涌起泪水，声音突然有些哽咽："妈妈……妈妈不是一个好妈妈，妈妈对不起小萝，也对不起你爸爸。"

乔萝忙抬起手帮她擦眼泪，疑惑道："妈妈，你怎么了？"

林蓝看了她许久才柔声说："小萝，我送你回青阆镇好不好？"

乔萝眼睛亮了一下，小心翼翼地问："我们终于要回去了吗？"

"不是我们……"林蓝默然一刻，再开口时，声音明显有点哑，"小萝，刚才我和乔叔叔商量了，乔欢过几天就要出院了，你和她……你们相处不太融洽，要不你回青阆镇住一段时间，等乔欢的伤完全好了，妈妈再接你回来。"

乔萝不语，眼眸里蕴涵着的一波秋水瞬间凝固，她直直地看着林蓝。林蓝只觉得一下子被人扼住咽喉般难受，伸手将她紧紧抱入怀中。

"小萝，你要体谅妈妈。"她哭泣道，在幼小的女儿面前竟失去了母亲的坚强。

"好的，妈妈。"乔萝听见自己在说，"我回青阆镇。"

正月初三，长大了一岁的乔萝收拾好行李，跟着妈妈离开乔世伦的家。和初来的时候一样，她没有大悲，更谈不上大喜，小脸上神色淡淡的，牵着母亲的手，走出Q大的校园。

乔杉一路将她们送上出租车，等车开动后，他还追着跑了很远，可是乔萝一眼都没有回头看他。

她不怪妈妈，也不怨乔世伦，更不恨乔欢，可她唯独生他的气。是他让自己放弃了当初说"不"的机会，让妈妈嫁给了乔世伦；是他答应要一直陪在自己身边，却又在面临选择的时候毫不犹豫地逃离。那个发誓对她好的哥哥哪里去了？她不明白，他和乔欢只有半年的相处，为什么却胜过了他们此前十年的兄妹情谊？

怀着这样的不理解，乔萝将乔杉划入人生第一份黑名单。

回到青阖镇，外公外婆乍见她们回来很欣喜，但晚饭后听林蓝说了缘由后，都大吃一惊。那时乔萝正在楼上收拾她的房间，即便长辈们刻意压低声音，她还是能听到些激烈争执的端倪。

乔萝悄步走到楼梯上，听到外公愤怒地对母亲说："林蓝，那这个孩子你是不要了？阿桦去世了，你也不要她，孩子心里会怎么想？"

"我怎么会不要她？她是我的孩子！"林蓝的声音带着深深的悲哀，"只是现在家里的情况，爸妈你们不是不知道，乔欢这次差点没命，世伦虽然没说什么，但是两个孩子再住在一起，迟早会有更大的事端。我如果坚持带着小萝，那我只能和世伦离婚。"

话至此，外公外婆都沉默下来。林蓝微微稳定了情绪，又说："而且小萝住在那里也不开心，她沉默多了，整天都不说话。她那么敏感，生怕惹谁不高兴，平时怯怯缩缩，笑都很少笑，我看着也心疼。所以我想，是不是让她在你们身边成长会更好。"

"作孽啊……"一直缄默的外婆长叹了一声。

乔萝又蹑手蹑脚地走回楼上。

妈妈不是要丢下我，妈妈还爱我——青阖镇的老宅子没有暖气，湿寒透骨，可乔萝觉得温暖，那颗被伤得七零八落的幼小心灵渐渐开始愈合。

林蓝在青阖镇陪了乔萝十多天，到了正月十五，乔世伦要开始上课，家里就剩下两个孩子，乔欢还病着，林蓝不得不回去了。临行那天的清晨，林蓝走到乔萝房中，望着孩子熟睡的面庞，母女分离的不舍牵引得她心如针扎。

"妈妈会回来接你的。"林蓝低声说，她俯身轻吻乔萝，发烫的眼泪滴在乔萝的脸颊上。

在房门轻轻关闭的声响中，乔萝缓缓睁开眼，伸手触碰脸上的湿润。

从这一刻起，她开始等待妈妈回来接她的那一天。

（2）

一级台阶，两级台阶，三级台阶……一二三四五。

上台阶，下台阶……上上下下。

林家老宅在思衣巷算是地基高的了，乔萝却还是嫌弃门前的台阶矮。台阶上下不过五层，她跳跃起来太容易了，翻不出多少新花样。而且她长得越来越高，双腿修长，现在已经能一步跨两级台阶了。乔萝在台阶上每每折腾到乏味时，只好坐下来，小手托着腮，静静望着巷子深处。

这样的呆板，会让时间的流逝变得极其缓慢，可是乔萝不在意。

她身后的院子里，外婆坐在紫藤架旁的摇椅上，边给乔萝织小毛衣，边哼着一首首温柔的童谣。

乔萝听得有点昏昏欲睡，外婆却总是恰好在这个时候叫她："小萝，要睡觉了哦。"

乔萝嘴里答应一声，揉了揉惺忪的眼睛，依旧盯着巷口。青阖镇的人们休息得早，如果是没有月亮的夜晚，深幽的思衣巷显得尤其黑洞洞的，连个鬼影也看不到。

外婆收好毛线，走过来关门。

她知道乔萝的心事，劝慰道："小萝，你妈妈半个月前刚回来过啊，总不能天天回来。以后别等了啊。"

乔萝抬起头说："说不定她就回来了呢。"

"傻孩子。"外婆柔声笑道，"你妈妈回来前会先打电话通知你的。"

话虽这样，却也阻止不了乔萝坚持不懈地每晚坐在门口等。

这已经是一九九六年的初秋了，大半年的时间内，林蓝来回青阁镇四次。每次林蓝回来，乔萝都缠在她身边寸步不离。林蓝自然也恨不能把女儿天天抱在怀里，可即便母女情深如此，她却从来不提接乔萝回去的事。乔萝想是不是乔欢的伤还没有完全好，怕给妈妈添麻烦，她很懂事地不问。

乔桦祭日前，林蓝和乔世伦带着乔杉一起回来扫墓。

见到乔萝，乔世伦笑容和煦，他待她依旧是好叔叔当年的做派，似乎从没改变过。他特地给乔萝带回许多英语参考书，鼓励她即使在青阁镇也不要忘记继续学英语。乔杉送给乔萝一个八达岭长城的青铜模型，说是乔欢和他一起选的。乔萝当着大人的面不得不接过，等到转身没人的时候，毫不犹豫地把它束之高阁。

林蓝那晚陪她一起睡觉，终于告诉她乔欢的伤完全好了，也没有任何后遗症，只是耳朵旁边留了个拇指大小的伤疤，以后只能披着头发，不能扎马尾辫了。又说乔欢月初刚考过了钢琴八级，她妈妈为了奖励她，这几天带她去欧洲旅游了。

那我是不是可以回去了呢？

乔萝一直记得妈妈当初的承诺：等乔欢好了，就接自己回去。

心跳得有点快，她在林蓝怀里抬起头，期冀地等待。

可是林蓝闭着眼睛，呼吸渐渐悠长。

乔萝失望地低头。

第三天，乔世伦和林蓝又带着乔杉走了，没有人提到乔萝的去处。

她依然留在青阁镇——这个给予她灿烂的金色童年，帮助她跨越蓝色忧伤的四年光阴，并即将再度赋予她浪漫少年岁月的江南水乡。

时光飞逝至两年后，林蓝回青阁镇的次数不再如最初那般频繁。外婆告诉乔萝，她妈妈在出版社得到了重用，已经主管一个翻译部门了，工作太忙，所以才没有时间回来。

乔萝这时也已经是六年级的学生了，课业有所加重，回家越来越晚。她也不会每天再坐到门口去等了，回到家安安静静地吃了晚饭，就抱着书包上楼做功课。

外婆最初只注意到她日益沉默，想要旁敲侧击地询问缘由，乔萝只以功课多压力大为由敷衍。而此后乔萝索性回家更晚，有的时候天黑透了，才见她姗姗回来。外婆终于意识到不对劲，将乔萝外公从书海中拖出来，跟他说了乔萝的状况。两人商量半天，抑制不住对外孙女的担心，一辈子自诩品行高华沾不得半点尘埃的外公决定做一次可耻的跟踪者。

那是个寻常的春日傍晚，学校四点半准时放学，即便六年级拖了一会儿课，但不到五点各班学生也都走光了。乔萝的外公等在学校门外，始终不见乔萝的影子，走到她教室外一看，竟见到宝贝外孙女拿着扫帚，正认真扫地。扫完地她又把全班的课桌都重新排列了一番，角对角、线对线，摆得整整齐齐。这些都做完后，她才慢腾腾地收拾书包，锁了门出来。

外公看着她瘦瘦小小略显疲惫的身影，有些愤怒。难怪他家小乔萝一直回家晚，原来是一直被罚打扫卫生？他决定第二天要找乔萝的班主任好好聊聊。

找到了原因后，外公本不想再跟踪下去，可是看到乔萝出了校门并没有朝思衣巷的方向走，反而绕去镇上另一头。外公很惊讶，只得不动声色地继续盯梢。

乔萝对诸事浑然不察，照常走到长全巷的刘奶奶家外。她敲门进去，讨杯水喝，又陪刘奶奶聊天。

刘奶奶早年眼瞎，子女不在膝下，她一人在家，孤苦伶仃。乔萝每天都过来给她讲一个故事，而且还是评书式那样连续的，把外公教给她的那一套历史按照她的新注释天马行空地一一道来。给刘奶奶讲完今天的新故事，乔萝礼貌地告别。路过镇上新开的理发店，她看到了那位新来的女理发师。女理发师有长长的头发，明亮的眼睛，笑起来又娇媚又洒脱，班里同学都说她特别像一个港台明星。

乔萝站在窗外看了她几眼，正巧女理发师瞥过来，看到她，笑语格外奔放："看，小美人偷窥呢。"

乔萝立即羞红了脸，落荒而逃。

接下来是要去致佲巷的芳婶家，她养了几只白兔，乔萝每天都去看望它们。当然，去之前，她要先问那条巷口的郭爷爷要几根他家菜园子里种的红萝卜。看着兔子们乖乖吃完所有萝卜，乔萝这才完成了放学一路的任务，慢悠悠晃到思衣巷尾，在祥伯的杂货店买了一包跳跳糖，然后就坐在店门口，望着西方的落日。

祥伯家的大黄狗摇着尾巴靠过来，乔萝摸了摸它颈上的毛，让它惬意地在自己脚边趴下。

思衣巷外有条贯穿全镇的长河，白墙黑瓦间碧水如绸，溶着万道落日金辉，在最纤柔娟秀的江南烟水间，泼洒出最壮阔绝伦的夕阳美景。

乔萝倚在门框上，眯起眼看着晚霞湮没水色，又把跳跳糖倒到嘴里，糖顿时在唇舌间不安分地噼啪迸裂，牵连得她血液里都涌动着无限活力。

"小乔还不回去，不怕你外公外婆着急？"

祥伯这个问题每天都问，乔萝通常是不会作声的。这天她却注意到杂货店对面一直空着的小楼似乎住进了人，因为那总是紧紧关闭的窗户终于开了，窗外台子上种着几盆海棠和兰花，窗内垂着一道竹帘，挡住了里间所有的风光。

乔萝有些惊讶："祥伯，对面来了新人家？"

"是啊。"祥伯说，"一对姓孟的母子，据说是从S市过来的。"

乔萝点点头。

即便乔萝只是个孩子，也阻止不了祥伯的八卦，他的黄豆眼左右瞥瞥，压低声音又说："听说那女的是个寡妇，来的时候身上积蓄不多，把所有首

Chapter 3
初遇秋白

饰卖了才买下这栋小楼，昨天还从我这边赊了五十块钱的账，说是过几天还，可谁知道什么时候她才有呢？不过他们母子俩相依为命，也挺可怜，算了算了。"他叹气道，一副悲天悯人的大善人姿态。

乔萝看着那栋小楼，若有所思——里面也有个男孩和她一样没有爸爸，可是无论如何他还有妈妈一直陪着他，他应该比自己要幸福。

楼里忽然流出铮铮的琴声，清调辗转，弹曲起伏，古老而又苍然的音律就这样充溢着日暮的时空。乔萝在琴音中沉迷，看着天上的云白了又红，红了又青，然后又渐渐变暗，她依然意犹未尽。

夕阳缓缓落尽，青河依旧沉碧。

琴音终于慢慢收止，乔萝也清醒过来，知道时候不早了，站起身，拍了拍裤子上的灰，准备回家。

临行前抬头，她看到楼上亮起了灯光，那卷竹帘后有人影晃动，还有一双静静注视她的眼睛。

她能感觉得到。

整个思衣巷只有林宅外有路灯，这也是外婆见乔萝回来越来越晚，怕她摸黑走路不安全，前段时间特意装上去的。这个时候路灯已经亮了，乔萝走近家门口，看到台阶下徘徊着一个纤柔的身影。灯光照在她的身上，温婉的感觉那么熟悉。

乔萝很激动，扑上去抱住她，大声喊："妈妈！"

那女人显然被吓了一跳，勉强镇定下来，低头看着扑到自己怀里的孩子，疑惑地问："你是？"

声音陌生，并不是林蓝。乔萝这才知道认错人了，尴尬得不行，放开手，讪讪退后。

"我……我叫乔萝，我认错人了。"她满脸通红地道歉，"对不起。"

那女人看着她，怔了一会儿才含笑说："哦，没关系。"

朦胧的灯光照清了女人的面庞，乔萝年纪虽小，但也惊叹于她如画的眉眼。乔萝从没见过美成这样的女人，让她想起刘奶奶家壁画上的仙女。

那女人见乔萝目不转睛地看着自己，忽然微微一笑。

乔萝这才感觉到自己如此打量别人很唐突，有些害羞，转过身进家门，踏上台阶，想了想，又回头问："阿姨，你是不是找我家的人？"

那女人微笑着说："我找林老先生。"

"找我外公吗？我去叫他。"乔萝目光一瞥却看见外公从巷子的阴影处走出来，惊讶地问："外公，你也刚回家啊？"

外公不自然地咳嗽一声，看着门口的来客："你是？"

那女人面对乔萝外公，似乎有点紧张，双手握在身前，局促地说："林老您好，我叫孟茵，前天刚刚搬来青阊镇。我想到镇里的中学找个工作，但学校的人说现在市里教育局关于招收教师有严格限制，不肯留我。我请教过镇上的人，他们告诉我说林老先生是当年资助青阊中学成立的人，和校方能说上话。我……我这才冒昧来拜访。"

"这样……"外公沉吟一会儿，说，"那你想教什么呢？"

"我能教音乐。"孟茵忙从随身的包里翻出证书，"这是我在S市音乐学院的毕业证书。"

外公看过证书，叹道："这么好的水平，怎么屈居青阊镇？"

孟茵抿唇，神色突然有些不安。

外公也不是追探人隐私的人，又说："这样吧，明天上午十点你来我这儿，我陪你再去一趟学校。"

孟茵没想到这样顺利，感激不尽："谢谢林老。"

外公笑着摆摆手，带着乔萝进了家门。关门的时候，乔萝从缝隙里看到，孟茵还在门口怔怔地站着，捧着证书，眼里竟微微闪着泪光。

　　夜晚等乔萝睡下，外公和外婆讲了放学后跟在乔萝身后的见闻。外婆听后心中打鼓，说这孩子是不是青春叛逆期到了。

　　外公叹气："这孩子从来不叛逆，只是太孤独了，她父母都不在，她心里自卑又敏感，和同龄人也越来越不合群。这么下去不是办法，得尽快转移她的注意力。"

　　外婆惶然："怎么转移？"

　　"给她找件感兴趣的事吧。"外公说，"除了看书之外，能调动她情绪的。"

　　外婆绞尽脑汁思索对策，心里有了主意。等到暑假，外婆托人从S市运来一架钢琴。乔萝看着那庞然大物被搬进家门，小脸发白，任凭外婆软硬兼施，她死活不碰琴键。

　　"现在城里的女孩都学这个。"外婆循循善诱，"这是淑女必备的。"

　　乔萝说："我不是城里的女孩，我不是淑女。"

　　外婆继续劝："可是小朋友长大了总要有一技之长啊，等到你去上大学，同学么都会这个会那个，就你什么都不会，你不难过？"

　　乔萝即便对未来充满担心，却不肯松口："反正不学钢琴。"

　　外婆要绝望了："那你要学什么？"

　　乔萝也在外婆的逼迫下为难不已，忽然想起思衣巷尾缠绵悠长的清韵，随口说："要学就学古琴。"

　　"好，"外婆答应，"那就学古琴。"

　　不管是钢琴还是古琴，只要乔萝想学，那就是好现象。外婆和外公商量，全镇古琴弹得最出神入化的无非也就一个人——青阁中学新任音乐老师孟茵。而外公有恩于孟茵，去开这个口也并不为难。

　　外婆第二天就去和孟茵谈这事，孟茵自然毫不犹豫地答应下来。

（3）

　　乔萝清楚地记得，那天是七月初七的清晨，她第一次那么近地站在孟家楼下。楼上竹帘依旧垂着，琴声铮然缓奏。已是暑热天气，窗台上兰花与海棠不见了，换上了几盆青松。

　　孟家楼下门虚掩着，她敲门，无人应，应该是楼上的人弹琴太过专注。她在楼下转了一圈，不见人影，又轻步走到楼上。

　　那是她此后数十年梦里都难以忘怀的初遇，夏日的朝阳从竹帘照入屋内，一道一道，满目华光。白衣少年背对她坐在竹帘旁，修长笔直的身影有松柏之姿。听到她的脚步声，他回过头。那是一张如玉的面庞，有着浓墨染就的眉眼、工笔雕刻的鼻唇，这让他看起来有种清雅绝俗的俊美。

　　少年看着有些发呆的乔萝，站起身，试探地问："小乔？"

　　柔和而略显清凉的声音传入耳中，乔萝脑中轰然一响，仿佛时光一下子穿越了千年，在这样浓盛的日色与视线的碰触中，她找到了消失在青史卷册间那个让她念念不忘轻袍缓带的身影。

　　"我是小乔。"乔萝傻傻地问，"你是周瑜吗？"

　　"我不是周瑜。"少年忍不住笑起来，"我叫秋白。"

　　孟茵的缺席事发突然，青阁中学昨天接到S市教育局月底到各校调研暑期文娱活动的通知，这天一早负责文体的副校长把孟茵叫去商量节目选排。

　　所以乔萝学古琴的第一课，由秋白教授。

　　孟茵临行前交代秋白先给乔萝讲讲古琴的历史和文化，等下午她回来，再教乔萝认弦和指法。

　　秋白并不急于传道授业，下楼给乔萝倒了一杯饮料。上楼将饮料递给她时，看到她绯红的面颊和额上的薄汗，微微一怔。

其实这天气温并不高，而且小楼就在河边，清晨的风毫无阻拦地自水面吹来，要比别的地方凉爽许多。

乔萝纯粹是因心神不宁引起的燥热不安，秋白当然不会知道。她接过他递来的饮料，低头喝时本正可掩饰尴尬，却不料被满是气泡的橘子汽水呛了一下。她咳嗽着，脸更红了，额上的薄汗也慢慢结成汗珠。

秋白忙又拿了一杯白开水给她，等她气息平稳，他让她在古琴旁的长椅上坐着，自己却转身去了卧室。

乔萝暗自懊恼自己一连串的失态。正自我唾弃时，见秋白又从卧室出来，手里拿着一把蒲扇，坐到乔萝身边，慢慢扇着。

乔萝窘迫极了，轻声说："秋白，我自己来。"

"好。"秋白把蒲扇交给她。

孟家母子二人初到青阁镇，手上拮据，家中电器一应未备，即便夏热炎炎，他家却连风扇也没有装。平时秋白一人住在楼上，性静而体凉，除了偶尔的极端高温天气，以母亲买的一把蒲扇降暑外，别无其他纳凉的方法。

孟家生活得艰辛不易，乔萝其实从走进屋子的那一刻就注意到了。不过楼下陈设再简陋，桌椅条案、壁画、吊钟好歹都齐全，但楼上的这个厅，却是让人一眼望穿所有的空荡。

一架古琴，一张旧木书桌，还有几盆兰花。四壁萧条，不过如此。乔萝却想起外公说的，琴棋书画的君子之室。琴与书，这里都有，何况还有"花中君子"——兰花。乔萝见窗台上没有了兰花，以为已经凋谢，却不料它们依然养在室内，花繁叶盛，葳蕤一片。

秋白顺着她目光望过去，解释道："这是四季兰，不畏暑寒，四季开花。"

"嗯。"乔萝点头，心静下来，没有了刚才的燥热不安，放下手中的蒲扇。

秋白这才让她转身和自己面对古琴而坐，微笑着问："小乔，为什么想学古琴？"

个中原因很曲折，乔萝难以对他说清楚，含糊地答："古琴很好听。"

秋白纠正她："古琴悦心，古筝才悦耳。"

乔萝忍不住辩驳："可是你的确弹得很好听啊。"

秋白笑着说："你听过我弹琴？"他想了想，"我之前常看到一个女孩傍晚坐在祥伯店门口，是不是你？"

乔萝想起帘后那双眼睛，抿唇微微一笑。

秋白不再多问，开始慢慢跟她讲述古琴的文化："古琴始于上古，盛行春秋，沿袭数千年，流传至今。古琴最初只有五根弦，内合五行，金、木、水、火、土；外合五音，宫、商、角、徵、羽。后来周文王囚于羑里，思念儿子伯邑考，加弦一根，叫文弦；武王伐纣，再加弦一根，为武弦。合称文武七弦琴。"

说的人用心，听得人也很专注。

片刻后，乔萝提问："这么说，文王和武王也都是擅琴的人？"

"是。"秋白继续说，"古琴音色清和淡雅、沉远旷达，是古今士人修身养性的良器，伯牙、司马相如、扬雄、诸葛亮、嵇康，都是琴道中的佼佼者。"

乔萝补充："还有周瑜。"

秋白见她念念不忘三国的周公瑾，笑了笑，又从书桌上取来一本有关古琴琴式的厚重册子，给她细细讲解各种古琴的样式。

伏羲式、仲尼式、连珠式、落霞式、灵机式、蕉叶式、神农式……

乔萝现学现用，以图样对照孟家的这架古琴。

面前的琴通体栗褐色，虽有角落的底漆因磕碰而剥落，但在日光的照射下，残破处却呈现出更为明润的朱砂赭色。整个琴身线条优雅流畅，琴膛不厚，琴边极薄，装饰非常讲究，连琴轸都是莹润光滑的白玉。在这架琴的琴尾，隐约有梅花状的断纹，纹形流畅，纹峰如利刃状，纹尾自然消失。

乔萝问秋白："这是不是蕉叶琴？"

秋白赞赏地看她一眼，点头："是蕉叶琴。它的名字叫'梅心'，是我爷爷传下来的。"

"你爷爷？"

"我爷爷是虞山派的梅晓山。"秋白话中不无骄傲。

乔萝一脸茫然："虞山派？"

"虞山派是现在主流琴派之一，琴曲弹奏的特点是清微淡远，中正广和……"

等秋白费尽口舌地说完，却发现乔萝望着他，有些游离在外，魂不守舍。他只好问这个心不在焉的学生："你在想什么？"

乔萝有些犹豫，最终却还是轻声问他："秋白，你姓梅吗？"

秋白的双眸微微暗淡，低头自嘲地一笑，指尖勾弄琴弦，弹出瑟瑟之音。"我不姓梅。"他低声说，"我姓孟。"

乔萝知道自己唐突的问题触及他的伤处，想要道歉，却见秋白抬起头来对她温和地微笑。他眉眼清朗，别无异样，刚刚那一瞬间的失落似乎只是乔萝的错觉，乔萝道歉的话只得从嘴边咽下。

中午孟茵还没有从学校回来，秋白暂停了课程，下楼做饭。乔萝本要回家，但秋白挽留，说是孟茵出门前交代的，必须留她在家里吃饭。

盛情难却，何况她也好奇这个小老师能做出什么样的饭菜，于是乖乖留下。两人一起进了厨房，秋白熟练地洗菜切菜。看他忙碌不停，乔萝自然也不好意思干坐一旁，上前帮忙，却不是打翻了水，就是洒了一地的菜叶。

秋白的脾气很好，任凭她把厨房折腾得一片狼藉，他一句话也不说，只默不作声地收拾好所有的残局，然后看着尴尬不已站到角落去的乔萝，笑了笑，请她坐在饭桌旁，又给她一篮子的豆角让她择。

若说谦和有礼，乔欢和秋白大概是一类人。但风度纵是相似，做法也有不同。乔欢的是一种，秋白的又是另一种。乔萝对乔欢最初的示好总是不由自主地逃避，因为那是居高临下的施舍。而她此刻却安心接受秋白礼让的方式，因为他将好意表达得如此亲切自然，这让她自在，并心怀感激。

　　孟茵在下午两点多的时候才回来，进屋的时候有些气息不稳，脚步微微虚浮，看到乔萝忙说："小乔等急了吧，孟姨回来晚了，抱歉啊。"

　　乔萝见她面色酡红，初以为是午后外面太热，但等孟茵开口，闻到空气中弥漫起若有若无的一丝酒味时，便知道不是天热的缘故。

　　秋白也发觉了，皱眉道："妈，你喝酒了？"

　　孟茵用凉水里的毛巾擦了擦脸，说："陪副校长和市教育局的调研专员吃饭，没办法推搪，喝了一点。"说着转身看着乔萝，拉过她的手："小乔，我们去学琴。"

　　"妈，你……"秋白欲言又止。

　　孟茵想必是知道他的担心，朝他点点头示意无碍，说："你做功课吧。"

　　三人到了楼上，秋白在旧书桌旁看书，孟茵与乔萝坐在古琴前，先聊了几句。大概知道了秋白上午教了些什么，孟茵又对乔萝说了弹琴的坐姿和心态的问题。然后看了看乔萝的双手，见她指甲修整齐平，孟茵说："以后右手要留点指甲，不然弹出的音色会闷，左手就不用了。"

　　和秋白循循善诱的温和言辞相比，孟茵面容严肃，是为人师者的姿态，乔萝不敢不应，点头："知道了，孟姨。"

　　孟茵先将所有指法都演示了一遍，对乔萝说："今天只学抹、挑、勾。"

　　抹弦，勾弦，乔萝很快便学会了，却独独挑弦总是食指发力，不是孟茵强调的拇指推送。

　　孟茵指导了十数次，渐渐有些不耐烦。此时午后困乏，酒劲上涌，她神色慵懒，看着乔萝涨得发红的面庞，眸中轻雾泛起，目光有些迷离。

乔萝在她沉默的注视下越来越战战兢兢，手指再次挑出一个混音。

孟茵厉声说："当空下指，挑以指尖，花木头！"

她突然提高声音，乔萝吓了一跳，忙从琴上缩回手，怔怔地看着孟茵。

孟茵嘴唇轻咬，双目微瞪，一脸的气愤和不耐烦。乔萝望着她，从惊吓变成惊讶。因为孟茵现在生气的神态很奇怪，一改平素的温婉柔和不说，柳眉黑眸间似喜还嗔，宛若妙龄少女。

一旁的秋白忙过来拉起孟茵，低声说："妈，你累了，去休息一会儿吧，我来教小乔。"

"好，你教，你教。"孟茵看着他，冷笑，"花木头的心都是花的！"

秋白抿紧了唇，这一天来，乔萝还是第一次看到他和同龄人一样，面对突发状况，露出了手足无措的狼狈与慌张。他低头迅速和乔萝说了声"对不起"，然后用力拉着孟茵下楼。过了一刻再上来时，他面色清淡，又恢复了先前宁静从容的模样，仿佛刚刚什么事也没发生过。

"我教你吧。"他坐在乔萝身边。

"秋白，"乔萝十分歉疚，低下头，轻握挑弦挑得发疼的手指，"我是不是很笨？所以孟姨生气了？"

"当然不是。"秋白摇头，轻轻叹了口气，"我妈一喝酒就这样。"

静默了片刻，乔萝轻声问："秋白，谁是花木头？"

秋白说："我爸。"

他并不想隐瞒乔萝，因而回答得没有一丝犹豫，同时，他也没有露出一丝情绪，当然也没有留出任何机会让乔萝继续发问。指尖倏落，说："挑，未弹时手法形如'龙眼'，弹后形如'凤眼'……"

龙眼、凤眼、龙眼、凤眼，周而复始的练习中，乔萝总算学会了挑弦。

而自此之后，即便孟茵清醒了，她也没再教过乔萝。仅比乔萝大两岁的秋白，从这天起，成了乔萝正式的古琴老师。

▶ Chapter 4　相濡以沫

乔萝长大后想，或许从这时起，他们的关系可以用一个词来形容——相濡以沫。

（1）

乔萝显然比较适应秋白的教法，以一个星期的时间，练会了古琴基本指法，且能弹奏简单的《秋风词》、《关山月》。练了一个月后，已经可以熟练地奏出《酒狂》和《平沙落雁》。尽管秋白让她不要急于求成，重在感知琴与人的意境合一，乔萝却置若罔闻。也不知道她是和谁在较劲，夜以继日地练琴，直到练跪指的时候把手指磨破，才不得不休息了两天，和外公去S市拜访了一位上好的研琴师，买到一把属于自己的古琴。

乔萝的古琴也是蕉叶式，琴体深赭色，工艺极其考究，以最好的贵州大漆制成，另配一副黄树志的丝弦，弹出的声音既实又透、奇古清圆。买回来后，秋白也说好，只是不适合初学者，在秋白的建议下，乔萝的琴另换了一副尼龙弦。

到了八月下旬，暑期接临尾声，气温却与日俱增。就连秋白这样不畏热的人，到了午后也是蒲扇不离手。乔萝却始终坐在古琴前，常练得汗流浃背也不肯稍歇。

秋白只得坐在旁边为她扇风纳凉，有些疑惑："为什么要练得这么辛苦？"

琴弦正好碰到左手无名指破皮的地方，乔萝"嘶"的吸口凉气，把手靠近嘴边吹了吹。然后才抬起头看着秋白，回答说："过几天是我爸的忌日，我妈会回来，我想弹给她听。"

她此刻的神色认真而又期待，一双黑眸绽放出晶莹的光彩。

秋白望着她，手上的蒲扇微微停顿。

孟茵恰在这时端着西瓜上楼给两个孩子，听到乔萝的话，在楼梯上也是怔了半晌儿，才走上来，柔声说："就算是这样，也不急在一时，歇会儿吧，吃块西瓜。"

乔萝微笑着说："我不累。"低头，手又按上琴弦。

日子就这样在古老悠扬的琴声中慢慢流逝，直到乔桦忌日的前一天，乔萝傍晚从秋白家回来，看到乔杉站在林宅门前，朝她含笑招手。乔萝忙飞奔过去。

"小萝？"乔杉见她目不斜视急匆匆越过自己身边，不由惊诧。

"妈妈！"乔萝跑到屋里，大声喊。四周空寂，无人回应她。她楼上楼下都找了一遍，却没有见到林蓝的身影，甚至连外公外婆也不在屋内。

乔杉跟在她身后说："妈妈工作太忙，没有时间回来。外公外婆去市场买菜了。"

乔萝愣愣地站在那里，望着乔杉好一会儿才移开视线，看着摆在厅侧的古琴。练得再辛苦也没有用，妈妈不会听到。乔萝靠着墙壁定了会儿神，双手交握擦过掌心，那纤细的十指上，满满都是厚厚的茧子与裂痕。

乔杉也早就注意到了那把古琴，笑着说："前段时间外婆打电话告诉妈妈说你练古琴了，练得怎么样？"他走到琴旁，随意地拨了拨弦。

乔萝冷冷地道："不许碰我的琴。"

乔杉微微变了脸色。

乔萝转身，快步上楼，回到自己房中。

房里书桌上堆满了大大小小的礼盒，乔萝皱眉，正要上前清理，却听到身后有人说："都是我们给你的礼物。"

她回头，看到乔杉倚在门框上，他的脸上依然满是包容的笑："你看，这是我给你买的豌豆黄和驴打滚，都是你爱吃的。还有妈给你买的衣服，乔叔叔让我给你带的书。"最后，他指着一个红色的蝴蝶发夹，"这是乔欢送给你的。"

乔萝年纪虽小，心也不可自抑地疼痛。两地分隔这么久，她日盼夜盼，原来得到的就是这样可怜到微薄的慰问。她默然片刻，缓缓上前，只收了衣服放到衣柜里，然后把桌上剩下的东西都推到角落，蝴蝶发夹在最边上，在她的动作下颤颤地从桌边掉落。

乔杉终于忍受不了她的态度，摆出长兄的威严，训斥道："乔萝！你不要这么任性！"

乔萝并不相让，看也不看他一眼，冷淡地说："我不需要他们家的东西。"

"什么他们家？我们是一家人！"乔杉也确实有些生气了，指责道，"你当年推乔欢坠楼，差点害她没命，乔叔叔和乔欢都不曾怪过你，你还用这样的态度对他们？"

乔萝闻言怔了怔："我推她？"

思绪瞬间回到那个冬日的夜晚，乔欢和她争执的场景清清楚楚地在眼前浮现。乔欢拉她，她甩开手臂，乔欢摇摇欲坠，然后跌下楼梯。

乔杉站在她面前，看过来的目光愤怒而又隐含鄙夷。乔萝全身开始发冷，隐隐约约地明白这些年她被冷落、被疏远、被遗忘的症结所在。

"我没有推她！"她面色苍白，恼意和委屈充盈胸膛，逼迫得让她几乎窒息，连声音都发不出来。

乔杉瞥着她，显然把她低若游丝的声音看成无力的辩白："你没有推她，难道是她自己摔下楼的？小萝，你太让我失望了。"

他这样残酷地下定论断，堵住她所有的话。乔萝只觉满心怒火无处发泄，狠狠将他推开，下楼时双腿发软，跌跌撞撞地冲出林宅。

日光已淡，夜色正在降临，巷子里行人渐少，她茫然地走在路上，泪水在眼眶里滚来滚去，就是倔强不落。

乔杉不相信她，或许妈妈也以为是她推的乔欢——谁能相信不是她推的呢？那时只有她们两个人，乔欢受了伤，她有过错，这是事实。至于她的过错是大是小，是有意还是无意，谁会在乎？他们的眼里，早认定了乔欢是无辜的受害者，而她，是年纪虽小却心狠手辣的施害者。

这个结论让乔萝不寒而栗，推人坠楼的名声实在罪大恶极，她如何背负得起？

生平第一次，她尝到了彻底无望的心冷和有苦难说的无助。她想找个能全心全意信赖她的人，可是能找谁？

不知不觉间，她已走到思衣巷尾，苍然的琴声在头顶上传来。她抬头，看到了竹帘后温暖晕黄的灯光。她没有犹豫，推开孟家楼下虚掩的门，快步上了楼。

秋白听到身后的动静，转过身，讶然看着乔萝："小乔，怎么又回来了？"

乔萝咬着唇不说话。秋白走到她面前，看清她眸中噙满泪水，有些惊慌："怎么了？"

乔萝还是不说话。

秋白伸出手，在半空中迟疑了片刻，落在她柔软的黑发上，轻声道："有什么委屈就和我说吧。"

"秋白……"她哽咽，突然扑入了他怀中。脸碰到他雪白衬衣的一刻，眼里转来转去的泪珠终于滚落下来。

秋白的身体僵了僵，过了一会儿，缓缓将她抱住，柔声说："别哭了。"

乔萝很想不哭，眼泪却控制不住地涌出。此时此刻，她的小老师是她唯一可以抓住的浮木。她所有的委屈和莫名的害怕只有在他面前才能尽情释放。

秋白从来不知道一个人能有这么多眼泪，可是他除了笨拙地帮她擦眼泪

Chapter 4
相濡以沫

外，别无劝慰的办法。等到乔萝哭累了，趴在他怀里睡着，秋白望着她宁静的面庞，想着刚才那对黑眸里的惊涛骇浪，依旧心有余悸。

孟茵回家，看着两个孩子靠着墙壁坐在一起，吃了一惊，想要质问时，秋白却将食指竖在唇边做了个噤声的动作。

他弯腰，将迷迷糊糊的乔萝背在身上，低声对孟茵说："妈，我送她回去。"

孟茵这才看到乔萝脸上未干的泪痕："这孩子出了什么事？"

"不知道，她没有说。"秋白苦笑，"不过她这么伤心，可能是想她爸了吧。"

"都是可怜的孩子。"孟茵轻声叹气，看着秋白背着乔萝小心翼翼地下楼的身影，若有所思。

长巷空荡，晚风徐徐，落霞已被铁青的云吞没，徒留一天暗淡的沉寂。走到半途，秋白感觉到背上的人动了动。

"秋白。"乔萝在他背上小声开口。

"你醒了？"他微笑，却没有把她放下，继续往前走。

"你相信我吗？"乔萝的声音飘散在夜色中，听起来十分虚弱。

"相信什么？"秋白问。

可是背上的人长久不答。

秋白唇角扬了扬，说："相信。"

乔萝轻轻笑出声，她拍了拍他的肩，声音清和而又平稳，似乎恢复了力气："小老师，放我下来吧。"

回到家，外公外婆没有发现乔萝的异样。外婆正在准备明天上坟的祭品，外公则戴着老花镜，和乔杉核对后天带回北京的物品清单。这次乔杉停留的时间不长，仅仅两天，所以明天祭祀后，外公就要带着乔杉去把东西都采购完。

"小萝回来了啊。"外婆把祭品都放到厅中角落，捶了捶发疼的腰，望望外面天色，"都这么晚了，以后去学琴也要注意时间，早点回家。老是打扰人家孟老师也不好。"

乔萝点点头："知道了，外婆。"

乔杉抬头看了一眼乔萝，见她眼圈红红的，知道她哭过了，脸上露出悔意，想要上前和乔萝好好说会儿话，乔萝却飞快地转身，和外婆去厨房准备晚饭。

乔萝在厨房里听到外公对乔杉说："江润州那几册孤本古籍太贵重，我也没有什么好回礼的，退回去又驳了他的面子，你爷爷当年倒是送了四块上好的徽墨给我，你明天记得提醒我找出来，你回去转送给江润州吧。你妈不知道轻重，以后这样的礼物不要再收。"

乔杉为林蓝辩解："妈也推辞不了啊，江爷爷说他年轻时你和外婆帮过他的忙……"

"施恩不望报，望报不施恩。"外公说，"再说当时不过举手之劳。江润州前几年不也帮你妈安排工作了吗？我们两家互不相欠了。"

"好，我回去告诉妈。"乔杉又说，"对了，外公，乔欢和江宸都喜欢吃青阖这边的青笋，妈让我多带些回去。"

外公说："阿坚就在市场上卖笋，明天你去找他拿。"

乔杉答应了。

江宸？厨房里正在拿碗筷的乔萝听到这个名字怔了怔。她记得这是她未曾蒙面的伙伴。不过看起来，他现在的伙伴应该是乔欢。

乔萝并不失落，也不再像之前那样义愤难平。就算她失去了妈妈的庇佑、哥哥的爱护，可她还拥有外公外婆完整的爱，而且她还有她的小老师，他是世上最好的朋友。

他可以无条件地相信她，他能够耐心地陪着她，他甚至还会在她睡熟的时候背着她——那是和父亲一样让人可以依赖的、温暖可靠的肩背。

于是，孟秋白在乔萝生命中的第二个身份，晋升到了朋友，唯一的朋友。

（2）

九月一日是开学日，乔萝到青阖中学报到。

事前外公已经帮她打听清楚了，她被分在初一二班，数学老师孙老师是班主任，同时还是整个初一年级的数学教研组组长，并兼任初三五班的数学授课。

初三五班，那是秋白的班级。秋白是数学课代表。当然，这不是外公打听的，是乔萝从孟家母子平时谈话中得知的。

开学第一天的班会课上，竞选班干部时，乔萝厚着脸皮站上讲台，自荐数学课代表，成功当选。

于是如她所愿，老师下课后把她叫到办公室交代课代表工作注意点时，她顺利在入学第一天就"巧遇"到秋白。秋白刚刚收完班上的暑期数学作业，进办公室看到乔萝，怔了一下，而后浅笑。他把作业交给孙老师，又拿走上学期的数学期末试卷，临行前见乔萝对他眨了眨眼，他微微点头，表示明了。

乔萝好不容易听完老师的叮嘱，跑出来一看，秋白果然没走，等在楼梯拐弯处。

乔萝高兴地说："小老师，我现在也是数学课代表，以后我们可以常常在这里见面了。"

"常常见面干什么？不要上课学习了吗？"秋白笑了笑，又说，"在学校就不要叫我小老师了。"

"是，秋白。"她笑颜嫣然，眼眸明亮，言行举止一派阳光灿烂，完全不像当初那个束手束脚、容易害羞而又处处怯缩的女孩。

秋白记得，她的改变是从那场哭泣开始的。那晚她自他背上下来，对他露出的便是这样明媚的笑容。第二天开始，她就怠于练琴了，他问她为什么不练，她就把伤口斑驳的手指送到他面前，微微噘着嘴、皱着眉，很是无辜的样子。从此弹琴给她听成了他每日必做的功课，而她呢，美其名曰在旁观摩学习，实则脑中不断想着鬼主意：一会儿让他陪着她去钓鱼，一会儿又想去挖青笋，一会儿又让他做风筝……

他从来都是个没脾气的人，当然不会拒绝她的任何要求。她似乎也就吃定了他的谦和包容，一天到晚缠着他，花样频出。

乔萝为何改变，秋白不知道。不过说实话，他乐意看到她这样开朗。

孙老师觉得乔萝实在是个勤劳而又好学的孩子，常常在课间跑到办公室来，要么是交作业和试卷，要么是请教数学题。也不知道她是哪里找来的那些刁钻题目，虽不至于将他难住，但每每也总要他花好些时间去解题。好在过了两个月，他在她频频满分的数学成绩中发现了她的天赋，把她塞进了专为初三优等生准备的竞赛班，让她一天到晚和歪题怪题打交道，他自己也总算落得个耳根清净。

乔萝对于这个安排非常满意，回家后高高兴兴地和外公外婆宣布：她以后周三、周五要晚回家。因为竞赛班是每周三、周五晚才有补习课。

秋白在补习课上第一次看到她的时候很惊讶，不仅他，满教室初三的学生看到这个陌生面孔都是一脸疑惑。

乔萝旁若无人地走到秋白身边，问他："同学，你旁边座位有人吗？"

秋白摇头，乔萝气定神闲地坐下，放下书包，拿出笔盒和草稿纸。

秋白忍不住低声说："你来这里做什么？"

"上课啊。"乔萝瞥瞥四周注视的目光，提高声音说，"孙老师让我过来的。"

孙老师是竞赛班的老师之一，同学们听她这样说，困惑减半，渐渐收回了关注的视线。

乔萝又从书包里掏出苹果和蛋糕偷偷塞给秋白，轻声说："晚饭。"

"我吃过了。"

"就干啃一包方便面算晚饭吗？"

青阖中学初中部的食堂只管中饭不管晚饭，所以乔萝清早出门前，外婆在她包里多放了些苹果和蛋糕，免得她晚上上课的时候饿肚子。

秋白说："我没有吃方便面。"

"没有？"乔萝歪头，手指点点自己的唇，示意他，"喏，销赃未曾灭迹。"

秋白忙摸了摸自己的脸，干干净净，什么都没有。

乔萝得意地眨眼："我猜对了是不是？"

她一旦折腾起人来，古灵精怪，让人毫无办法，秋白摇头轻叹。乔萝把苹果和蛋糕又朝他面前推了推，他推辞不得，只好拿起苹果咬了一口。

乔萝参加竞赛班或多或少地影响到了秋白，无论是潜移默化的，还是明目张胆的。比如秋白正在认真演算一道题的时候，乔萝却在望着窗外的夜色发呆，然后拿笔戳戳他，问："我们住在一条巷子里，上学时间也差不多，为什么每天都碰不到你？"

秋白的心思全在题目上，随口说："我走得比较早。"

结果乔萝第二天就起得比平时更早，那天早上下着淅沥秋雨，等了差不多一个小时才看见秋白打着伞经过，他看到了站在院门外不太高兴的乔萝。

"你不是说走得早吗？"乔萝撑开伞走下台阶，"我都等了一个小时了。"

"我妈生病了。"秋白解释了一句，这才意识到不对，"你在等我？"

多此一问——乔萝瞪了他一眼，实在懒得回答。

耽搁这么长时间，上学就要迟到了，乔萝脚下有些急，走过思衣巷外的石桥时，脚下打滑，乔萝"啊"了一声，眼看就要摔倒，身后却有双手将她及时扶住。

"慢点。"秋白在她耳边轻声说。

乔萝的脸红了，站稳后，低声说："要迟到了，你们初三不是管得很严吗，你不怕罚站？"

秋白明白过来："你是因为我才走这么急的？没事，老师不会罚我的。我妈也是老师啊，他们多少会给她一点面子。"

乔萝恍然大悟，点点头，将手臂从他掌心轻轻挣开。

秋风秋雨下，少男少女沉默前行。

这天之后，乔萝以为对于一起上学的事两人应该有了默契。可是第二天一早她等在家外，依然迟迟不见秋白。这次她学乖了，不再傻等，跑到孟家门前，却发现门上了锁。

她只好去问对面杂货店的祥伯，祥伯摸摸光秃秃的头顶说："秋白啊，天刚亮的时候就走了，走得还挺急的。"

难道他是故意的？乔萝又莫名又生气，一整天都没有去孙老师的办公室——那是她和秋白课间约定会面的地点。而这天正好是周五，晚上乔萝到了补习班的阶梯教室时，有意避开了秋白常坐的位子，一个人坐在最后排。

可是一整晚课上下来，秋白的位子一直空着，乔萝这才起疑，问秋白班上的同学："孟秋白今晚怎么没来上课？"

那同学看着她的目光有点意味深长："他白天也没来上学，好像是他妈生病了。你和他关系那么好，难道不知道？"

孟茵生病，秋白昨天和乔萝说过，可是今天她去过孟家，门是锁着的，分明是家里没人啊。而且祥伯说的是早上秋白走得急，若孟茵还生病在家，秋白不至于把门锁了，留孟茵一人在屋子吧。

是不是出什么事了？乔萝心中担忧，下课后直奔孟家。这时已经是晚上九点多了，思衣巷尾一片漆黑，孟家小楼也没有一丝灯光。乔萝敲了敲门，并无人应，她怔怔地在门外等了许久，终于要放弃转身走时，却听见门吱呀一响。

秋白走了出来，寒冷的秋夜里，他只穿着单薄的睡衣，苍白的脸庞若隐若现于朦胧的光影间，透着难以言喻的疲惫和虚弱。

"秋白。"乔萝本想问你今天去哪儿了，话到嘴边却犹疑了一下，改成，"孟姨好点了吗？"

秋白唇角微微一扬，点头："好些了。"

乔萝看得出这笑容的勉强，而且他一直侧身对着她，将右脸掩藏在她看不见的黑暗中。乔萝趁他不注意，忽然探过头去看了一眼。秋白被她的动作惊了一下，脚下忙后退一步。

"你脸上的伤痕是怎么回事？"乔萝近前一步想要细看，秋白却伸手拦住她。

"只是不小心磕碰的，你别担心。"

怎么可能是磕碰的呢？他右颊靠近颈侧的那几道伤痕长而尖利，分明是被人抓破的痕迹。

乔萝着急起来："你是不是和谁打架了？"

"我怎么会和别人打架？"秋白无奈地说，"我真的没事，天这么晚了，你快回去休息吧。"

乔萝知道他一旦打定主意不说的事，不管她怎么问都不会有结果的，而且这个时候确实很晚了，为免外公外婆在家等得着急，只得先和他约定："那我明天再来看孟姨。"

"好。"秋白静静地站在门前，目送她离开。

周六的上午，乔萝央求外婆准备了一篮子水果，她提着过来看孟茜。可是到了孟家楼前，发现门又锁了。

祥伯看到她愣愣地站在门外，叹气道："秋白和孟老师一早就走啦。"

乔萝问他："他们去哪儿了？"

"这我也不知道，母子俩鬼鬼祟祟的。"祥伯看看四周，神情忽然有点神秘，压低声音说："不过我看孟老师精神不太好，前几天傍晚总听到孟家传来哭闹打骂的声音，那声音又尖厉又凄惨，吓死人了。还有不断摔盘子碎碗的动静，像是疯癫得不行。我说小乔，你暑假一天到晚待在孟家，应该知道些底细，那孟老师是不是神经不太正常啊？"

乔萝皱眉："祥伯你别胡说，孟姨只是这几天生病了。"

"但愿吧。"祥伯脸上分明是不相信的表情，看着对面的小楼，目光中不掩嫌弃，"我也不愿有个疯子住在对面，如果镇上的人都知道有个疯子在这儿，谁还敢来我店里买东西啊。"

听他嘴里疯子长疯子短的，乔萝忍不住瞪他一眼，拎着一篮水果悻悻而归。

孟家母子整个周末都没有露面，周一的早上，乔萝起床，看到桌上台历这一日所标注的生日蛋糕图案，有些失神。她穿衣洗漱好，和往常一样与外公外婆道别，打开院门，意外地看到了等候在台阶下的白衣少年。

"你这两天去哪儿了？"乔萝跑下台阶站到他面前，"孟姨怎么样了？"

"我妈在医院，这两天我都在医院陪她。"秋白顿了顿，低声说："小乔，你能不能帮我个忙？"

乔萝点头："当然，你说。"

秋白说："我今天要去趟S市，你能不能去找我们班主任帮我请一天假？"

"你去S市做什么？"

"找人。"

乔萝还要再问，秋白已经转身走了。他走得很急，应该是想要赶上去S市的最早班车。乔萝想了想，关上院门，快速跑到隔壁巷子同班同学的家里，让她代自己和秋白请假，然后又穿近路走到小镇乘巴士的路口，悄悄跟在秋白身后，上了同一辆车。

秋白看上去心事重重的，并没有发现她，一路上他都侧首看着窗外。南方凉秋的季节里，阳光难得爽朗，万物金灿盎然，只是却不能将少年的忧郁眉目照出一丝光亮。

到了S市，秋白倒了两趟公交，到了一个名叫"沈家弄"的小区。乔萝跟在他身后上了一栋楼的二层，秋白在左边那户人家按了半天门铃，才听到里面有人不耐烦地应了一声。

一个看起来斯斯文文的中年男人开了门，见到来客显然吃了一惊："秋白？"

"姨父，打扰了。"秋白说话十分客气，问："姨妈在吗？"

"哦，你姨妈啊……"秋白的姨父上下打量他几眼，也不让他进家门，只说，"她去G市出差了，估计一个星期后才回来。你找她有事？"

秋白犹豫了一下，说："我妈病了，现在在医院，医药费……"

秋白的姨父没有等他把话说完，大叹特叹了几口气："秋白，你和你妈失踪这么长时间了，临走都不打声招呼，你知不知道你姨妈有多着急？她跑到梅家去大闹了几场，还生了一场大病，住院半个月几乎都把家里的积蓄用完了。你也知道的，姨父我就是个画院里挂闲职的人，领一份死工资，字画也卖不了钱，整个家都靠你姨妈撑着，她这一病，家里几乎揭不开锅，小曼和小宴都要上学……"

他牢骚了一堆，话里的意思秋白怎么会听不出来，秋白涩然一笑，说："姨父，我还有事，就先走了。"

秋白的姨父笑着点头，送他下楼，看着秋白落寞离去的背影，可能终究是有点不忍心，又叫住他："秋白，你为什么不去找梅非奇呢？他和你妈没离婚，不管怎么说名分上还是你爸。你妈的医药费怎么说也该他给。"

秋白脚步一滞，低着头，默不作声地离开了。

他走出小区时的步伐比来时沉重很多。乔萝跟在他身后，心中很不是滋味，想要上前安慰他，却又怕惹得他更伤心。这个时候，她除了安静地追随他的身影，其他什么也做不了。

出了沈家弄，乔萝跟着秋白又上了一辆公交车，这次他们下车的地点是S市的中心广场。

下车后，秋白站在路边，仰头看着广场旁的一栋办公大厦。他脸上的神色乔萝看不清，但她能从他进进退退的脚步中看出选择的为难。过了好一会儿，秋白转身，离开广场，拐入大厦后的街道，径直走下去，又拐上另一条路。他就这样东拐西拐地走着，也不抬头看前方，脚下似乎没有终点。乔萝跟着他，被七七八八的道路绕得头昏，唯恐走丢，只有步步紧随。

在一条幽静的小道上，秋白停了下来。这条道路旁种着连排的法国梧桐，路上枯叶厚积，道路旁是一栋栋各占门户的别墅，中西风格混杂，别具特色。秋白驻足在那座大概是整条街上最具古韵的房子前。乔萝踮脚远望，透过藤蔓爬满的铁栅栏，依稀可见那院子里的亭台楼阁。

"别躲了，出来吧。"秋白忽然说。

乔萝看看四周无人，确定他是和自己说话，便慢吞吞地从梧桐树后挪步出来。

她走到秋白身旁，看着眼前古老的房子："这是什么地方？"

"梅家。"

(3)

两个人从清早自青阁镇出发，折腾到现在，秋阳沉下西山，天色已经不早了。秋白从书包里找出钥匙，打开铁门。乔萝跟着他走进宅院，踏上竹林

Chapter 4
相濡以沫

掩映下的小径。

小径幽通长廊，廊后重门，另有一座庭院，里间厅馆布置完全仿照江南园林的经典构筑。因院内繁树浓荫，光影比外间暗淡许多，两旁路灯已经亮了几盏，看起来应该是有人在家，然而四周寂静，不见一个人影。

庭院主建筑是座三层高的青石楼，秋白推开楼下厅门，正坐在厅里沙发上织着毛衣的女人头也未抬，懒懒地问："先生的那几盆兰花搬进来了吧？"

门外无人回答，她这才抬了抬头，看清门口的不速之客一脸震惊："秋白？"

秋白温和地说："秦阿姨。"

"你终于回来了。"秦阿姨忙丢下毛线跑过来，"夫人呢？"

秋白不答，只说："我回来拿点东西就走，我爸在吗？"

"唉，梅先生啊，你和夫人离开后，他几乎就不回来了。"秦阿姨长长地叹气，"不是我多嘴说主家的不好，但现在先生和那个歌舞厅小姐的事已经闹得满城风雨，听说那女人还怀孕了。老梅家原来是什么样的声誉啊，都被毁了。现在就是我出去一趟，外面都有人指着我说三道四的，难怪夫人当初被逼得……"

秋白皱眉打断她："秦阿姨！"

秦阿姨自知说多了，想收住话头，可还是压不住心里的不平，放低声音忧心忡忡地说："秋白，你劝劝夫人吧，再不回来，这家就不成家了。"

秋白低着头冷淡地说："这家早不是家了。"无论对他，还是对他父母来说，都是如此。

他在玄关处放下书包，从鞋柜里找出两双拖鞋，和乔萝换了，穿过客厅直奔楼上。

秦阿姨见乔萝寸步不离地跟着他，这才疑惑地问："这位是？"

"我朋友。"秋白踏上楼梯，忽似想起什么，回头问："秦叔呢？"

秦阿姨说："他刚刚说去院子外搬花，你进来的时候没看见他？"

"没有。"秋白目光微动，转身急步上楼。

到了楼上，他先去了右手边的房间。房间很大，里面还隔出了一个小客厅，小客厅布置得古色古香，窗前有一张空的琴案。乔萝想，这大概是"梅心"之前摆放的地方。秋白穿过小客厅去了里面的卧室，从梳妆台下的柜子里拿出两大盒药，然后出门又朝左去。

左边这间房显然是秋白之前的卧室，墙上挂着他从小到大的照片，里间夹着几张合照，合照里除了孟茵和秋白外，总有一个年轻男人。想来他就是秋白的父亲，乔萝不禁细细打量了几眼。照片里那男人眉目疏朗，笑容虽不多，但注视着妻儿的神情温厚眷恋，看起来并不是薄情寡义的模样。

既然当初家庭和睦如此，为何弄到现今的分崩离析？

乔萝满心困惑，却又不敢问。

秋白在书桌下的抽屉里找出一张存折，便拉着乔萝快速下楼。换过鞋，把药盒和存折通通放在书包里，不顾秦阿姨苦留他们吃晚饭的请求，拖着乔萝的手，急匆匆往门外走。

乔萝起初并不明白为何要这么仓促，但到了门口，看到大开的铁门外徐徐停下的黑色小汽车，她就立即明白了。

秋白脚步止住，慢慢后退一步。

一个中年男人从车上下来，他穿着黑色风衣，渐暗的天色衬托着他修长的身影，有种迫人的压抑感。乔萝认出他是照片上的男人，只是五官清俊依旧，神色却无年轻时的一丝温厚，原本疏朗的眉目此刻冷郁而又阴暗，望着秋白，脸上没有一丝表情。

即便乔萝是第一次见他，也觉得畏惧发怵。

"一走十个月，终于想着回来了？"梅非奇问秋白，"是药用完了？还是钱用完了？"

他的声音倒是和秋白很像，淡而平和，没有任何波澜。然而秋白的声音

Chapter 4
相濡以沫

清淡中总含一丝温暖的笑意，而他却是淡而疏冷，字字入耳如冰，比这傍晚的秋风还要透凉。

"爸。"秋白低着头，轻声说，"妈的药没有了，我回来拿药。"

梅非奇唇角略略一勾，好整以暇地问："然后呢？"

秋白默然良久，才说："还有爷爷留给我的钱。"

"我记得老爷子走的时候说过，存折上的钱要等你过了十八岁才能用，你如今十八了吗？"梅非奇淡然道，"存折留下。"

秋白的手紧攥书包带，脚下缓缓再退一步。他的头依旧低垂，声音轻而缥缈，比先前更为无力："爸，妈的药断了一个月，她的病……她现在在医院，我们付不出医药费……"

"是吗？"梅非奇轻笑，"你妈走的时候带走的东西并不少，这么快就都花完了？果然是足不出户的大小姐，世道艰难，其实她除了能骗骗我之外，还能骗谁？"

话至此，勾起不堪回首的往事，他冷冷一笑，看着秋白的目光更为阴暗嫌恶，缓缓地说："存折上的钱也是我梅家的钱，你们母子不是已经离家出走了吗，既然如此有骨气，怎么还想着回来拿钱？"

这世上还有这样步步紧逼、冷血无情的父亲？乔萝实在看不下去了，待要出头，却被秋白死死握住了手。

"秋白？"她诧异地回头看他。

秋白缓缓摇了摇头，从书包里拿出存折，放在小径旁的石桌上。

"对不起，打扰了。"他抬起头，脸色有些苍白，轻声说完，便快步朝大门走去。

乔萝跺了跺脚，急忙跟上。

"果然有骨气！"梅非奇收起存折，啧啧感叹，"你妈的医药费你不要了，她的病你也不准备治了？"

秋白的脚步再一次停滞。梅非奇也沉默了一会儿，才淡漠地问："医药费是多少？"

"八千。"这声音低得几不可闻。

梅非奇走回车旁，取出公文包，抽出一沓钱："两万。当你向我借的，等你十八岁之后，我会从这张存折上扣除。"

秋白转过身，从他手上接过钱时，指尖微微颤抖。

"爸……"他嘴唇翕动，捧着厚重的钞票，面庞上有了一丝光彩。

梅非奇脸上浮起奇异的笑意，阴冷的目光中却有难言的苍凉，俯身在他耳边轻声说："我不是你爸，我也不是大发善心，我只是不愿有个疯子在外丢人现眼。"

秋白怔怔地站着，紧咬的嘴唇血色全无，浓墨般的眉目似浸染了长天夜色，让人看不分明丝毫情绪。

他再度启唇："谢谢……梅先生。"他垂眉顺目，用最卑微的声音掩饰住最难熬的尴尬和最深刻的绝望。

梅非奇并没有进家门，而是开车扬长而去。两个孩子则按原路返回，一路秋白都闷声不说话。乔萝刚才目睹了他们父子对峙的场面，这种经历对于她而言是奇异并且匪夷所思的，甚至完全颠覆了她心里对于一个父亲无所不包容的完美定位，所以也不知道该说什么好。

两个人就这样一前一后默然无声地走回中心广场，正逢下班高峰，广场商圈华灯四射，行人往来如潮。这样车水马龙的热闹只衬得两个孩子的身影越发寂寞孤清。

在路边等公交车时，乔萝看到不远处有个蛋糕店，心中一动，对秋白说："我去买点东西，你等等我，等着啊，我马上就回来。"

秋白还来不及说话，她已飞快地穿过马路。

乔萝身上带的钱不多，她在蛋糕店挑了两个小蛋糕，又跟收银员阿姨要了几根蜡烛和火柴，跑回来气喘吁吁地站到秋白面前。

"小老师。"她将蛋糕高举，笑意盈盈，"今天是你的生日，我们要庆祝一下。"

秋白先是有些愣神，而后静静望着她："你怎么知道的？"

"我当然有我的办法啦。"乔萝眨眨眼，一脸神秘。

两个孩子在广场的中心花园找到避风的角落，跪坐下来，将蜡烛插在蛋糕上，用火柴点燃。

乔萝用手小心翼翼护住微弱的烛光，对秋白说："许个愿望吧。"

秋白闭目默然片刻，睁开眼，吹灭烛光。

乔萝也不问他许的什么愿，只欢呼着"所有生日愿望都会成真啦"，便高高兴兴地拿起塑料小勺子，和秋白一人拿着一个蛋糕吃起来。

两人从早上到现在滴水粒米未进，吃着小蛋糕只觉胜过世上所有山珍海味。尤其是对秋白而言。巧克力慕斯甜腻的滋味从唇齿一直流淌至心底。他并不喜欢甜食，可是这一刻的体验，却成了他毕生最难忘的滋味。

他侧首，看着依偎在身边的乔萝，轻声说："小乔，谢谢你。"

乔萝微微一笑。

秋白身子后仰，靠着花坛边沿，望着深蓝色的夜空，慢慢地说："其实我已经许多年没有过生日了。"

"为什么？"乔萝奇怪地问，"孟姨难道不给你过生日？"

秋白的神情有些苦涩，有些无奈。这是他第一次没有在乔萝面前掩饰自己的心境。

他低声问："小乔，你还记得我妈喝酒后失常的那次吗？"

乔萝点点头，秋白缓缓说："对不起，那次我骗了你。我妈其实不仅喝了酒后有些失常，但凡她发烧或者失眠后，都会举止异样。她的病是癔症，你或许没有听说过，简单来说，就是精神病。我外公在世的时候告诉过我，我妈是少年时期受到过刺激，所以落下了情绪失控的后遗症。这个后遗症在当时还不严重，就是在我出生后，她也只是偶尔发烧糊涂的时候，才会疯言疯语。可是等我年纪越长，她的病情就越严重，尤其在我生日前后的日子，她的情绪波动总是很大，常常对着我爸又打又骂，还说我不是我爸的儿子。我爸一开始并不以为意，但久而久之，他还是有了猜疑。有一次，他安排我去做体检，说是我妈早年怀着我的时候得过抑郁症，担心可能对我身体有影响，让我去检查清楚。我去医院检查了，却不知道，我爸其实是安排做了亲子鉴定。"说到这里，秋白停住话语，长久沉默。

乔萝轻声问："然后呢？"

秋白黯然一笑，闭上眼眸："鉴定结果出来，我不是我爸的儿子。我爸从此不再正眼看我妈和我，也厌倦了那个家，再后来，他和歌舞厅的一个小姐好上了，有人告诉我妈。我妈要离婚，可是他不愿意。于是就这样拖着，直到谣言满城，我妈再也受不了，带着我离开了这里，去了青阁镇。"

原来如此。乔萝心中满是叹息，却也想不明白，为什么夫妻情分已经到了这个地步，梅非奇还不愿和孟茵离婚？她虽疑惑，但也不想追根究底。

可是秋白似乎要在今晚对她诉尽心底的事，继续说："我爸不和我妈离婚，是因为我爷爷临终前嘱咐过他，让他照顾我妈一生一世不离不弃。我妈是我爷爷的关门弟子，也是他的干女儿，和我爸从小青梅竹马长大。"

这是自幼而起的缘分，是孟茵即便发疯也在嘴里念念不忘的"花木头"，还是梅非奇望着秋白嫌恶目光中蕴涵着的刻骨苍凉。可是不管大人的纠葛如何，伤得最深、最无助的却是秋白。如果梅非奇不是他的父亲，那么他的亲生父亲又是谁？乔萝不敢问。

比之秋白的命运，乔萝觉得上天倒是厚待自己了，就算父亲去世，至少她曾经拥有最无私最深厚的父爱，就算母亲改嫁，至少她的母亲从来不曾忘记过自己的生日，何况，她还有至爱的外公外婆。

他比自己要可怜。乔萝说不清是什么冲动，只觉忽然心中钝疼，伸开双臂，抱住秋白。

"秋白，我们一起长大，我们好好的。"乔萝以誓言般的神情决绝地说，"我们长大后永远在一起。"

秋白有些惊讶地望着乔萝，释然一笑，点点头。

在他们此时的年纪，这个承诺远非情愫驱使，更无关山盟海誓。然而它却比山盟海誓更有力量，因为它穿透了任何易变的人类情感，直接与无望的命运对阵谈判。他们期望抓住遥远未来的影子，自此刻开始义无反顾地努力，攫取最美好的时光。

他回抱住她，紧紧地。

路旁行人望着花园角落里拥抱的两个小孩，纷纷露出讶异的神色。然而他和她却视若无睹，只是守着本不属于这个年龄该有的剜心之痛，互相舔舐对方的伤痕并互相温暖。

乔萝长大后想，或许从这时起，他们的关系可以用一个词来形容——相濡以沫。

▶ Chapter 5　狭路相逢

这是迟到五年的相逢，在一场颇具默契的诵读和狭路相逢的碰撞后，他们终于遇到了彼此。

（1）

　　乘车回去前，乔萝担心外公外婆在家等得着急，在车站附近的小店借了电话，跟二老简单说了一天的境遇。因过了放学时间迟迟不见她回来，且问学校得知她整天旷课，外公外婆正心急如焚，接到电话才稍稍松口气。又听乔萝说了孟家的情况，二老一辈子慈念于心，得知此事自然不遗余力地想办法帮忙。

　　深夜从青阖镇车站接回两个孩子后，二老劝说秋白从明天起照常上学，他正是中考的关键时刻，功课不能落下。而孟茵那边由外婆照顾，实在忙不过来的话，会雇个人来帮忙。最后，孟茵的病情学校那边迟早会知道，不能隐瞒，乔萝的外公明天会去学校走一趟，和学校领导将情况如实说明，并为孟茵继续留校作担保。

　　他们说完后，秋白久久不吭声。乔萝转过头，看到他低垂的眼睫下无法遮掩的湿润水光。

　　这样的恩情是难以为报的，小小年纪的秋白明白，清醒后的孟茵更明白。出院后，孟家母子频频来往林家。作为外来迁住者，林、孟两家在青阖镇皆无盘根错节的亲友关系，且各自家庭都破碎零缺不算完整，如此走近，倒生出家人间相互依存的意味。

　　有了彼此陪伴，时光的流逝便不再煎熬。

　　乔萝升入初三时，刚好学校开始实行晚自习制度。自青阖中学评上省重点中学后，学校课程越抓越紧，晚自习也不能缺课。

乔萝的外公外婆年纪都大了，不可能每天深更半夜去学校接她回来，也不放心让她寄宿，于是每晚送她回家的任务就落在秋白的身上。秋白这时已念高二，高中部晚自习是常态，但他们放学的时间要比初三晚半个小时。乔萝只好每天放学后暂去老师办公室，一边做作业，一边等秋白。

中学正是少男少女感情初动极为敏感的时期，但凡谁和谁之间出现一点暧昧的蛛丝马迹，桃色新闻就已满天飞。何况是乔萝和秋白早上一起上学，晚上一起回家，几乎可称朝夕相处、形影不离，好事者自然在背后编排出不少桥段。

身处热议旋涡中的乔萝和秋白却对此浑然不知，直到那一天的来临。

那是十一长假后上学的第一天，乔萝晚自习后照例在老师办公室等秋白，觉得秋白差不多也该下课了，便收了书包去高中部找他。

岂料出了教师办公大楼，她就看到了楼前林荫道下秋白的身影，不只他一人，他身边还有一个女生。乔萝认得那女生是秋白的同班同学，名叫双柳，因为能歌善舞，每次学校文娱活动必会出现她的身影，算是学校的风云人物。他们手里各抱着一堆试卷，应该也是刚从老师办公室出来。

乔萝本想上前和秋白打招呼，但她心念一动，起了玩心，不怀好意地想，到了前面暗处时出其不意地出来吓唬一下他们，才不枉这秋夜校园如斯的静谧安宁。

于是她保持了一定的距离轻步跟在他们后面，隔得虽远，却也能清楚听到他们的对话。

她听到双柳对秋白说："我们这届高考改革的政策定下来了，你知道的吧？下个学期要开始分文理科，孟秋白，你选文科还是选理科啊？"

秋白说："还没想好，到时候再说吧。"

"也是，你各科成绩都那么好，文理也没有什么区别。"双柳羡慕地说，"不像我，偏科偏得厉害，我只能选文科啦。"

秋白微笑着说："女生学文科很好。"

双柳笑笑，伸手将被夜风吹散的长发拢了拢，忽然说："对了，我看你课间常往初中部走，是找那个叫乔萝的女孩吧？听说她是我们学校创始人的外孙女。你和她关系很好吗？"

听他们对话中提到了自己，乔萝忙竖起耳朵听，可是秋白对这个问题没有任何回答。

双柳又问："你们……是男女朋友？"

对所有的中学生来说，早恋是个禁忌的话题，不管你明里暗里情愫如何汹涌，但愿意和这两个字堂而皇之地扯上关系的人还真不多。于是跟在他们身后的乔萝没有如愿吓到人，自己反而被吓了一跳。

秋白也明显有些震惊，停住脚步，疑惑地问："你说什么？"

双柳迟疑了一下，决定如实相告："我是听别的同学说起的，他们说你和乔萝在谈恋爱，而且谈很久了。难道不是？"

秋白抿唇，双目望向夜色深处，不知在想些什么。

半晌儿，他摇头轻轻地说："不是。"

双柳很不好意思："对不起，我也是道听途说的，你别在意。"

秋白在未曾回过神的怔忡中淡淡地说："没事。"

路旁的灯光照在他的脸上，勾勒出十分清雅端正的五官。平心而论，这实在是一张英俊的少年面庞。双柳也忍不住在凝望中微微沉迷。

秋白侧首的时候，她不经意看到他脸上沾着一点粉笔灰，轻声说："你脸上脏了。"

"嗯？"秋白依然神思在外。

"右脸这里，有粉笔灰。"双柳指指自己的脸，给他示意方向，"是不是你刚刚帮老师在黑板上写题目的时候不小心碰的？"

"可能吧。"秋白抬手擦了擦脸颊。

"不是，是这里。"双柳见他始终找不对地方，上前一步，手指在他右颊靠近耳边的地方轻轻一拭。

她的动作如此突然，秋白未及回避，不由一愣。双柳这时也才意识到自己的唐突，两抹红霞染上她秀丽的面庞。

即便隔得很远，即便光影模糊，乔萝还是感觉到了少男少女间异样的潮流涌动，秋白背对着她，她看不清他的神情，却能看到双柳明亮的双眸中的羞赧。

不知为何，乔萝觉得秋风骤凉起来，脚下连连后退，直到脚跟抵住台阶退无可退。

她转过身，一个人慢慢走回教师办公楼。

这晚秋白来接乔萝比平时晚了些，乔萝并没有多问，背上书包，跟他走出校门。一路上各有心事，互不言语，走到思衣巷外的石桥下，魂不守舍的乔萝脚下又是一滑。

"你就不能走慢点？"秋白眼明手快地扶住她，柔声说，"这么摔下去，以后要是我不在你身边，你跌倒没人扶，怎么办？"

看，他已经开始筹划不在自己身边之后的事了。

想起那晚两人的誓言，乔萝觉得略略有些惆怅，扳开他扶着自己的手，说："没事，就算跌倒我自己也会爬起来，你放心吧。"

秋白这才觉出她的异样，嘴唇动了动，似乎想说什么，但在她刻意冷淡且漠然的表情下，最终什么也没有说。

此后两人依旧一起上下学，只不过不再如往日说说笑笑，亲密无间，总是一个远远地走在前面，另一个静静地跟在后面，一天下来，连话也说不上两句。周末的时候，乔萝依旧去孟家学古琴，秋白教，乔萝学，两个人偶尔手指触碰到一起，都会飞速分开。

有一次周六的上午，乔萝到了孟家门外，看到秋白和双柳坐在屋子里一起看书，期间不知双柳说了什么，秋白微笑，眉目舒朗温柔。乔萝在外站了一会儿，默然离开。

在这之后，她就很少去孟家了。秋白上学的路上问她原因，她说：功课越来越多了，暂且不想再学琴。

初三寒假的一日午后，乔萝在家里打扫客厅，擦到摆放古琴的角落时，她掀开落满灰尘的罩巾，手指勾弄琴弦，弹出的尽是暗哑闷涩之音。

外公拿着放大镜正研究一册古籍，被杂音所扰，转头见她失落地站在古琴前，语意深远地说："琴和人心没有什么两样，你冷落它了，它心凉了，声音也就变质了。"

"琴哪有人心善变？"乔萝面无表情地抖干净罩巾，重新盖住古琴。

听她老气横秋地说出这句话，外公叹了口气："小萝，你和秋白闹矛盾了？"

"没有啊。"乔萝一脸无辜地说，擦干净桌椅，又到院子里拿拖把来拖地。

这段时间外婆身体越来越不好，去医院查了是冠心病，要静心修养，不能太过操劳，虽然外公已经找了坚嫂照应家事，但坚嫂也有自己的家，不能一天到晚地盯在这儿，乔萝放假后，在家也常帮忙做些力所能及的家务。

外公看着她忙碌的身影，最后说了句："小萝，什么样的感情都会在猜忌和怄气中变淡的，别任性。"

乔萝说："我知道了。"

这天快傍晚的时候，一位远道而来的客人上门拜访乔萝外公。他自称姓凌名鹤年，说是江润州的学生，还带来了江润州的亲笔引荐信。乔萝外公热情款待了他，晚饭后让他在家中留宿，两人彻夜长谈了一番。乔萝在旁坐听，知道凌鹤年是国家文化部艺术司的副司长，这次前来青阁镇，除了请外公帮忙鉴别几件古物外，还说他此间逾十年的时间都在研究乔抱石的画，日前已申请建乔抱石纪念馆，将全面展示乔抱石生前的画作，到时要请乔萝外公鼎力支持。

外公知道他话外的意思，沉吟道："抱石的画我们当年是存留了一部分，但仅仅这些不足以展现他一生的画迹。"

凌鹤年笑着说："林老放心，在来青阁镇之前，我去过乔公生前任职的S市画院，那边虽毁了不少，但还是保存了一部分。除此之外，早年藏家手里也有一些乔公的画，像我老师江校长他们，都是愿意无偿献出来的。"

外公欣慰地点头："那就好。若纪念馆能够建成，抱石在天之灵，也该瞑目了。多谢凌先生这些年的周旋和奔走，我们这边的画作明天开始整理，整理完后全部送往北上。"

凌鹤年忙说："画作也不着急北送，纪念馆明年才能建成，到时再请林老去北京，亲自为纪念馆揭幕。"

"我此生本不愿再去北京的，不过——"外公长叹，"为了抱石，也罢。"

"还有一事想问问林老的意见。"凌鹤年说，"纪念馆成立后文化部会指派一位名誉馆长，除此之外，我还想请乔公后人能出一位代表，参与纪念馆的日常运作。"

外公想了想说："目前乔氏一脉还没有合适的人选，只能请凌先生暂劳此事。"他看着一旁静静凝听的乔萝，"不过等我这个外孙女长大后，可以让她接手。"

凌鹤年望一眼乔萝，答应下来："一切依林老的安排。"

凌鹤年和乔萝外公相谈甚欢，在青阁镇住了两天，因近年关不能再久留，便辞别回北京。

临行前，凌鹤年送给乔萝随身携带的一本书。乔萝看着书的扉页：西方拍卖艺术。她瞪大眼睛看着凌鹤年，意思是为什么要送我这个？

"我觉得你将来会和这个行业有关。"凌鹤年摸摸她的脑袋，和蔼地微笑，"不如我们打个赌？"

"好啊。"乔萝说，"不过你先要告诉我你的底牌是什么。"

"你爷爷是当代最伟大的画家，而你外公是最出色的鉴赏家，你天生和艺术有关。"凌鹤年放低声音，诱惑地说，"知道我国有很多国宝流落在外吧，拍卖这个行业大概是目前让国宝回流最便捷的途径。不过我们国家的拍卖市场还不成熟，我们得先学会西方拍卖的游戏规则，才能掌握这个行业的话语权。"

乔萝抚摸书皮，嫣然一笑："那好，回头我仔细研究一下。"

凌鹤年大笑："一言为定，我等着你的研究成果。"

送走凌鹤年，乔萝和外公到青阖中学的库房取回当年乔桦寄藏在此的画。搬画回家时，见孟茵正在院子里洗菜，秋白在一旁帮忙。因为这几年两家一直在一起过年，往年乔萝外婆身体好的时候，都是她忙年夜饭，今年外婆身体抱恙，年夜饭的重任也就交到孟茵手上了。

楼下没有空间整理画作，外公叫来秋白，让他和乔萝把装满画的木箱一一抬上楼。他自知老眼昏花对陈年画卷的细微瑕疵不能明察，便对秋白和乔萝讲了几处要领，让他们对着一卷卷画细细审查，看哪些有残缺需要补，哪些需要重新装裱。

"长生抱石……"外公走后，秋白展开一卷画，辨认下方印章上的字迹，说，"是乔抱石吗？我记得我家……梅家，也有十几幅他的画。"

"这么多？"乔萝忙问，"谁收藏的？"

秋白摇摇头："不知道，大概是我爷爷。"

乔萝想着纪念馆的事，本想让秋白从家里把画取出来，转念一想梅非奇对他母子的态度，还是把话咽下不提。

乔桦收留的父亲生前作品，从国画、油画、素描、水彩各色画作到书法长卷，约有五百张。乔萝和秋白从年前忙到年后，到大年初七那天，才算把所有画都仔仔细细翻查了一遍。

自初八开始，乔萝和秋白奉外公之命，将需重裱的画送到隔壁镇上裱画铺。因外公交代他们得在旁盯着裱画师傅作业，乔萝和秋白都是唯长辈命是从的孩子，自然乖乖在裱画铺里看着。谁知那间屋子正当风口，冬日里奇冷无比，冻得乔萝手脚都没了知觉。

秋白见她在旁直跺脚，皱眉问："很冷吗？"

乔萝边哆嗦边摇头："不冷。"

秋白默然看她片刻，忽然拉过乔萝的手。

"干什么？"乔萝惊了一下，想要缩回手，秋白却握住不放。他的掌心也是冰凉的，根本暖不了乔萝，于是摘下脖子上的围巾，将她的手一层层裹住。

围巾上留有他的体温，温热一丝丝浸透肌肤，乔萝冻得麻木的手渐渐恢复了知觉。

乔萝怔怔地看着他："你脖子不冷？"

秋白说："不冷。"

那张冻得发白的面庞近在咫尺，怎么也骗不了人，他却微微而笑，眉目间如四月暖光。

经此一事，乔萝与秋白重归于好。当然，这个好是和以前不同的。以前的亲密是纯粹的赤诚之心，毫无男女之别。而今相处时，却有难以言喻的微妙情绪频繁流动，牵引着各自私密的心事，青涩，却又异样美好。

开学前夕，孟茵问起秋白文理分科的事，秋白说已选了理科。孟茵对此向来开明，并不干涉他的选择，闻言点点头，没有多言。

倒是乔萝格外留意地听了，和秋白学琴时，装作不经意地问："你好朋友不是选的文科吗，你怎么选理科？"

"好朋友？"秋白有些困惑，"你说谁？"

"就是你们班的文娱委员双柳啊。"

"哦，她……"秋白恍然大悟，望着乔萝微微一笑，"你怎么知道她选的文科？"

乔萝目光闪烁，厚着脸皮说："我无所不知。"

秋白看穿她的心虚，并不揭破，只说："那我选理科不好？"

"好好好，怎么不好？"乔萝说，"你既然念了理科，不如以后学建筑设计？等你毕业后，给我在湖边造个房子。对了，我喜欢留园和天鹅堡，将来的房子要结合这两种风格。"

秋白失笑："这两种风格？那是什么样的房子？"

乔萝不过随意的玩笑之言，当然不会回答他，可是秋白认真想了想，却说："好。"

"好什么？"乔萝这时也不好意思了，忙说，"我开玩笑的。"

秋白笑颜清浅，静静望着她："我不是开玩笑。"

乔萝察觉出他的言外之意，脸不禁发烫，避开他的视线，轻声说："我今天想学《凤求凰》。"

（2）

初三下半学期开学没多久，寒冬还未远去，暖春尚未到来。一次语文课堂测验时，正在做题的乔萝被老师叫到教室外，看到了一脸悲伤泪流不止的孟茵。她心跳猛地一顿，不祥的预感笼罩周身。果然，当孟茵嘴中断断续续说出那句话时，乔萝僵立当场，感觉瞬间有冰水湮没头顶，思绪空茫，无从着落。

孟茵告诉她，外公在家登高取书，下木梯时不慎摔倒在地，当即人事不省，等乔萝外婆发现后送往医院，医生却说是突发脑溢血且送救迟缓，经抢救无效，宣布死亡。

　　死亡——这个冰冷而又无情的字眼再度出现在乔萝的人生中。命运毫不留情地带走她又一位至亲至爱，狠狠扇她一耳光的同时，将她再度压入不见天日的阴暗世界。

　　医院里依旧一片惨白，乔萝用颤抖的手掀开雪白的床单，看到外公安详的面容。他似乎只是熟睡，等到第二天天亮的时候他便能够醒来，边练太极拳，边和她讲历史上精彩纷呈的人物和故事。可这只是似乎，外公是永远地熟睡了，不管乔萝怎么呼唤哭喊，他都不会再应一声。

　　他辞世得这样匆忙，甚至没有一句遗言和交代，便将生命归降上天。

　　心脏本就不好的外婆在此打击下当场晕厥，好在医院施救及时，此时戴着氧气罩躺在隔壁的急救室。林蓝得知消息，和乔世伦带着乔杉连夜赶回青阆镇，到了医院，望着父亲最后的面容，想起之前未曾有过一刻膝前侍奉尽孝，懊悔之下更是痛哭不已。

　　乔萝从午后哭到深夜，双目灼痛，已经流不出一滴眼泪。这时病房里满是闻讯赶来送别的人，充溢耳畔的哭声让她头痛欲裂，她起身出了病房，走到长廊尽头，木然坐在台阶上。

　　有人缓步靠近，在她身边坐下。他伸手，轻轻揽住她的肩。乔萝抬头，看到神色同样悲戚的秋白。他的眼角泪痕未曾擦尽，水泽浸染的双眸明净且坚定。他手上微微用力，将她拉入自己的怀中。

　　"别难过，我陪着你。"他低声说。

　　乔萝外公逝世的消息惊动了S市教育局，上报省教育厅。考虑乔萝外公早年为党和国家做出的贡献，省里特派一名副厅长主持了追悼仪式。追悼会上，青阆中学校长作为致辞代表，回忆了乔萝外公一生的经历，从民国末期的巨商之子，到倾尽家财援助党国事业的进步青年，再到晚年不遗余力致力教育的国学大师——向来低调行事的外公，在逝世后被给予了无数耀眼的头衔，这大概是他生前从没想过的。

外公的后事办完后，林蓝和乔世伦商量让外婆和乔萝同往北京。乔世伦自然没有异议。

乔萝本能地不想离开青阖镇，但看外婆愈发虚弱的身体，知道仅她祖孙二人待在此地只会睹物思人，于是只有同意母亲的请求。

北上的事定下来，乔萝去和秋白辞行。傍晚，两人坐在孟家小楼的房顶上，静静望着眼前的长河落日。

当最后一缕霞光沉入碧波时，乔萝轻声开口："我要走了。"

秋白说："我想到了。"

"秋白……"乔萝犹豫了一下，问，"你会忘记我吗？"

秋白没有回答，转过头含笑看着她，伸手拨开她飘散额前的长发，说："我明年就高考了，我会报考北京的高校。"

乔萝弯了弯唇角，这是外公去世后她第一次露出笑容。

她依偎在他肩头，柔声说："那我等你。"

再回北京，是乍暖还寒的初春三月。

乔家这时已经不住在Q大西园了，因教师宿舍扩建的缘故，乔世伦在新公寓楼分得一套房。新房四室两厅，对一般的三口之家而言，这样的房子大到阔绰有余，但对乔家来说，却连房间的分配也是捉襟见肘、难以周全。

鉴于乔欢和乔萝过去相处并不愉快，乔世伦和林蓝在房间安排上考量良多。而那两个孩子时隔五年再度相见，面对面站着，看上去却是同样的云淡风轻。

这次是乔萝先伸出手对乔欢说："乔欢，许久不见。"

乔欢微微一笑，少女容貌初长开，明眸红唇，黑发雪肤，比五年前更为出众。

她握住乔萝的手，说："乔萝，欢迎回来。"

彼此手指敷衍轻带，不留痕迹地迅速分开。

在林蓝看来，两个孩子是言归于好的模样，于是试探地问："乔欢，你待会儿把房间收拾一下，空一半让小萝住进来，行吗？"

"当然行。"乔欢抱住林蓝的胳膊，"我待会儿就去收拾，妈你放心。"

乔萝在她的称呼下有些发愣，又见林蓝怜爱而欣慰地拍拍乔欢的手，心中微动，慢慢把目光移开。

坐在沙发上喝茶的外婆说："阿蓝，小萝和我住一间房，我晚上睡前总要和人唠叨两句，让小萝陪着我吧。"

林蓝还在为父亲生前未曾尽孝而忏悔自责，闻言忙说："妈，要不我和你睡一间房？我照顾你就行。"

"不用了，你工作太忙，经常要出差。"外婆笑着说，"我还是习惯了小萝在身边。"

既然她这样坚持，林蓝只得暂且安排乔萝和外婆住一间房。将行李搬入房间，林蓝边和乔萝收拾衣物，边详细问她功课作业。

听到乔萝说在青阁中学时成绩一直保持在班上前三名，林蓝略略放心，拾掇好日常用品后，摸着乔萝携来的古琴，说："这琴放客厅吧，平时乔欢练钢琴的时候，你也可以练古琴。乔欢去年在市里的钢琴比赛中获得第二名，听说升学可以加分，你的古琴练好了也可以参加比赛，说不定……"

"妈。"乔萝轻声打断她，"我古琴弹得不好，在外面练可能打扰到别人，先放房间吧。"

她的言词听起来委婉且客气，但是语气坚定，自有主张，绝非五年前的怯怯缩缩，委曲求全。

林蓝闻言忍不住细细看了看乔萝，因为长久不陪在她身边，所以每次她的成长改变林蓝都能感受得分明——这个女儿如今的确是长大了，且正处含苞欲放的青春年华。

林蓝的心不知为何有些苦涩，她在床边坐下，拉着乔萝的手："这些年妈妈没有陪着你，你是不是怪妈妈？"

乔萝摇摇头："没有。"

林蓝微笑："你是个好孩子，妈妈很高兴这次能接你回来，我们也总算一家团聚了。过去发生的一切都不重要，重要的是现在和将来。小萝，乔欢是个善良贴心的好孩子，妈妈希望你可以和她做好姐妹。"

乔萝默然良久，在林蓝期待的目光下不得不轻轻点头。

林蓝露出舒心的笑容，将她抱住："小萝，无论如何，你都是妈妈最爱的女儿。"

最爱的女儿，是否已非唯一的女儿？乔萝在林蓝的怀中，伤感而又无奈地想：五年前，她和乔欢还不曾来得及真心诚意地相交，五年后，又怎么做好姐妹？旁人不知，她却在与乔欢重逢起就已辨明各自的警惕和漠然，这样的隔阂已如长河天桓，如何谈及姐妹之情？

为了欢迎外婆和乔萝的到来，乔世伦在饭店订了一桌酒席，晚上带着一家人去吃饭。

饭席上几个大人聊着北京这些年的变化，从物价聊到房价，又从教育聊到经久不衰的出国热。乔萝的外婆出身外交世家，幼年随父母常住欧美诸国，对外面的国情民俗了若指掌。而她说话风格是典型的民国时期贵族小姐的特色，缓慢，文雅，娓娓道来，妙语连珠，连乔世伦这样学术精湛的教授也甘心垂首静听。

乔欢和乔萝插不上话，默不作声地坐在一旁。乔杉因去年曾参加过美国中学生夏令营活动，偶尔能得到几次发言机会。他已经是十八岁的少年，因继承了乔桦英俊的脸部轮廓，看起来很是潇洒。可是除了长相外，乔萝却从他的身上找不到一丝父亲的影子，反而觉得乔杉的举止言辞无端有种不符年龄的老成持重，更像是乔世伦的风格。

几个大人话匣子一旦打开，便收不回来。眼见时间已经过了八点，乔萝记挂着一件紧要的事，不免心不在焉。她拿着茶杯小口抿着水，正寻思离席的方法，视线无意一抬，注意到对面的乔欢神色也有些不耐烦，目光频频飘向墙上的时钟。

恰好这时外婆说起早年和江润州在法国相遇的事，乔世伦说："对了，妈，忘记和你说了，江老让我和你打招呼，他孙子前几天车祸撞断了腿在医院，不能亲自为你接风，等他孙子好转，他再亲自上门拜访。"

"润州太客气了，不过……"外婆蹙眉，"那孩子怎么会出车祸？"

提到这个，乔世伦忍不住摇头叹气："现在的孩子个个都有些不安分，小宸看上去斯斯文文的，也不知道为什么就痴迷公路赛车。听说他在美国从小就骑赛车，回北京也不断。前几年路况还好，这两年北京的小汽车越来越多，路上交通那么差，赛车车速又快得很，那么容易出事，江老也不管管。这不上周就出事了。赛车转弯的时候失控了，和一辆小车相撞，好在车速不快，司机也紧急刹车，小宸人才没有大碍，就是左腿骨折，需要住院观察一段时间。"

"爸，江宸不是转弯失控了。"乔欢纠正道，"路边站着个小孩，江宸是怕撞到他才突然转弯的，所以才出了车祸。"

乔世伦说："不管如何，公路赛车实在危险，好在这次命大福大，但下次呢？谁能保证？等小宸康复了，你作为他的朋友，也要劝他别再做这样危险的事。"

乔欢抿紧红唇，不语。

外婆想了想，说："阿蓝，润州的孙子住院了，我们明天一起去探望一下吧。"

Chapter 5
狭路相逢

林蓝自然答应。

大人们聊到这里才察觉时间不早了，乔世伦去付了账。出饭店回家时，乔欢在乔世伦身边低声请求："爸，我想去看看江宸。"

虽然江宸住在离家不远的Q大附属医院，但是时间已经不早，乔世伦皱了皱眉，乔欢看出他要拒绝，立即保证道："爸，我只是承诺过江宸每晚去陪他一会儿，我很快回家，你就让我去吧。"

她恳求之色如此急切，乔世伦无可奈何地叹气，招手让乔杉过来："小杉，你陪乔欢去医院吧。"

乔杉和乔欢闻言对望一眼，乔欢神色淡淡，若无其事地移开目光。

乔杉的脸色微有局促，默然片刻，才上前轻声说："走吧。"

乔欢转身在前面快步走，乔杉并不急着跟上，低着头，双手插在上衣口袋中，静静跟在她身后。

乔萝望着他们一前一后离去的背影，若有所思。

回家后，等乔世伦和林蓝进了房间，乔萝对外婆说要下楼买东西。

外婆含笑问："你是买东西，还是去打电话？"

不想被外婆一眼看穿了意图，乔萝脸微微红了。

外婆说："为什么不用家里的电话？"

乔萝咬了咬嘴唇，摇头："不方便。"

外婆知道她的顾忌所在，低声叹气："早去早回吧。"

乔萝从书包里翻出钱袋，在楼下超市买了长途电话卡，快步跑到公寓对面的Q大校园，找到电话亭，输入卡号，再拨通青阁镇的那个电话号码。

电话接起，那边传来一个懒洋洋的中年男人的声音："喂，祥记杂货店。"

"祥伯，是我，小乔。"乔萝磨磨蹭蹭地说，"能不能麻烦您去叫一下秋白？"

祥伯笑嘻嘻地说："小乔啊，你刚去北京就惦记起秋白来了？这牵肠挂肚的，小小年纪可别是早恋啊。"

隐秘的心事被他口无遮拦地道破，乔萝的脸涨得通红，语无伦次地说："没……没有……我有几个有关古琴的问题要问问他。"

祥伯大笑了几声，不再为难她，说："等着，我去叫人。"

乔萝紧紧握着话筒，隐隐约约地听到祥伯远去的脚步声，还有他随即响起的呼喊声。片刻后，有人和祥伯对话，声音很轻听不分明。可是很快，电话那边"咔嗒"响了一声，是有人拿起话筒的动静。

"小乔？"秋白的声音依旧清雅柔和，隔着千里传到耳边。

"我是小乔。"乔萝想到初次见面的情形，开玩笑地问，"你是周瑜吗？"

他在电话那边轻轻一笑，问她："你在那边一切都好吗？"

"我很好，外婆、妈妈和哥哥都在身边，一切都好。"乔萝说到这儿，犹豫了一会儿，低声说："就是你不在。"

大约是隔着电话见不到面的缘故，心底的思念自然而然地道来，她居然没有觉得尴尬和羞涩。

他微微笑了，柔声说："小乔，你在那边要开心点，有心事可以告诉外婆。"

"嗯。"

"小乔……"他等了许久不见她再说话，低声问，"你有什么话对我说吗？"

乔萝这才记起自己打电话的初衷，不好意思地笑了笑，说："秋白，等我中考结束，暑假我还会回青阖镇。"

"好。"

"我们还去湖边钓鱼，去挖竹笋，去放风筝，去看日落，去喂芳婶的兔

Chapter 5
狭路相逢

子。"

"好。"

"我回去后想学《梅花三弄》、《阳关三叠》、《胡笳十八拍》。"

"好。"

"你呢？"乔萝终于意识到一直是自己在这边憧憬未来，而秋白却一件事都没有筹划，忙问，"我回去后你想要做什么？我陪你。"

秋白沉默了几秒，说："你回来就好。"

他言词简短，语意未尽，乔萝却能听得分明。她不再说话，心中有温暖酸甜的情绪满溢出来，嘴角止不住地上扬。这个时间，校园和青阖镇都是极安静的地方，电话里彼此的呼吸声都能清晰可闻。过了片刻，乔萝听到那边传来祥伯的催促，只好和秋白道了别，又约定以后每周六晚八点通电话，才恋恋不舍地放下话筒。

出了电话亭，乔萝走在回家的路上。明月照身，清风拂面，她微笑着望向前方，只觉长路虽然漫漫，但尽是光辉霁朗。

（3）

次日因要探望江宸，外婆一早起来煲猪骨汤。乔萝昨晚通了电话后被各种小心事折磨，夜里翻来覆去的，到清晨才迷迷糊糊地睡着，起床不免比平时晚了些。洗漱后循香进了厨房，猪骨汤这时已熬到了火候，她帮外婆洗了保温筒，盛汤时忍不住偷偷喝了一口解馋。

外婆嗔笑道："被你妈看到又要说你，还以为这些年我亏待了你。"

乔萝笑答："谁让外婆做得这么香呢。"

她把汤盛好，又帮外婆把早饭端上桌。过了一会儿，才见乔世伦和乔欢出来。

乔萝在厨房拿筷子时，问外婆："我妈和哥呢？"

"你妈去超市买营养品了，待会儿直接去医院等我们。小杉一大早就走了，说是学校有活动。"

"周末也有活动？"乔萝心生疑窦，忍不住回头看了看乔欢。

乔欢在玄关处的落地镜前试着今天穿出门的外套，脸上神情淡淡，不见什么异常。似乎感觉到了乔萝望过来的目光，她转过头，看着乔萝笑了笑，放下衣服，坐到餐桌旁。

早饭后一家人出门，乔世伦开车将她们送到医院门口，说约了中学的教导主任谈乔萝入学的事，他就不去看江宸了。乔萝和外婆下了车，跟着乔欢到了住院部，看到林蓝提着大包小包的营养品等在大厅。

四人一起上了楼。

病房前，江润州正和主治医生了解江宸的恢复状况，见她们到来，忙暂辞医生，笑迎上来，握住外婆的手："林夫人，久违久违。本该我为你接风洗尘的，不想小宸出了这事，现在倒是劳你走一趟。"

"润州你这样说就见外了。"外婆笑容和婉，"三四十年未见的老友，难得有机会重逢，谁先拜访谁不一样。"

江润州笑应："是我糊涂了。"

因走廊不便交谈，几人进了病房。江宸住的是单人间，众人坐下倒也不显拥挤，只是环观四周，独独不见病人的踪影。

江润州解释说："小宸刚由护工扶着下去散心了，他躺在这里几天不能动弹，憋得不行。"

正要请护士去叫他，乔欢说："我下去找他吧。"说着便转身出了房门。

江润州和外婆寒暄叙旧，林蓝在旁陪聊，乔萝为他们沏茶、切水果，见不需自己在旁帮忙，便悄然离开。

医院这样的地方是乔萝忌讳的，满目的白色和满鼻的消毒药水味，冰凉无温，更无时无刻不在提醒着她父亲和外公的离逝，压得她透不过气。

Chapter 5
狭路相逢

她下了楼，走到住院楼后的小花园，在无人经过的空寂小径上才缓缓舒出口气。

小花园的尽头有一片湖泊，柳枝已有绿芽萌发。她沿着湖边矮坡信步闲走，经过一处假山时，听到风声过耳，传来山后一人的诵读声。

"……为人美姿颜，好笑语，性阔达听受，善于用人。是以士民见者，莫不尽心，乐为致死……"

这是《三国志》"孙破虏讨逆传"中关于孙策的一段。他读得平和徐缓，嗓音是少年独有的清爽明朗，因字正腔圆，枯燥而乏味的古文在他念起来别有味道。

乔萝不禁听得入神，忍不住轻声附和念道："策英气杰济，猛锐冠世，览奇取异，志陵中夏。割据江东，策之基兆也……"

那边声音忽顿，山后少年冷淡地问："谁在那边？"

乔萝只得绕过假山，看到湖边堤岸上站着一个身穿病服的少年。少年的面容在飘摇的柳枝后若隐若现，看不太清，乔萝只看到他身影修长，但腋下挂着双拐，左腿上白布包缠厚重。

"你下来。"少年的声音冷冽中透着莫名的威严。

乔萝心想的确是自己干扰了他的雅兴，是要道歉，于是走下台阶。脚步刚抬，却有一条突如其来的白狗从假山旁蹿出，扑到她脚下，朝她狂吠。乔萝受惊，脚下一崴，身子摇晃跌倒。少年腿脚不便，伸手去接她，却被她撞到胸口，两人齐齐倒地。就是这电光石火的一瞬间，乔萝怕压到他的腿，身子用力朝旁一挣，却不小心额头重重碰在堤岸石头上。

"你没事吧？"两人居然同时问。

乔萝额角已经挂彩，一缕鲜血顺着她的眉眼缓缓流淌。

"我没事。"她微微一笑，黑若琉璃的双眸在湖色春光倒映下璀璨生辉。

她爬起，又弯腰去扶少年，望着他俊美绝伦面庞上一双冷傲天成的双目，轻声问："你是江宸？"

少年面色有些发白，大约是刚才一摔牵扯到了腿伤。

他皱眉看着她："你是谁？"

"乔萝。"

这是迟到五年的相逢，在一场颇具默契的诵读和狭路相逢的碰撞后，他们终于遇到了彼此。

江宸听到乔萝的名字后微微一怔，看她几眼，脸色有点阴晴不定。他撑着双拐费力地转身，想要前行，脚下挪动却颇艰难。扶他下楼的护工早被他远远支开，刚刚一摔虽然没有使钢板断裂，但伤处因摩擦再次受损，动起来有些痛楚难当。

乔萝上前扶他："你要回去吗？我外婆和我妈来看你了，乔欢说下来找你，没找到吗？"

江宸对她的话似乎一概没有听到，冷冷地说："去门诊部。"

乔萝以为他的腿出了事，忙带着他到门诊部。可江宸找到相熟的护士，指指乔萝："她走路不长眼摔了，麻烦冯阿姨帮她包扎一下。"

"哎呀，这是怎么摔的？快坐下。"冯阿姨按着乔萝坐下，将伤口消毒，又包扎好，对乔萝说："以后每天来我这儿换一次纱布。小姑娘脸蛋白白净净的，可别留疤，知道了吗？"

她话语飞快，手下动作也飞快。乔萝茫然地坐在那里，刚感觉消毒药水沾上伤口的刺痛，下一瞬间纱布已包扎好了。

她起身说："我知道了，谢谢阿姨。"

冯阿姨爽朗地笑道："不客气，小宸的朋友就是自己人。"

江宸淡淡地说："她不是我朋友。"

冯阿姨不以为然，对乔萝叮嘱："快扶他回去吧，以后别让他下床到处晃悠。这样下去骨折怎么会好得快？"

乔萝尴尬地看了一眼江宸，不顾他凝霜的脸色，双手扶住他的胳膊。

江宸挣扎了几下，但抵不住她的固执。他有些恼意，瞪她一眼，却发现她低着头看也不看他，瞪也白瞪。

两人一起回到病房，大人们看到两个孩子的状态都有些吃惊。一个头缠纱布，一个脸色冰寒，让人难辨状况。

乔欢下楼找不到江宸，早回了病房，她第一个反应过来，扶过江宸，埋怨道："你去哪儿了？我到处找都不见你。"

"我在湖边坐了会儿。"江宸和乔欢说话时语气也是冷冷淡淡的，不知是还没从刚才的恼怒中平复过来，还是他平素就是这样的德行。

乔萝走到外婆身边，外婆问她："你的额头怎么了？"

"不小心摔了一跤。"乔萝笑着说，"已经包扎好了，没事。"

外婆责怪她："你走路就不能专心点，怎么老是摔倒？在青阁镇也是这样。"

在青阁镇怎么一样？那里有秋白，他从不会让自己摔倒。乔萝抿唇，微微一笑。

既然病人已经回来，外婆和林蓝表示了慰问和关切，又拿了早上煲的汤，让乔欢倒给江宸喝。即便江宸是那样挑剔别扭的人，对外婆的汤也没有抵抗力。

外婆见他连喝了两碗，很高兴："既然你喜欢喝，那我天天煲了送过来。"

再坐了一会儿，大家就告辞离开让病人休息，江润州正好有事要回Q大，和她们同行。

林蓝见乔欢坐在病床旁并不动弹，心中了然，拍拍她的肩："你留下陪着江宸吧，中午早点回家吃饭。"

乔欢毫不迟疑地应下。

乔萝跟在大人们身后，出病房时转身关门，无意间看到江宸望过来的目光，他的眼神依旧清冷漠然，乔萝自问，自己好像没有得罪过这位少爷，怎么总给她冷脸色看呢？

　　乔萝自嘲地一笑，手指轻带，将他的视线关在门后。

　　第二天开始是工作日，家里上班的上班，上学的上学，乔萝因转学手续暂未办妥还需在家等几天。外婆答应过江宸每日送汤，只是年老体虚，不便来回折腾，就把这个任务交给了乔萝。

　　老实说，即便乔萝向来对长辈的话言听计从，但给江宸送汤，她还是不太情愿的。

　　江宸对自己并不友好，乔萝感觉得到，这个伙伴虽然是自己五年前殷殷期盼见面的伙伴，但他和她想象的一点都不一样。他骄傲，冷漠，与生俱来的高贵出身让他高高在上，他的言行举止矜持异常，除了基本的礼仪外，从不对人施以好脸色。即便排除初见的不快，乔萝也不愿与这样的人亲近。

　　于是每天早上都要外婆三催四请，乔萝才不甘不愿地拎着保温桶，颇觉委屈地走到医院。

　　每次她进病房时，江宸总是拿书盖在脸上。他不仅把她当空气，而且还不愿多看她一眼。等她倒了汤放在床头柜上时，他懒洋洋地躺在那里一动不动，像是睡着了。

　　乔萝走也不是，不走也不是，眼见外婆辛辛苦苦熬的汤要就此凉却，她只好咬咬牙，拿走江宸脸上的书，伸手轻轻推他："汤凉了就不好喝了。"

　　这句话她要说上五遍，他才缓缓半睁开眼睛。他坐起身，慢条斯理地喝了一碗汤，她再倒一碗，他继续喝完。周而复始的过程中，他一句话都不说。等她收了保温桶离开，他低头看书，她走过病房的动静，他就当是轻风飘过眼前。

　　几天的经验总结下来，可见江宸丝毫不排斥外婆的汤，只是有心在捉弄她。对这样的人，乔萝恨得牙痒。也幸亏这五年不是遇见他，而是遇见了秋

Chapter 5
狭路相逢

白。

这天乔萝照旧送汤到病房，江宸也照旧拿书盖在脸上。她在床头柜下找出碗和勺子，在洗手间洗干净，倒了一碗汤放在柜子上，然后从书包里拿出一本书坐在窗边读。

等了良久，江宸不动，汤也凉了。乔萝起身，将碗中的汤倒入马桶。再出来，提了保温桶就走。

"站住！"病床上睡着的人这时候醒了，他坐起来，望着她，嘴角微微扬起，可他的目光依旧淡凉且孤傲。

他开口，话语依然如冰："你外婆让你给我送的汤你却倒了，不怕她知道生气？"

乔萝微笑着说："我给你送过来了，是你不喝。我想也许是你不喜欢喝，明天开始我让外婆也别再做了，做了也是浪费。"

"谁说我不喜欢喝？"江宸微微扬眉，阳光从窗外斜照在他的脸上，不可否认，那样的面庞，那样的五官，的确可称完美。

他撇撇嘴："我刚才只是睡着了，你没有叫我。"

乔萝笑容不减，说："江公子，我既不是你的女佣，也不是你的老妈子，我没有必要伺候你，还要叫你起床，还要喂你喝汤。你虽然伤了一条腿，只要有手有嘴，喝汤大概还不需要别人帮忙。以后每天上午十点我送汤来，请江公子务必醒着，再睡着了那你就是无视我外婆的汤。她每天早上五点就起来给你煲汤，你要是不喜欢，她可是会伤心的。"

"乔萝！"江宸咬牙切齿地说，"你当真牙尖嘴利，心如蛇蝎。"

"蛇蝎你见过吗？我小时候在青阁镇的溪边林里可见过不少。"乔萝笑意盈盈地介绍，"蛇蝎不但不是毒物，还是一身都是宝的营养物，我就当你是夸我了。对了，说不定明天起我会在汤里放点蛇蝎给你补补，你说行不行？"

江宸面色发青，不知是被气得，还是被吓得，盯着她，如看怪物。

乔萝只当没看到，笑着与他道别，关上门，一个人在医院走廊里捧腹而笑。生平第一次，她没有在医院哭，而是笑得不可自抑、身心大快、通体舒畅。

第二天乔萝十点准时送汤到医院，江宸这天果然不再装睡，甚至下了病床，精神奕奕地坐在沙发上，和一个年龄相仿的陌生少年说着话。

看到乔萝进来，两人停止聊天。陌生少年站起来，上下打量乔萝，啧啧地说："阿宸，你身边美女环绕啊。乔欢那个大美人不在，还有小美人来探望。介绍下呗。"

江宸哼了声，冷冷瞥了一眼乔萝，硬邦邦地说："乔萝，叶晖。"

"乔萝？好像在哪里听说过……"叶晖摸了摸脑袋，迷惑了一会儿，之后目光一亮，转过头看着江宸，"阿宸，这位是不是你回国之初念念不忘的那个小乔啊，终于从江南回来了吗？"

江宸脸腾地红透，随手将一本书扔到叶晖身上，怒道："你胡说什么！"

"哎哟。"叶晖眼明手快地接住书，夸张地捧胸呼痛，"这史书跟砖头一样，会砸死人的！我好歹是你表哥，你放尊重一点！"

江宸冷哼一声。

叶晖丢开书，对着乔萝展颜一笑，向她伸出手："我是叶晖，比江宸大两岁，是他名副其实、名正言顺的表哥，你也可以叫我表哥。"

乔萝握住他的手，尴尬地说："叶晖，你好。"她想起带过来的汤，"我给江宸送汤，你要一起喝一碗吗？"

"有汤喝？"叶晖露出意外之喜的神色，"好啊好啊，来一碗吧，还是表妹有良心。"

乔萝转身去找碗。叶晖坐回江宸身边，望着乔萝忙碌的身影，不怀好意

Chapter 5
狭路相逢

地揽住江宸的肩，坏笑："病患的待遇不错啊。"

"不错的话你断条腿试试。"江宸冷笑，"还什么表哥表妹，你肉麻不肉麻？"

"有你肉麻？天天让人给你送汤？"叶晖轻笑，做恍然大悟状，"我说你这些天怎么不嫌寂寞，没给我打电话，原来有美人做伴啊。亏我还逃了学校集体活动赶过来。"

"你嘴里不干不净地说什么！"江宸脸色冰冷，左肘一横，切切实实地击中了叶晖的胸口。

这次是来真的，叶晖捂胸在沙发上痛得直抽气，恨道："你在少林寺练过？下手这么狠。"

片刻后乔萝把汤端给二人，他们喝着汤，她便随手整理了一下江宸的病床，然后在床边坐下，见江宸喝完满满一碗汤，对他微微一笑："再来一碗？"

她笑容殷切，黑色眼眸在阳光的映照下莫名地幽深难测。

江宸想起昨天她说的话，胃里不免翻腾，皱眉问她："这汤里你放了什么？"

叶晖闻言忙说："对，这汤放了什么料，怎么做的？我回去让我妈也学学。"

"猪骨、山药、胡萝卜、小枣，还有……还有栗子和薏米。"乔萝用指尖点着下颚，似乎在绞尽脑汁地想，看着江宸发黑的脸色，她唇角弯起，并不掩饰捉弄得逞的笑意，弯腰又给他倒了一碗，"多喝点，对你的腿伤有好处。"

江宸默然，望着她的目光竟透出些无奈。

▶ Chapter 6　告别过去

灯光下少年的面容碎冰融化、眉目染光，到了此刻，乔萝才第一次看到了这个少年飞扬
夺目的笑容。

（1）

到了周六晚和秋白约定打电话的时间，乔萝不免要说起这一周被捉弄和反捉弄的事。她描述着生平第一次成功的恶作剧，叽叽喳喳兴高采烈，可是说了半天都听不到秋白的回应。

乔萝意识到不对，停下来，问他："秋白，你在听吗？"

"在听。"他的声音依旧温柔，没有什么异样，"其实江宸心地并不坏，或许他也是一个人待习惯了，才不太会和人交流，你和他好好相处，在那边多个朋友也好。"

乔萝不以为然："江公子怎么可能是一个人待习惯了，他的朋友那么多。他也不是不会和人交流，而是居高临下惯了。我和他不是一类人，做不成朋友。"

"谁和谁是一类人呢？这话既老成又偏激，不是你该说的。"秋白耐心地劝说，"小乔，为什么不给别人与你成为朋友的机会？"

乔萝说："我已经有你了啊。"这话说得理所当然，似乎有了他就有了一切。

秋白笑了笑："人难道只能有一个朋友吗？小乔，别任性。"

"我不是任性……"

乔萝还想辩解，却听话筒那边传来祥伯惊奇的声音："秋白，那男人在敲你家的门？是你认识的？"

乔萝感觉到秋白突如其来异样的沉默，而后他低喃了声："爸？"

难道是梅非奇？都夜里八九点了他到青阖镇找孟家母子干什么？乔萝正要问，秋白已急匆匆地说："小乔，我这边有事，先挂了。"

"喂，你等等——""嘟"的一声，电话已断。

乔萝不甘心地再拨回去，可是一直没打通，似乎连祥伯也没时间接电话。她咬咬牙，继续拨。一次，两次……十次，都没人接。

电话亭外有人一直在排队等，只见她拨号不见她说话，不耐烦地敲了敲玻璃。乔萝悻悻地放下听筒，出了电话亭，气馁地想：算了，也许他们现在都忙，明天再打电话问吧。

乔萝这一夜又没睡好，第二天一早就爬起来去Q大电话亭里打电话。好在这次电话终于通了，是祥伯接的。

乔萝连寒暄也没有，直截了当地问："祥伯，秋白呢？我有话和他说。"

祥伯声音懒散且迷糊，像是刚睡醒，过了一会儿才说："秋白啊……秋白和孟老师昨天跟他爸回去了。"

"回去了？"

"对，回S市了。"说到这里，祥伯的精神有所恢复，八卦之心也开始苏醒，"小乔，你知道吗，原来孟老师不是寡妇。前两天她被青阖中学辞退了，整天在家里哭哭啼啼的，我看着也于心不忍。可谁能想到她是S市梅家的少奶奶呢？有这个身份还来青阖镇受苦，真让人想不明白。好在梅先生来把她接回去了。梅先生……梅非奇，就是那个S市传奇的梅家，有钱有势又有权的梅家，你听过吧？"

"听过听过。"乔萝敷衍他，问："祥伯，为什么孟姨被学校辞退了？"

祥伯慢悠悠地说："好像是因为她的病吧，学校领导怕影响学生。"

好一个借口！乔萝心寒地想：这就是人走茶凉的现实，外公刚去世，她和外婆刚搬走，学校那边就翻脸不认人了。难怪昨晚打电话时秋白有些心不在焉的，原来是有心事，可是自己竟一点端倪也没发觉。

乔萝又懊恼又着急，忙问："秋白留下了什么给你吗？比如说他家的电话号码？"

祥伯压着声音笑："小丫头这话说得，秋白怎么会把家里的电话号码给我呢？那也是梅先生的电话号码啊，我倒也很想知道。"

"那他就这样走了吗？"

"就这样走了。"祥伯笑着说，"他们什么都没带，就带走了那把古琴。虽然孟老师临走托我照看她的房子，可她是梅家的少奶奶啊，怎么还会回青阖镇呢？"

"这样啊……"乔萝失魂落魄地挂断电话。

难道说秋白回S市后，自己就再也联系不到他了吗？他至少该给自己留个电话号码啊。

如今可好，他没有她新家的电话号码，她没有他那里旧宅的电话号码。看来只有等她回南方后去他家才能找到他了。可是至少要在中考之后，林蓝和外婆才会允许她回青阖镇。

乔萝失落地走回家中，吃了早饭，在外婆的提醒下去医院换额上的纱布，正好与乔欢同行。这两天是周末，上午江宸的汤都由乔欢送，对于这个并不讨喜的任务，乔萝乐得转交。

貌合神离的大小乔下了楼，出小区门时，心事重重的乔萝没看到侧面小街里拐出的汽车，眼见那汽车就要撞过来，乔欢一把将她拉到边上。

鸣笛尖锐刺耳，银色的汽车在身边呼啸而过。

乔萝一惊，醒悟过来，忙对乔欢说："谢谢。"

乔欢看着她笑："外婆说得没错，你走路的确不专心。"

"对不起。"乔萝脸微微一红，承认错误，"我以后会注意。"

乔欢说："注意就好。"

经此插曲，大小乔的关系多少融洽了些，路上也开始聊这些年的过往。乔萝回北京以来，这还是乔欢第一次和她这么亲近。到了医院门口，她们客客气气地分了手，一个去往门诊部，一个去往住院部。

乔萝额上的伤差不多开始愈合结疤了，冯阿姨这次没有再缠厚重的纱布，只用一小片透气网纱贴在伤处，说："下周你就不用天天过来了，等它结疤，纱布就自然脱落了。对了，小宸昨天还打电话问我你的伤怎么样了，怎么，你最近没见他吗？"

她前天还给他送了汤，怎么没见到？

冯阿姨又说："你有时间去看看他吧。之前江校长生病，我在他家待过一段时间，知道那孩子是什么样的人。小宸面冷心热，嘴硬心软，待人再善良热心不过。他说话有时是有点冲，你别介意，多处处就知道他是什么样子的人了。"

乔萝点头："我知道了，阿姨。"

她是该再去看下江宸，就算是为了他介绍冯阿姨给自己治伤，她也该和他道个谢。

乔萝到了住院楼，驻足病房外，看到房门半敞，房间里江宸边喝着汤，边听乔欢讲解这些天落下的课程。窗外阳光灿烂，照着少女明媚的眉眼以及少年鲜见的平和面容，画面和睦且温馨。

昔日青阒镇的春阳下，她与秋白在窗前弹琴，是否也是这般美好？

乔萝在病房外看了他们一会儿，微微一笑，悄步离开。

周一乔萝去Q大附中初中部报到，这些年转学来转学去，其间手续的折腾麻烦她已经习以为常。上课前乔萝跟着老师走到教室，在讲台上做了简短的自我介绍，然后在众目睽睽下坐到老师指定的位子上。

第五排，靠过道，两张桌子都没人。老师刚刚说是左边，她就在左边坐下。右边的桌子上整整齐齐地摆着一些书和试卷，应该是有人的，只是现在不在。

老师开始上课，这堂课的内容是讲解上个月的月考试卷。乔萝没有试卷，看到旁边桌上有一张，便顺手拿了过来。翻开一看，却傻眼了。

姓名栏里的字，笔锋冷峻，字迹清晰，赫然写着——江宸。

难怪位子是空的，原来同桌是他。乔萝的脑袋隐隐有些发疼，勉强静下心，听着老师分析考题。

这是数学试卷，江宸的成绩是满分，乔萝对他的成绩并不惊讶，她在青阖中学也拿过满分，她惊讶的是试卷上方的一行字：2001，0226，10：30－11：25。如果她猜得不错，他标注这行字的意思是一张九十分钟要完成的试卷他五十五分钟就完成了，而且整张试卷一点涂改修正也没有，所有笔迹清楚分明，作图解题利落干净，不存丝毫犹豫的痕迹。

而且附中的试卷是有附加题的，难度等级媲美奥数。江宸的作答精准明确，绝无拖泥带水的勉强，乔萝看着他的解题思路暗暗咋舌：这简直不是人，而是一台计算精密的机器。

好吧，我重新认识你了，天才江宸。乔萝想到这里，对他平日趾高气扬的模样不禁有了一丝理解和宽容：一个人到了独孤求败的境界，你让他再俯首平视凡尘，简直是折煞了芸芸众生。

乔萝暗暗在心中叹气，想着之前江宸对自己的态度，对未来和他的同桌生涯充满担忧。

江宸是半个月后拆了石膏才来上课的，他的腿脚虽还不便，但依赖拐杖的支撑步行已经没有问题。

复学那天的早读课，江宸拄着黑色拐杖，站在过道旁望着正低声诵读课文的乔萝，皱眉冷冷地问："你怎么在这儿？谁让你坐在这里的？"

乔萝垂首看书，不言不语。

见她对自己的话置若罔闻，江宸的语气更差了："我在和你说话，听到了吗？"

旁边的同学听到这边好像起了争执，纷纷放下课本望过来，教室瞬间陷入安静。

"和我说话？"乔萝抬头微笑，"我叫乔萝，同学，请你以后直呼我的名字。我坐这儿是老师安排的，如果你有意见，可以跟老师建议换位子。"

江宸冷笑："这原本就是我的位子，为什么要我去找老师换位子？"

乔萝嫣然一笑："因为我对座位和我的同桌没有意见啊。"说完，她无辜地摊手，低头继续看书。

江宸看了她片刻，冷哼一声，将书包重重地扔在桌上，用拐杖推了把凳子，然后歪着身子落座，将受伤的脚伸展平放在过道旁。

好戏看不成了，周围嗡嗡的诵读声又起。

乔萝眼角余光瞥见江宸翻开书本，手指撑额意图与她隔开空间。这样的孩子气，让乔萝眉眼上扬，有些忍俊不禁。

相敬如"冰"的同桌生涯自此开始。

江宸对乔萝维持惯常的态度，不理不睬，视而不见。乔萝即便想用同样的态度对待之，但奈何他的存在感实在太强，尤其是在考试的时候，江宸总是提前做完试卷，放在桌边。老师心领神会拿走那张几无错漏的试卷后，他就打开课外书，一边看，一边手上转着笔玩。一支普普通通的钢笔在他修长灵活的指尖旋飞如竹蜻蜓，转得乔萝眼花缭乱、心神不定，考试水准常常发挥失常。

乔萝干脆搬来厚重的课本堆在课桌中间，眼不见心不烦。

然而让乔萝想不到的是，即便江宸和她关系不善，但和班上其他同学相处居然都还不错。虽然江宸无论对谁都是冷如冰山，难以接近的模样，可对来请教问题的同学他从不推辞。他的解答往往简单且直击问题的根本，甚至比老师说得更为明了清晰，同学们在他的点拨下总能恍然大悟，偶尔遇到基础实在差的或者反应实在慢的，他脸罩寒霜分明已是耐心耗尽，嘴里却还是一遍遍不厌其烦地细心讲解，直到对方明白。

这样的授业解惑让他大受欢迎，而且，就算乔萝不待见江宸，却也不能否认，他虽因腿伤而行动缓滞，但当他穿着浅色风衣拄着黑色拐杖慢步独行于校园时，浑然是西方小说里清俊优雅的少年绅士。可就是这样的江宸，在Q大附中，乔萝却极少看到有女生对他露出羞涩爱慕的神情，她们待他总是保持距离，敬而远之。

当然，除了乔欢。

上学放学时，乔欢和江宸向来同进同出，形影不离，言行亲近。乔萝也很自觉，虽然和他们同路，但从不同行。

早上乔萝总是比乔欢先出门，晚上则保持在青阖中学养成的晚自习习惯，每天放学后她都要在教室温书一个小时，等天差不多快黑了，才从书本里抬起头，收拾好书包，在漫染天际的晚霞下缓步走出校园。

这天是周五，周测的英语成绩出来，乔萝的总分虽尚可，但英语听力又是失分重灾区，拿到试卷后不免长吁短叹。晚上等同学都走了，她一个人在教室用随身听狂练听力，等几十道题做完，往窗外一看，才知道天色已黑。外婆在家中应该已经等着急了。乔萝匆忙收拾了书包，跑出教室。

校门口转弯处有棵参天古树，挡着道旁路灯，光线昏暗难辨。乔萝只顾低头急步赶路，冷不防撞到迎面而来的人。那人晃了晃，手扶着树才勉强站稳。

乔萝摸着被撞痛的额头，后退一步，连声说："对不起，对不起。"

"乔萝！"被撞的人恼火地说，"你走路从不长眼吗？"

乔萝抬起头，这才看清树荫下少年冷俊凝冰的眉眼。

"呃，江宸。"乔萝抿抿唇，再次道歉，"刚刚不好意思，我急着回家，对不起啊。"说完抬脚就走。

"站住！"江宸唤住她，语气更加不善，"我这么晚来学校你不觉得奇怪？"

乔萝觉得他来学校并不奇怪，可是他这话问得倒很古怪。

她回头看看他，犹豫了一会儿，才回答："我以为你过来有事。"

江宸咬牙："那你认为我能有什么事？"

乔萝看看寂静无人的四周，微微迟疑："难道是找我？"

"这个时候学校除了你，还有人吗？"江宸冷冷地说，"爷爷让你晚上去家里吃饭。"

"吃饭？"乔萝疑惑，见他脸上写满了不情不愿，也不多问惹他厌烦，只说："我知道了，你先回去吧，我回家和我外婆说一声。"

"你外婆也在我家。"说到这里，江宸实在懒得再多言语，"快走吧，长辈们都等着呢。"

乔萝倒是想要快走，可是江宸拄着拐杖一步一挪的，实在快不起来。乔萝不明白，已经这么晚了，英明神武的江校长为什么不让一个腿脚利索的人来找她。这样拖下去，长辈们还要等多久啊？大约江宸也是这样的心思，拄着拐杖急于前行时，脚步未免紊乱。

乔萝轻声说："你走慢点，我看书看太久了，有点累。"

江宸闻言脚下略略一停，再走时，步伐明显平缓下来。

学校周遭民居不多，到了夜里极为寂静，昏黄朦胧的灯光照着前路，也柔柔笼罩两人的身影。

是江宸按捺不住先开了口："你每天都这么晚才走？"

"不是。"乔萝说，"就今天晚了点。"

江宸瞥她一眼："你今晚是在学英语？"

乔萝诧异不已："你怎么知道？"

江宸淡淡地说："英语试卷发下来后，你唉声叹气的，谁看不出来？"

原来如此，乔萝赧然一笑。

江宸问她："你其他功课都很出色，为什么英语成绩平平？是受法语的影响？"

乔萝说："乔欢告诉你的？"

"不是。"江宸说，"你念单词重音常在词尾，遇到末尾为t、d的单词总会发出e的音，你念c的时候会有尾音，念r的时候偶尔有小舌音，所有这些难道不是受法语影响？"

"我都没注意。"乔萝讶然，"原来这么明显吗？"

江宸瞥她："你说呢？以后多控制你的舌头吧，音都念不准，听力当然不会好。"

听他一下点出自己的薄弱环节，乔萝终于觉得震惊："这你也知道？"

见她对自己的言论接连表示惊诧，且不掩神色间的钦佩，江宸忍不住微微一笑。灯光下少年的面容碎冰融化、眉目染光，到了此刻，乔萝才第一次看到了这个少年飞扬夺目的笑容。

晚饭是江润州给外婆补的接风酒席，乔萝到了江家才发现，不仅外婆在这儿，乔家一家都在，除此还有一个特殊来客，是江润州的学生兼老友——凌鹤年。凌鹤年这天正好过来和外婆商量乔抱石纪念馆的工程进展，受江润州挽留，欣然留下陪席。

等江宸和乔萝到了后，酒席方开。席上大人们言谈关注点是乔抱石的纪念馆，孩子们都没有说话的份儿，饭席上默默倾听。听到凌鹤年说起乔萝外公生前交代，让乔萝在成年后接手纪念馆的管理时，乔杉微微一愣，望了眼正静静吃饭的乔萝。

乔萝感受到了他的视线，抬头看了看他，又不动声色地移开目光。

饭后大人们坐在客厅里闲聊，乔欢依旧在厅侧弹她的钢琴。江宸吃完饭就回了自己的房间。乔萝一个人坐在四合院外的台阶上，望着夜空发呆。

有人轻步来到她身边坐下，沉默长久，他才开口："小萝，你在看什么？"

"月亮。"

北京的夜空不似江南水乡那般清澈温柔，若非格外明朗的天气，轻易是看不到星星的。临近月半，圆月如玉盘高嵌于天，灿灿银辉让地面一切华光黯然失色。

"小萝，你是不是还在怪我？"

乔萝闻言笑了笑，回头望着乔杉："怪你什么？"

乔杉注视着她的眼睛，情真意切地说："对不起，小萝，前些年是我做得不对，没有尽到哥哥的责任。"

乔萝没有想到他突然这样说，淡淡一笑，垂下眼帘："我知道你从小喜欢画画，心中视爷爷如神明，如果你是为了要接管纪念馆，我……"

"你也太小瞧你哥哥了。"乔杉打断她，轻笑，"你以为我是为了爷爷的纪念馆才和你说这些的？不是，我只是想明白了，什么关系是血浓于水，什么人对我来说是最亲的。"

乔萝听到这里倒是真的惊讶了，抬头看着乔杉："哥，你怎么突然……"

"有的时候你陷在一厢情愿中是不能看清自己的心的，等你解脱了才能清醒。"乔杉话中语意深远，他对着乔萝微笑，"你能原谅我吗？"

"当然。"乔萝点头说，"你是我哥。"

两人相依相偎坐在台阶上看着夜空，印象中这样的亲密还是在六年前的青阁镇。想到这里，乔萝不免又开始思念这些年陪伴着自己的秋白，心中怅然若失。

"你和江宸是同桌？"乔杉忽然轻声说，"我看他对你很关心。他好像从来不知道你晚回家的事，刚刚听说你还在学校自习，我们都还没说什么，他就忍不住自己去找你了。"

乔萝困惑地看着乔杉，一会儿才反应过来："不是江校长让他来催我回来吃饭的？"

"他是这么说？"乔杉打量着她清丽的容颜，眸色深沉，不知所想。片刻，他才抬头对着夜空轻叹："那应该就是这样吧。"

（2）

乔萝觉得乔杉那晚说的话肯定是蒙人的，因为这之后乔萝和江宸的关系毫无改善，他们依旧互不搭理，视对方如浮云。不过让乔萝觉得奇怪的是，有几次她自习晚回家时，沉沉夜色下总感觉背后有人跟踪，等她回头时，却又看不到任何人的身影，只偶尔一次，她回头时看到了江宸。他面色清冷如常，视线与她对上的一刻微微怔了怔，而后继续拄着拐杖往前走，走得心无旁骛，径直越过她，目光没有丝毫停留。

乔萝自嘲地想：自己真被乔杉糊弄了，像江宸这样高傲的人，怎么会突然关心自己？

这样可有可无、淡而无味的同桌关系熬到炎炎夏日也就到尽头了。中考三天过去后，乔世伦带着一家人去青岛度假，回来时正逢成绩放榜。乔杉陪着大小乔去学校看成绩时，路上遇到回程的江宸。

江宸戴着耳机，信步闲走在树荫下。因腿伤恢复得相当不错，他这时早丢了拐杖。

"嗨，江宸！"乔杉笑着打招呼，"看到成绩了吗？考得如何？"

"一般。"江宸拿下耳机，表情风轻云淡，看不出好坏，倒是转目时与乔欢相视一笑，说："你考得不错。"

乔欢微笑："是吗？"

"不信你自己去看。"江宸和她说话时心情颇佳，一直保持着笑容，想了想，对乔杉说："晚上叶晖约了我打保龄球，你去吗？"

乔杉说："好，正闲得发慌呢。"

江宸看向乔欢："你呢？"

乔欢笑着点头："我有时间，你出发前先打个电话给我。"

"好。"江宸视线微微一转，停留在乔萝的脸上。

乔萝意识到他目光中询问的意思，说："我明天要和外婆回青阊镇，晚上要收拾行李。"

"青阊？"江宸面色骤冷，看她一眼，却也没有说什么其他多余的话，重新戴上耳机，对乔杉说了句"晚上见"就扬长而去。

三人到了学校，在公告栏里看成绩。江宸说他考得一般，可名字赫然在第一位，乔欢成绩是年级第五名，名字也在第一栏。乔萝在第二栏找到自己的名字，第十八名，不好不坏，直升高中部绰绰有余。乔萝松了口气，这才放下一颗悬着的心，高高兴兴地回家和外婆收拾行李。

第二天上午登上回S市的飞机，乔萝在空中俯瞰地面山川，望着流云如丝絮飘过机身，归心似箭，默念：秋白，我回来了。

中午飞机降落在S市，乔萝央求外婆在S市逗留一晚。外婆只好答应，祖孙俩找了一家酒店办了入住手续。放下行李后，乔萝背着小包出了酒店开始寻人的路程。那次去梅家，乔萝是跟着秋白走着去的，不知道公交路线，好在乔萝记得那条街的名字，在酒店门口打了车，直奔梅宅。

盛夏季节，那条路上的梧桐树叶繁密成盖，外面酷热难当，这里却清风拂面。梅家院内花树满载，绿意尤其浓烈，青藤从墙里爬出来，缠满了黑铁铸成的大门。乔萝站在梅宅门前，深吸几口气，才上前按响门铃。

门铃叮当作响，里面却无人回应。乔萝按了足足有半个小时，才见隔壁

Chapter 6
告别过去

的宅子里出来一位清瘦的中年女人，她上下打量着乔萝，疑惑地问："你找这家人？这家人都出国了。"

"出国了？"乔萝愣了一下，才问："去哪个国家了？"

"这个我就不知道。"那女人说，"这家的帮佣这几天也回乡下了，一个星期后才回来，到时你再来问问吧。"

"我知道了……谢谢阿姨。"乔萝回头望着铁门内依稀可见的楼阁，恍惚了一会儿，才挪步离开。

她不死心地又辗转去了S市中心广场，从这里乘上去沈家弄的公交车，找到秋白的姨妈家，轻轻敲门。她担心出来的又是那个虚伪而又冷漠的秋白姨父，不料门开了，出来的却是个和她差不多年纪的女孩。

女孩皱眉看着门口的陌生人，问："找谁？"

"我找……"乔萝语塞了一会儿，说，"我找孟秋白的姨妈。"

女孩警惕地望着她："我妈去上班了，你是——"

"我是秋白的朋友。"乔萝急切地问，"你知道秋白去哪儿了吗？"

女孩犹豫了一下，见她着急的神态不像是假的，才说："他和他爸妈都去瑞士了。"

"什么时候回来？"

"这可说不清楚，他们是去给我小姨治病的，等小姨病好了，或许就回来了。"

"或许……"乔萝茫然于这个字眼，又问："那你有他的联系方式吗？"

女孩目光略略暗淡，摇头："没有，他们走的时候甚至没跟我们说，我妈也是问了梅家的秦阿姨才知道的。"

"这样……"乔萝终于绝望。

乔萝一路魂不守舍地走回S市中心广场，她在曾经与秋白盟誓的花坛边缩着身子坐下，环抱着膝盖，孤独地望着路旁来往的行人。日色将尽，夕阳余晖照在她的眼前，渐成残光。她失落而又无助地想：秋白，你在哪里？你那边到底出了什么事？我们还能见面吗？你还会想着我，记得我，回来找我吗？

她害怕被遗弃，害怕被遗失，害怕被遗忘。

尤其害怕被秋白遗忘。

没有了秋白的青阁镇像是冬日没有了暖阳、夏夜不见了星辰，这里的日子依旧恬静惬意，这里的风景依旧秀美如画，可在乔萝的眼中已了无生气。她总是在傍晚的时候在思衣巷散步，然后不知不觉地走到巷尾，坐在祥伯店前台阶上，望着落日沉入青河。她总是小心翼翼地看向对面小楼，可不论她怎么期待，那里门窗紧闭，纹风不动，再也不会有微卷的竹帘、盛开的兰花、清远绵长的琴音。

她渴望看到那里亮起温暖的灯光，渴望看到竹帘后那双静静注视她的眼眸——就像初见的时候，哪怕她不和他说话，哪怕她不认识他，那也是她珍藏而又珍视的甜美时光。

可是这只能存在于想象中，秋白一去无音，孟家的小楼落灰静立，没有人再陪伴她，她又是孤子一人。

每次等到天黑，她才怅然地起身回家。

有一晚祥伯叫住她，递给她一本册子，说："你看我都忙糊涂了，这是秋白留给你的，我差点忘记了。"

乔萝又惊又喜地接过，问："你不是说他什么也没有留下？"

"这是秋白后来特地来青阁交给我的，让我务必转交给你。"祥伯说，"这样牵肠挂肚的，不知道你们这些孩子在搞什么名堂。"

现在祥伯说什么乔萝都不会介意，她捧着册子回家，直奔楼上房间，在书桌上郑重打开，一页页翻过。这是秋白手写的曲谱，从《梅花三弄》到

Chapter 6
告别过去

《阳关三叠》再到《胡笳十八拍》。

他没有忘记。答应自己暑假要做的事情，他没有忘记。

自从外公去世后，乔萝越来越不爱哭，可是现在她的眼睛微涩，泪光浮闪中，看到最后一页秋白写下的字迹。

"小乔，我爸接回我妈和我了。他联系了瑞士那边的医生为我妈治疗，我下周就要和他们去瑞士了。你那边的联系方式我不知道，这本册子只能先交给祥伯，但愿你暑假回来能看到。我不在你身边的时候，希望你一样能够开心，这世上没有什么比你的笑容更美好。再见，小乔。"

除此之外，秋白在这页角落还写了一句法文：Est-ce possible que tu sois en train de penser à moi lorsque tu me manques？（想你的时候，你会不会正好也在想我？）

乔萝不知道秋白怎么会法文，可是看着这句话的时候心弦猛颤，只觉既痛又甜，将册子捧至胸口，微笑闭目。

眼前浮现的是秋白的面容，他清雅的笑颜，他浓墨渲染的眉目，他的双眸只看着她一人，他伸出双臂，将她拥抱。

乔萝双颊烧红，心不可抑止地剧烈跳动。

我正想你呢，秋白。

初三的这个暑假没有秋白陪伴，显得尤其漫长且孤独。外婆也察觉出乔萝独自来往的冷清，等乔桦忌日过后，便带着她又回了北京。

回来的第一天，她们的出租车在小区外停下，乔萝刚打开车门，便看到一道黑色人影连着蓝色赛车似流线一样飞掠眼前。速度迅猛敏捷，惊得她心跳猛滞。而那人骑着赛车像要故意炫弄技艺，在前方车水马龙的车辆中惊心动魄地旋绕一圈，竟又掉转回头，在她面前骤然刹车。

黑色头盔下那张面庞飞扬俊美，在午后烈日下灿然生辉，让人难以直视。因刚刚剧烈运动的缘故，他的脸上全是汗水，眼眸却黑得发亮，望着她，居然微微一笑，全无往日的冰冷孤傲。

他说："你回来了？"

"嗯。"乔萝愣愣地点头，犹在震惊中回不过神。

"我明天来找你。"他笑着说完，身子俯低，灵活地掉转方向，身影如雄鹰低飞而去，再度惊扰了她的视线。

外婆看着江宸离去，担心地唤："慢点慢点，小心！唉……这孩子怎么喜欢这种玩命的东西。"

乔萝无言，见他的影子安全消失在街角，方转身从出租车上取下行李。

那句话大概是江宸随口一说的，第二天也没见他来找她。乔萝对和他相处从不存好的期待，他不来倒让她松了口气，心神安定地练古琴。

等到了八月末，北京夏热已褪，傍晚的风干燥又清爽，乔萝和外婆晚间出来散步时，碰到了同样出来溜达的江润州和江宸二人。四人遇到自然同行，二老之间话题不断，反倒是跟在后面的江宸与乔萝沉默无言。

江宸在江润州身边时总是沉静且安逸，褪去了与同龄人相处时的一切锋芒，浑然是个静若处子的美好少年。可是乔萝想着那天下午穿行长街放纵无忌的车影，还不免心惊肉跳，忍不住侧首打量一眼身边沉默行走的江宸。岂料他也正在看着她，视线接触，双方都怔了怔，挪开目光。

江宸轻轻咳嗽一声说："那天你回来后，我堂姐也来了北京，缠着我带她到处玩，所以后来没去找你。"

"原来是这样。"乔萝点头表示知晓和理解，"那你堂姐还在吗？"

江宸松了一口气说："走了。"

见他眉目舒展如释重负的模样，乔萝不禁微笑："有你堂姐陪着你不好？你怎么还巴不得她走的样子？"

江宸扬眉："她好？江晴又凶狠又刁蛮，不准我骑赛车，不准我打篮球，不准这个，不准那个，甚至还不准我和叶晖走太近。你见过这么不讲理的姐姐吗？"

乔萝听到这儿也有些惊讶："她为什么不让你和叶晖走太近？"

"说他油头粉面，滑头滑脑，自以为幽默，实则极度无聊。"

想到之前与叶晖接触的印象，再体会江宸堂姐贴切的形容，乔萝抿唇忍了忍，还是忍不住笑出声："你堂姐可真有意思。"

江宸也是轻轻一笑，不语。

乔萝又说："不过你堂姐说得没错，你腿刚好，篮球运动太剧烈，对腿伤复原不好，尤其是赛车……"她犹豫了一下，"你那样骑车太危险了，之前骨折还不是教训吗？"

江宸刚刚还和缓的脸色忽地一冷："连你也来管我？"

乔萝见他脸色说变就变，皱了皱眉："我不是管你，我随口一说，你可以不听。"

江宸反驳："你说都说了，我又不是聋子，能听不到吗？"

乔萝无奈："那我把话收回，对不起。"

江宸轻轻一哼，在这问题上不再置词，默然一会儿，又说："你这次去青阁镇回来得倒很快。"

乔萝很奇怪："我回去了一个月，快吗？"

江宸言词淡淡："比起五年的时间来说，这次算是快的了。"

这话听入耳中，乔萝心中未免动了动，想起叶晖那次提到的江宸在五年前也曾期盼过见到自己的事。他那时离开父母独自回国，心中对于伙伴的期望可能和自己当时的心境如出一辙。可是他们在那时没有遇到彼此，更没有相伴彼此，对他而言或许也是失落的。想到这里，她停下脚步，看着江宸，打算说点什么，却又觉得无从说起。

"怎么了？"江宸见她突然驻足，回过头，看到她欲言又止的表情，皱了皱眉，"你还在想怎么劝我放弃赛车？"

"不是……"乔萝无从解释，于是沉默。

江宸与她对望片刻，扭头朝前走。

"我以后不会在闹市骑赛车，这样行不行？"风声将他的话传送到耳边，透着明显的无奈和妥协。

他居然用这样商量的语气和自己说话。乔萝觉得意外，微微一笑，跟上他的步伐。

秋白说得对，江宸的心肠并不坏，他大概也是将自己的心封闭久了、独处惯了，所以才会这样浑身是刺。她应该放下成见对待他，她可以和他做朋友，她本来在五年前就应该和他成为伙伴。

她决定从今天开始做一个由心随性、快快乐乐的乔萝。

（3）

敞开心扉的乔萝交的第一个朋友当然是江宸。虽然江宸待她依旧云淡风轻，但总归不再冷眼看她。暑假剩下的有限日子里，两人偶尔也在一起做作业和探讨难题，江宸甚至还花一个下午的时间听乔萝弹了她所有会的古琴曲。

那天下午乔家大人们都不在，乔欢还住在她母亲那儿没回来，乔杉因高三提前开学去上课，家中独剩他们二人。

乔萝弹琴时面容格外温柔，江宸则懒洋洋地坐在一旁沙发上，听着清幽漫长的古琴音，久而久之，竟有些昏昏欲睡。眼睛刚合上，耳边琴声猛然提高，铿锵铮铮，胡拨一气的刺耳杂音将他的困意干干净净地扰散后，戛然而止。

他不堪忍受地揉耳朵，睁开眼睛，脸上仍装作意犹未尽的样子："这么好听的曲子，你怎么不弹了？"

"明知道对牛弹琴为什么还要继续？"乔萝愤愤地说，"是要弹给你做催眠曲吗？"

"难道怪我？"江宸轻笑，"你怎么不说是你弹得不好，所以才让人昏昏欲睡？"

"我弹得是不好，你要是不喜欢听，可以直说。"

江宸言听计从，坦然直说："我不喜欢听。"见乔萝面色不悦，他却微笑起来，"别生气，这样弹琴多无聊啊，我带你玩好玩的。"

说完，他不由分说地拉着她起身，下了楼，指着楼前树荫下停着的两辆公路赛车，得意地说："那辆红色的是给你的，你骑上试试。"

"让我骑赛车？"乔萝想也不想就摇头，"不骑。"

江宸并不相劝，抱臂含笑："你敢弹那么难听的琴，骑个车却连试都不敢试？"

我弹琴到底是有多难听？

乔萝心中抓狂，面色却很淡静："我就不试。"

"你试一下我以后就听你弹琴。"

"你可以不听，我可以不试。"

"乔萝！"他满腔热情而来，却被她连泼冷水，不免无可奈何，咬牙切齿，她却嫣然一笑，走近红色赛车，戴上头盔，跨腿上车，弯腰俯身，骑着车沿着小区迅速转了一圈，停在他面前。

"我试过了，还不错。"下车时，她矜持地说。

"转弯提速都很漂亮。"江宸眉眼上扬，"小乔，你骑赛车可比弹琴要有天赋多了。"

乔萝本也沉浸在刚才车上轻盈如飞的感受中，听到他最后一句话却心情跌落，皱眉道："胡说，弹琴悦心，你当然不会欣赏。"

江宸无谓地笑："谁能欣赏？"

"秋白。"说这句话时乔萝心里其实也没底，貌似……秋白也从没有说过她弹琴好听。

"秋白是谁？"

"秋白就是秋白。"

江宸见她双颊莫名地发红，语气也很异样，望着她的目光不禁沉了沉，转身骑上他的蓝色赛车，沉默地离去。

此次友情的交流中途即止，不欢而散，不过那辆红色赛车乔萝却留了下来，间或去空寂的Q大校园转两圈。一天下午遇到同样骑着车在校园里兜圈的江宸，两人遥遥对望一眼，她对他吟吟而笑，他迟疑了片刻，刻意放慢了速度。她追上去与他同行，顾及她是新手，他处处相让，可她根本不在意他的谦逊，用力加速，清风一般掠过他的身旁，如云直飘远方。

他望着她纤柔灵活的身影，望着她回眸飞扬的一笑，眉眼终于渐渐舒展。

之后的日子里，她的朋友越来越多，高中开学后不过一个月，她甚至也有了人生第一个闺密兼死党——顾景心。

顾景心和乔萝一样，都是来自南方的转学生。两人因为是前后桌，开学循例套近乎时不经意发现彼此居然都是来自S市。他乡遇故知的喜悦水到渠成点燃了彼此友谊的火苗，虽然两人的性格、兴趣截然不同，但因这份亲切的心意却也渐行渐近。

于是在深秋十月乔抱石纪念馆正式落成时，乔萝自然邀请了她的好友顾景心前来分享她的喜悦。

开幕式那天人满为患，大概全城的艺术爱好者都闻风而至，乔萝和顾景心挤在泱泱人群中，艰难地辗转于各个展厅。

纪念馆馆藏乔抱石生前作品逾两千幅，分五个展厅陈列，即便乔萝之前亲手过目不少书画，但展厅里多半作品都是她不曾见过的。尤其是最后的两个展厅——这里的画卷、书法皆自乔抱石生前好友和早年藏家的手中收得，大都是乔抱石青年时期的作品，不仅乔萝闻所未闻，即便是她的父亲乔桦，

Chapter 6
告别过去

大概也有许多是见所未见的。

顾景心本来就对这样深奥高雅的艺术并无兴趣，只是觉得是乔萝爷爷的纪念馆才兴致勃勃而来，但随乔萝奔波了三个展厅后，早累得疲惫不堪。乔萝看出她的烦闷，抱歉地一笑，拉着她挤出人群，到公共休息区坐下来歇了口气。

"快把我挤碎了。"顾景心仰头喝了一大口饮料，望着周遭的人群叹气，"看来你爷爷在艺术界实在是大名鼎鼎啊。"

"是啊。"乔萝含笑望着满满一堂观赏画作的人，难得地有些意气飞扬。

两人坐着歇了一会儿，要再继续观展时，顾景心不经意瞧见了前方一个手拿相机的少年。

她伸臂碰碰乔萝，啧啧地说："小乔，你看他是不是就是传说中的那个江宸？我们年级第一的霸主啊，成绩好算了，居然人也长得这么帅！"又长叹了一声："江宸旁边那个男生长得也不错，难道帅哥也是物以类聚？"

乔萝这才看到江宸身边的叶晖，一双桃花眼正放肆无忌地流盼四顾。

乔萝告诉顾景心："那是江宸的表哥，叶晖。"

"哦，高三的叶晖啊，也是久闻大名。"顾景心这声感叹意味深长，冷不防遇上叶晖投过来的视线。叶晖对她扬扬眉，竖起双指笔直地指指自己的双眼，再指向她，露出明朗的笑容。

顾景心被他笑得脸莫名一红，转过头哼了一声："耍什么酷啊！油头粉面的小白脸！"

这评价和江宸堂姐的话如出一辙，乔萝扑哧一笑，拖着顾景心再度挤入人群里。

顾景心左顾右盼，心不在焉，见乔萝对着每幅画都看得异常认真，简直是一笔一画地研究，很是无奈。乔萝刚看完一幅山水图，正要拉着顾景心移步到下一个橱窗前，不妨前面的人群忽然后退，迫得乔萝身子后倒，恰被身后的男子抱个满怀。

她退了几步才站稳，转头要和身后的人道歉时，手腕上猛地一紧，被一股蛮力重重地拖出人群，直到来到一处空地，拖她的人才松开手，面无表情地望着她。

乔萝揉着被他拽疼的手腕，说没有恼意那是不可能的，她瞪着他："江宸，你做什么？"

"我问你做什么才对。"江宸冷冷地说，"这是你爷爷的画，你犯得着这样拼死拼活地和别人挤着看？很热闹很好玩？等闭馆后和馆长说一声，他能不让你独自看？那样的清静难道不能更好地赏画？"

"闭馆后工作人员也要下班，谁能等我看完这些画？再说，我为什么要这么特殊化？"

"何必这么矫情？"江宸嘲讽地笑，"难道这纪念馆将来不是你的。"

"当然不是我的！"乔萝的闲情雅致被他破坏殆尽，怒道，"江宸，你什么都不明白！"

"我是不明白。"江宸冷淡地说完，眼见乔萝转身又要回去，下意识地伸手拉住她。

乔萝回头，无可奈何地说："还有什么事？"

江宸说："我带你去个地方。"不容她质疑和拒绝，他强硬地拉着她绕过几个展厅相连的长廊，到了主馆后院的一栋楼里，上到二层，推开一扇紧闭的大门。

门后是一间空旷宽敞的大厅，四壁无窗，光线显得格外昏暗。乔萝只隐隐约约地看到一些桌椅的轮廓，皱眉问："这是什么地方？"

江宸不说话，摸索到开关处，打开灯光。

眼前豁然开朗，乔萝环顾四周，看清室内陈设后，喃喃地说："这……

Chapter 6
告别过去

这是……"

"你爷爷之前的画室。"江宸摸着屋子中央的长桌，告诉她，"是从S市画院原封不动地搬过来的。"

乔萝怔怔地看着他："你怎么知道？"

"前几天凌鹤年邀请我爷爷来预览馆中陈设，我跟过来到处转了转。"

乔萝点点头，站在原地好一会儿，才缓步上前，手指在爷爷生前用过的桌椅书柜上细细摩挲而过。

笔架上画笔倒悬，砚台里墨迹残存，宣纸、颜料铺陈的世界里，乔萝仿佛能看到二三十年前此间发生的往事，泛黄影像流淌眼前，浮现出爷爷在这里潇洒挥毫的身影，以及他仙风道骨的清癯容颜。

这大概是乔萝人生中第一次如此近距离地接触这个从未与之谋面的至亲。在此之前，爷爷的音容笑貌于她而言模糊难辨。她只是在幼时旁观父亲临摹爷爷的作品时，从他的口中得知一些有关爷爷生前的信息。后来父亲去世，除了外公和江润州偶尔提及爷爷的画作外，别无旁人对她说起爷爷的事迹。直到现在，她总算在这里触摸到了独属爷爷的气息，她也依稀能想象得出之前看过的每一幅画作下爷爷的心血与历程。

长桌的正中有长卷被镇纸所压，乔萝走近细看，才发现这是一幅未完成的作品。画中楼台破落，亭阁颓败，满目疮痍的栏阶下有一丛凌寒独开的墨菊，色未上妥，空白的左上角突兀地飘散一道梅花状的轻云。

江宸在她身边说："据说这是你爷爷生前最后的作品，可惜未曾作完，至今也没有人猜到那朵梅花云是什么意思。"

乔萝对着残画若有所思，良久，才从那朵梅花云上移开目光。

房中各处的书柜里放满了中外画史的理论书籍与诸家集册，只有西北角落的一面高柜中放了一些工笔绘成的人物小像。

那些肖像里的人在乔萝看来都是陌生的——除了柜中最上层放着的一张仕女图。乔萝意外地发现，这是一张似曾相识的人物画像。

笔墨飘逸的仕女画中，少女独立松山峻岩，体态纤丽，广袖飘然。看似是古人，可少女秀美绝伦的容颜却有八九分像孟茵。乔萝吃惊之下踮起脚，在画卷的上方模模糊糊地看到一行草书，依稀辨认出最后几个字是"望茵茵念卿卿"。

茵茵？难道爷爷生前认识孟姨？乔萝正疑惑时，冷不防眼前白光一闪，咔嚓一声，惊讶的表情已被不速之客摄入了相机。

转过头，叶晖站在门口，晃动手中相机，挤眉弄眼地对江宸说："我帮你拍了张难得的二美图，一古一今，珠联璧合，怎么谢我？"

江宸脸色无端一红，故作漠然："你能正经点吗？"

"我拍一张照片就不正经？"叶晖摸摸下巴，不怀好意地笑，"那你刚刚偷偷摸摸追着小乔拍了几十张照片又怎么说？"他掉头唤乔萝，称呼亲昵依旧："小表妹，你要不要过来看看你的写真集？"

"胡说什么！"江宸上前一把夺过相机，再转身看着乔萝时，脸色难免有些不自然："走吧，这边还不是开放区域，被人发现了不好。"

乔萝说："你不是说我可以搞特殊化？"

江宸皱眉："你不也说要和别人一视同仁，要矫情就矫情到底，为什么半途而废？"

乔萝还没回应，叶晖在旁边已经听不下去了："阿宸，你和女孩子说话能不能温柔点？"

江宸瞪他一眼："与你有关？"

"好，无关。"叶晖高举双手表示服你了，上前揽住乔萝的肩往外走，说："他就这个德行，表妹，你别理他。"

乔萝好脾气地笑："没关系，我之前在青阖养过一只刺猬，知道它们的脾气。"

"什么脾气？"

"孤僻且挑剔，生人勿近，熟人勿亲。不过到冬天就好了。"

"为什么？因为它冬眠？"

"因为冬天得穿厚厚棉衣啊，总不能到冬天还露着刺到处裸奔吧。"

听着叶晖放肆的笑声充斥楼道间，江宸铁青着脸跟在他们后面关灯关门，下楼时不经意看到乔萝回眸对他眨眼一笑，眉目温柔，笑容嫣然。

他望着她，刚才的恼怒竟然悠悠荡荡消失到无影无踪。

这天乔萝回家后不免缠着外婆询问那幅画里的人，因为实在是太像孟茵。她年纪小，心思却很细腻。

外婆想了很久才说："没听孟老师说过之前认识你爷爷啊。我和你爷爷两家是世交，之前住在S市时常来往，也没有在乔家见过孟茵。"

乔萝继续问："那外婆你认识一个叫卿卿的人吗？"

外婆在台灯下翻着书，似乎没有听到她的问题。

直到乔萝不甘心地又追问一遍，外婆才摘下老花镜，揉着眼睛疲惫地说："外婆老啦，往事哪里记得那么多，什么卿卿我我的，听起来不像是个人名。"说完，她放下书躺在床上，乔萝以为她闭着眼睡着了，正咬着笔对着窗外夜色天马行空地胡想时，听到外婆又叹着气轻声说："小乔，你别胡思乱想了，早点写完作业睡觉。"

"好的，外婆。"乔萝乖乖地回应时，心中却突然冒出一个连她自己都吓了一跳的朦胧猜测。

▶ Chapter 7 小小心事

他俯视着她，彼此靠得很近，目光相触，呼吸可闻。他的视线温柔流连于她的眉眼，不
存丝毫的闪避与顾忌。

（1）

北京的秋季很短暂，落叶飘尽枯枝披霜，北风呼啸，冬天很快来临。

十二月初的一个周末上午，乔萝一个人在家，意外接到医院冯阿姨的电话，说有急事请她去一趟江宅。

冬日的江宅寂静空旷，阳光遍洒院内每个角落。乔萝进门的时候遇到提着药箱匆匆而出的冯阿姨，问过才知道江宸昨晚受凉了，高烧不退，江润州这天又有国外来的重要客人要招待，一早就出了门，让冯阿姨上门帮忙照顾江宸。没想冯阿姨来了才坐一会儿，就接到医院急症室催促她回去的电话，冯阿姨没有办法，只得试着找与江家交好的乔家人来照顾。

冯阿姨简单叮嘱了乔萝两句，便把照顾病人的任务交到她手上，急忙离开。

照顾江宸这已经不是第一次了，乔萝做起事来轻车熟路，烧开水给他泡生姜茶、削水果、加被子、坐在床边陪他聊天。不过病人吃了药后昏沉沉地躺着，有一搭没一搭地应付她的话，看起来不耐烦而又敷衍。

于是乔萝说："你想睡就睡吧，别勉强撑着和我说话。"

"我睡觉你干什么？"病中的江宸锋芒褪去不少，眉目无神，语气也是很无力，"你要回去？"

"我不走，你身边没个人怎么行呢？"乔萝帮他掖掖被角，打量四周，"你屋子里书这么多，我看书打发时间。"她站起来在书柜前转了一圈，取下一本厚厚的《北齐书》。

江宸看清书名，有些不解："这么多书你就选了一本史书？你不嫌枯燥？"

乔萝饶有兴致地说："看看高家那些俊俏疯子的精神病史不是很有意思吗？"

"恶趣味。"江宸不禁一笑，从床头拿了一本《亚森·罗平探案集》给她，"我最近在看的，很有意思。"

"探案集？"乔萝接过来，摸着扉页，故作为难，"里面的案子不血腥不恐怖吧？我胆子比较小。"

"你胆子小？唬谁呢？"江宸嗤之以鼻，懒懒地闭上眼睛，"放心，这本书的主人翁既是个神探，也是个侠盗，英俊潇洒，浪漫不凡，女生都喜欢。"

乔萝还是抱着史书，说："这样的男的肯定又张扬又自命不凡，我就不喜欢。"

江宸闻言眉毛微动，唇角轻轻一扬。一旦闭上眼睛，体内的药效涌上来，让他几乎瞬间进入昏睡的状态。

过了一会儿，他感觉有人伸手帮他拉了拉被子，又将被他推到一旁的枕头轻轻放回来，低声自言自语："怎么枕头下也藏着书啊？"

书？这让他朦朦胧胧地想起一件要紧的事，但人在昏沉中清醒不过来，挣扎着思索，等那个念头终于在脑海中清晰地放大时，他猛然睁眼，果然见藏在枕头下的书被她拿在手上。

"这本书不许看。"他苍白的双颊涌起异样的潮红，伸手欲夺回书，却被她灵巧地避开。

"不是睡着了？怎么又醒了？"乔萝奇怪地看着他，"什么要紧的书？我就随便看看。"

她背对着他，重新拿起书，正要翻开，后背猛然一热，身子落入他的怀抱中。双手被他紧握着，人也被他的长臂死死箍住，让她动弹不得。

趁乔萝还没反应过来，江宸低头，将她抓着书的手指一一扳开，成功地将书从她掌心抽离。

末了，他的手仍然紧扣她的十指，在她耳边缓缓说：“我说了，不许看。”

这样的亲密接触惹得乔萝冒出一身的鸡皮疙瘩，清醒过来惊跳出他的怀抱，怒道：“江宸，不就是一本书，你发什么神经？”

江宸并不生气，微笑着将书放回枕头底下，然后躺下来，安然闭上眼眸。

“你闭目长眠吧。”乔萝盛怒之下口不择言。即便没人看到刚才的一幕，她还是觉得心惊肉跳，狼狈不堪。

任凭她在一旁坐立难安，肇事者却心安理得地踏实入睡。这一觉睡得沉，如果不是体内的高热烧得他口干舌燥，实在是难以忍受，他绝不愿从美好梦境中醒来。

江宸半睁着眼从床头柜上摸到温热的水杯，喝了几口水，才看了看四周，不见乔萝。她是生气走了吧？他躺倒下来，想到睡前自己几近无赖的拥抱，脸上不禁火热，自己也觉得汗颜。

正想着要怎么道歉时，忽然听到门外传来笑语声。

他下床走到窗前，看到她站在院落里的老槐树下。冬阳毫无阻拦地穿透残叶枯枝，照得她一身金辉。她的头发越来越长了，垂散下来几近齐腰，秀美如画的眉目在日光的勾勒下愈发细致。江宸由衷地觉得，在这万物不生的萧瑟冬季，看起来清淡如水的她竟成了他眼中唯一生机盎然的颜色。

在这颜色之外让他觉得刺眼的，是叶晖像个小丑般正上蹿下跳地拿着一套滑雪装备向她献宝。

看到乔萝在叶晖故意夸张和耍酷的动作下笑声不断，江宸的呼吸有些不畅，也不顾自己正病着，推开窗户，冷冷咳嗽一声。

院里两人闻声转过头来，乔萝看着江宸，刚才脸上还满满的笑意顷刻消失，看起来余怒未消。叶晖则心无杂念，朝他招招手，捧着他的那套宝贝乐呵呵地来到窗前。

江宸语气不善："你显摆什么呢？"

"我爸前段时间买了个滑雪场，现在设施差不多都弄好了，下周开始营业。我准备元旦放假邀请朋友们去滑雪，过来找你商量下你这边有哪些朋友要去，没想到你生病了。"说到这里，叶晖一顿，皱着眉上下打量他，"话说回来，阿宸，你自从腿伤过后怎么总是这里不妥那里抱恙，活像个林黛玉一样。"

江宸冷冰冰地盯着他："请问叶大少，腿伤之后至今我病过几次？"

叶晖想了想，困惑地说："难道是我记错了？可为什么每次看到乔萝在你身边，我总觉得你是病怏怏地在被照顾。"

"我被她照顾？"江宸忍不住看了看乔萝，两人视线相对，不知为何脸都一红。

叶晖灵敏地察觉出两人之间的异样，意味深长地笑道："有情况？"

"没情况！"江宸色厉内荏地瞪他一眼，关上窗。

叶晖拉着乔萝走进屋子，说："那就这么定了，元旦放假那天我派车来接你们去滑雪场。"

"你们？"江宸此刻已经坐回床上，双手背在脑后半躺着，懒洋洋地说，"你们是哪些人？"

"你们俩、乔杉、乔欢，还有乔萝那个朋友，顾……"

"顾景心。"

"对，顾景心。"叶晖眼睛发亮，"景心，阿心，小心心，好名字啊。"

"你还能再恶心一点吗？"江宸满脸鄙夷，"我说怎么这么积极，原来醉翁之意不在酒。"

Chapter 7
小小心事

叶晖坦然地说："窈窕淑女，君子好逑，人之常性。"

他俩说话时，乔萝看到江宸杯中的水已经喝尽，又给他倒了一杯，顺手将药片放在一旁。江宸望她一眼，乔萝神色清冷，连眼角余光也不肯赏赐给他。他无奈地收回目光，默默拿过水杯，服下药片。

叶晖告别离开时，乔萝把他送到门口，想着江宸一整天没有正经吃过东西，便去粥店买了粥和点心。回来时，看到江宸的房门半掩着，并非之前离开时紧闭的状态，门口地上放着粉红色的网球包——要是她没记错，早上乔欢出门时说约了同学打网球。

乔萝站在门口想了想，退步走到窗旁。

站在江宸床边的少女正是乔欢。江宸闭目躺在床上，看起来睡得正沉。乔欢在一边轻声唤了唤，江宸不耐烦地转个身，并不愿意醒。江宸在睡觉时也不安分，手臂贪凉伸出被子，顺手又将一旁压在头上的枕头推开。乔欢看着他的睡姿很是无奈，把他的手重新塞回被子，又将那个多余的枕头放到床的角落。

枕头拿开时，一本蓝色封皮的书籍露了出来。

乔欢取过书翻了翻，手指停留在其中一页，缓缓抽出一张照片。

乔萝透过窗户，依稀看清照片上的少女，怔愣的瞬间，心中竟有冰水浸透。她在斜射房内的夕阳余光下清楚地看到，乔欢明艳的面容正渐渐暗淡，眸中光彩凝滞，茫然中另起寒色。

这样的目光并不陌生，幼时的记忆一起涌上心头。乔萝没有进去，只是在门外站了一会儿，便转过身，独自离开了江宅。

第二天上学时，乔萝将叶晖元旦滑雪的邀请告诉顾景心。顾景心闻讯正中下怀，自然欢呼雀跃。等到元旦那天，顾景心一早在乔萝家中集合。叶晖十点准时过来接人，点了人数，独缺乔欢。

乔杉解释说："上午香山有元旦文艺活动，乔欢应邀去表演钢琴。"

"楼下车里还有我一帮朋友呢，不能都等她一个。"叶晖决断很快，"你和江宸留下来等乔欢吧，我带着小表妹她们先走。"

乔杉点头："也好。"

他们站在门口说话的时候，江宸慵懒地坐在沙发上看杂志，眼皮抬都懒得抬一下。直到一双手从他身后轻轻拉扯着一条被他压着的围巾，他才抬头看了一眼。

"你把我的围巾压住了。"乔萝皱着眉，眼睛并不与他对视。

他挪了挪身子，趁她俯身拿围巾的时候，左手轻扬，握住她的手腕。

乔萝一惊，想要将手抽回，他却紧扣不放。

"自从那次病后你就躲着我，还在生气？"他在她耳边以只有两人能听到的声音低声说，"你是怕我？"

"不是。"乔萝神色冷漠，"我最近比较忙。"

"忙？"江宸轻笑，"那你这几天总算不忙了吧？我想和你好好说说话。"

乔萝不语，江宸只当她默许了，便松开了她的手腕。

乔萝飞快地拿走围巾，淡然地说："我没什么好和你说的，请别来打扰我。"不等江宸回应，她已拎着行李包走出门外。

下楼的电梯上，顾景心奇怪地问叶晖："你怎么叫乔萝表妹？你们是表兄妹吗？我都没听乔萝提起过。"

叶晖看着站在角落里的乔萝，不免笑得暧昧："我的正经表亲是江宸，至于乔萝……她迟早是我表妹。"

乔萝心中正烦乱，听到这话无疑火上浇油，低喝道："别胡说！"

"是我胡说吗？"叶晖的话语意味深长，见乔萝冷着脸不再理他，又掉头调戏顾景心："要是你愿意，你也可以做我表妹。"

顾景心受不了地翻白眼："你这人好奇怪，难道表妹也能认着玩的？"

电梯门打开，顾景心再无初见叶晖时小鹿乱撞、满眼桃花的样子，甩了甩马尾辫，看也不看他一眼，大步走了出去。叶晖莫名其妙碰了一鼻子灰，摸摸脑袋，讪讪跟上。

除江宸他们外，叶晖还邀请了八九个好友，十几人分坐四辆商务车，浩浩荡荡地开往位于小汤山度假区的滑雪场。

因滑雪场刚营业，国内滑雪运动还未普及，宣传渠道也未正式铺开，因此山上游人并不多。到了滑雪场，叶晖安排众人入住山中一座欧式古堡，分好房间放下行李，又带众人去餐厅吃饭。饭后叶晖请来几位外国男子，说是滑雪教练，领着大家去拿滑雪用具，讲解滑雪技巧，然后各自跟着教练分散行动。

顾景心被叶晖缠得脱不开身，乔萝很有眼色地和别人组成一队，跟着教练到了一号滑雪场。

滑雪场因游人不多，雪道上雪质细腻如粉，教练展示滑雪技巧时，滑雪板滑过雪道带出漫飞的雪花，非常优美，惹得众人跃跃欲试。只是众人都是初次学滑雪，踏上滑雪器踩上雪道，重心不稳，难免人仰马翻。教练耐心地一个个指导过去，乔萝是最先领悟平地滑行技巧的，不一会儿就从简单的步行平稳地滑出去，等她滑过一半的路程停下喝水时，回头看到不远处顾景心摔倒在地，而叶晖忙掉头去扶。

看到他们相处和睦，没有刚才的隔阂，乔萝微微笑了笑，一个人滑向远处。

滑雪颇耗体力，乔萝滑了一个小时就累了，返回古堡休息时，正好遇到刚到达滑雪场的江宸与乔欢。乔萝见只有他们两个从车上下来，犹豫了一下才上前问："乔欢，我哥呢？"

乔欢说："乔杉临时有事，不来了。"

"什么事？"

"他没有和我说。"乔欢将这句话索然无味地说完，转身进了古堡。

乔萝愣了片刻，才跟上她："房间分配好了，你和我一间。"

"哦，这样啊。"乔欢的语气多少有些冷淡。

打开房门，乔欢拿着行李先进去。乔萝刚要进房间，一只手从背后拉住她，扭着她的手臂迫使她转身，映入眼帘的是江宸冰冷的面容。

"两位看来是有话说？"乔欢在房间里回头笑，"我要关门换衣服了，不好意思。"说完走上前，目光无温，从两人脸上轻轻飘过，"啪"的关上房门。

"乔萝！"江宸声音极低，字字咬牙切齿而出，愤怒而又危险，"你把我当空气？"

"我没有。"

"那怎么一眼也不看我？一句话也不说？"江宸盯着她，"还有你走时，说你没有话和我说，让我不要打扰你，是什么意思？"

"什么意思你不明白？"乔萝很不耐烦，"从今以后，我不想和你有任何瓜葛，我是说任何。"

江宸的目光在她的眉眼间停驻良久，生平第一次放柔了声音，轻声问："小乔，你还在为那件事生气？"

"我不是生气。"乔萝此刻只想快刀斩乱麻，强迫自己以最无情的话语说，"江宸，我和你毫无瓜葛，你以后不要再纠缠我了！"

"毫无瓜葛？"江宸静静地望着她，以难见的温和语气认真地说，"乔萝，你在逃避我？"

乔萝怔了怔："我为什么要逃避你？"

江宸松开乔萝，从随身的包里抽出一本书，乔萝认出那本书是之前他放在枕头下的，江宸直接抽出一张照片放到乔萝手里，再不言语，就这样看着乔萝。

那是乔萝的照片，是叶晖之前拍的"二美图"。

"爷爷在五年前就和我说过你，我那时候一个人在国外很孤独，听爷爷说起你，我从心里就把你当成我唯一的朋友，我想回国后，我一定要来找你。可是回国后，你已经走了，一走就是五年。五年后我们再相遇，你却一直对我防备重重。乔萝，你不愿意跟我成为朋友，觉得我自傲自大，自以为是也好。但是那不能否认，我们也曾经彼此期待相遇过吧。"江宸脸色越来越暗，声音越来越低沉，"哪怕我真的对你有别的心思，你又何必害怕成这样？"

乔萝低头沉默片刻，淡然一笑："江宸，那时我和你素不相识，谁也不知道谁是谁。何况，也许我们并不适合成为朋友。"说完这句话，不顾江宸骤变的脸色，乔萝打开房门走进房间，颤抖的手在冰凉把手上停顿片刻，而后清晰决绝地重重关门。

对不起，江宸。

不管刚才门外二人争执如何，房内的乔欢看起来浑然无事，换过衣服后就出去找叶晖他们。

乔萝一个人待在房间里，枯坐了一会儿，从书包里拿出随身的日记本，翻到新的一页，写下：

2002年1月1日 晴

秋白，我很高兴在2002年的第一天学会了滑雪。瑞士因阿尔卑斯山而成为滑雪天堂，你在那边待了这么久，应该早学会了滑雪。这是我第一次滑雪，很畅快，但也很累。不过你放心，如果以后你能带着我一起滑，我一定不会觉得累。

外婆前几天回了S市，我本想求她等我元旦放假了，和她一起回去。但是外婆说S市的老朋友有急事，她等不了我，就先走了。

我其实想回去看看你有没有回来，虽然我知道你一定没有回来。你要是回来了，会去青阖镇找我的。我给祥伯留了电话号码，我一直在等你回来找我。

秋白，你让我和江宸交朋友，我和他是朋友了，但或许是我做错了一些事，让他误会了什么。这个误会让乔欢不开心，也让我担忧。我并不是个懦弱胆小的人，但是无论如何，我都没有理由让妈妈和乔叔再次陷入维系家庭完整与和睦的困局。

我不想得罪身边任何人，尤其是乔欢。

如果你在我身边，你一定会告诉我怎么做才是对的。

我想你，秋白。

想着你的时候，你会不会也正好在想我？

她在结束的时候照例画上一个笑脸，秋白让她开开心心的，她不会辜负他的嘱托。写完这篇日记，她趴在桌上，想着这段日子发生的事，才发现不仅仅是江宸和乔欢的纠葛让她难以安心，还有纪念馆的那幅肖像画，谜团重重，她别无倾诉的对象，除了秋白。

她轻轻叹息，想着想着，疲惫上涌，就这样趴在桌上睡了过去。

这一觉睡得很沉，直等到外面响起连绵不断的敲门声时，她才睁开眼，往窗外一看，才发现天色已黑。

"乔萝，在吗？"敲门的人喊。

"在，等等，就来。"她高声应答，将日记本合上，随手放到桌子抽屉里，打开房门。

门外的顾景心看到她，舒了口气，拍着胸口担心地说："下午你去哪里了？到处都看不到你。刚才敲了那么久的门也不应声，我还以为出什么事了。"

"能出什么事？被狼叼走？"乔萝笑着说，"我只是累了睡了会儿。"

顾景心说："快出来吃晚饭吧，大家都在等你呢。吃完饭我们一起去泡温泉。"

"好啊。"乔萝拿出钥匙，关门跟她走到餐厅。

吃饭的时候不见江宸，乔萝也没有多问，只是庆幸他的缺席让她免了许多尴尬。乔欢和叶晖的那几个朋友似乎很熟，说说笑笑的，看起来心情很好。吃完饭乔萝和顾景心去了叶晖介绍的温泉，直到夜深才回古堡。乔萝进房间时，看到乔欢已经换了睡衣，正躺在床上静静地看电视。

乔萝和她打了招呼，进洗手间洗漱完毕，出来时，乔欢关了电视，看着她问："秋白是谁？是你的新玩偶吗？"

乔萝心跳骤快，愣了一会儿，望向乔欢："你说什么？"

"你小时候不是喜欢和你的玩偶倾诉心里话吗？"乔欢含笑看着她，"这回换成真人了吗？那个秋白，是你在青阁镇的男朋友？"

话说到这个地步，乔萝怎么也该明白过来了，思绪瞬间混乱，如同一片糨糊，难以置信地盯着她："你偷看我的日记？"

乔欢说："不好意思，我拉开抽屉想找纸，看到一个笔记本，不小心翻了几页。"

她这样的轻描淡写让乔萝急怒攻心，喝道："乔欢！"

"乔萝，想不到你也会早恋，看起来还是几年前就开始了？"乔欢的神情依旧风轻云淡，嘴里啧啧叹着气，"你既然已经有了你的玩偶，为什么还要来抢我的？每次你一出现，总能抢去我身边所有在意的人。我都不明白，你到底是用了什么样的手段，能够这样玩弄人心。"

"秋白不是玩偶，我也没有抢你的江宸。"乔萝想大约是在温泉泡得太久了，在盛怒之下人竟轻飘飘的，所有的血液都冲上大脑，让她完全压抑不住自己的情绪，"玩弄人心？你把我哥的心玩弄得还不够彻底？"

乔欢不以为意："那是他心甘情愿的。"

"那江宸也是心甘情愿的。"乔萝顺着她的话回应，"他的心意与我无关。"

"他与你无关？难道他不是你最在意的伙伴？你日记里一笔一笔可写得很清楚。"乔欢从床头拿起日记本，扔到乔萝脚下，冷笑，"你这样的口是心非是不是只有我能看到？说实话，我本来还有些后悔之前一直说当年是你推的我，不过现在我觉得，我说得没错。像你这样口是心非、当面一套背后一套的人，你做过什么，我确实是不知道。"

提起当年那桩事，乔萝的怒火被久远的伤痛冲散，倒是冷静下来，看了她一会儿，觉得很可悲："乔欢，我什么都没做，你都已经这样提心吊胆，我如果做了，你又要怎么办？"她弯腰拾起地上的日记本，擦净放到书包里，沉默片刻，叹息道："乔欢，也许我不该原谅你。"

"是谁原谅谁？"乔欢冷笑，"乔萝，是我不该让你回来，乔家根本就没有你的空间。至于我，我从不需要你让，更不想再看你惺惺作态。"

"既然如此……"乔萝平静地说，"我会如你所愿的。"

（2）

夜间的滑雪场空旷清寂，远方山色连天，近处白雪皑皑，巨大的照明灯塔笼罩广袤天地，为黑白分明的雪山世界披上浓郁梦幻的橙色轻纱。

乔萝漫无目的地走在山间小道上，心绪纷乱，眼前难得的雪山夜景在她眼里如云烟而过。她走到了极远处，在月光被高耸峰岭遮住的时候停下来，怔怔地在道旁的岩石上坐下。

夜里滑雪的人极少，远处的雪道上只有一人飞掠而下，金属雪板擦过雪地，漫扬的雪花在灯光下盛开如绚烂烟花。比起白天她逗留的初级雪道，这里的雪道宽广崎岖、坡度奇诡，是滑雪高手享受飞纵回旋乐趣的真正天地。

除乔萝外，雪道四周围着不少观众。眼望着滑雪者灵活地飞跃每一处障碍，直降空翻、伏地滑降、左右回转，每一个惊心动魄的动作都被他以飘逸潇洒的姿势轻松完成，引得看客们毫不吝惜地给予喝彩阵阵。

心事重重的乔萝也被他的动作吸引，眼睁睁地看着他由远而近，然后从面前斜滑而过。

他已经疾行离去，却又突然回头，一个漂亮利落的U型转身，重新回到她的面前。

褐色的防风镜遮住了他的眉眼，橙色灯光下，乔萝只看到他弧度冷峻的下颚与紧抿着几无血色的薄唇。

她当然知道他是谁，可是她依旧固执地沉默着，以此保持两人的距离。

他看了她一会儿，忽然轻轻叹了口气，将雪杖插入雪地，双手伸到她面前。

"干什么？"乔萝莫名地看着他。

"把手交给我。"他的声音漠然且决绝，"不然我就不拿雪杖，从这儿直直滑下去，生死由你负责。"

这种人的可恨就是宁为玉碎，不为瓦全，她知道他说得出做得到，无可奈何地站起身，把手交给他。

他拽住她的手，让她踏上滑板站到他身后，拉起她的双臂环绕自己的腰，说："抱紧我。"

"教练没说过两人可以一起滑。"乔萝的声音微微有些颤抖，"这样不会出事？"

他柔声说："放心，不会死。"他放开她的手，重新拿起雪杖，杖端轻点，滑板掠过雪地，直飘而下。

这次是真的山与雪都在眼角如云烟飞过了，耳边风声飒飒，周遭影像皆化成模糊的流线——这样的速度不是刚学会滑雪的乔萝能承受得住的，她紧紧抱住了江宸的腰，心惊胆战地闭上眼睛。

"这种时候闭眼就太无聊了。"江宸似乎脑后也长着眼睛，大笑一声，"小乔，别封闭自己的心了，睁开眼看看身外的世界吧。"

因后面带着她，他不再做那些危险的动作，从坡度险峻的雪道拐到相对平缓的一边。感受到脚下逐渐平稳，乔萝犹豫了一下，慢慢睁开双眼。

山影沉沉，雪地绵延，寒风拂面凛冽但又畅快，江宸以脚下滑行板为飞天御风的祥云，带着她肆意无忌地飘行于天地间。这里是无人的世界，没有了围观者紧追不舍的视线，也没有了任何情绪的牵绊。乔萝回头，看到月亮转过山峰，照着他们脚下滑板激起的飞扬雪花，雪花乱舞如暴飑降临，却最终在一片静谧中不留痕迹地消散。

乔萝不知为何想起了十岁那年的除夕夜，在人生中最孤寂的一天，她趴在窗旁望着结冰的河面上穿梭滑行的小朋友们，那时的她多么羡慕他们的潇洒，那时的她从来不敢想象自己原来也可以这样放纵一回。

她又想起，那年的除夕夜，她最期待的是江宸的出现。她对他寄予了十年来最大的厚望，因为她坚信他能够带着她走出自抑自怜的独孤世界，即便从未相见，她还是坚定地相信着。

现在，他果真来到了身边，正领着她见识不一样的天地。这个天地摆脱了一切阴暗伤感的影子，只有青春与激情。

"江宸，谢谢。"她在夜风中呢喃。

"什么？"他没有听清。

她收拢双臂更紧地将他抱住，靠近他耳边说："谢谢你！江宸！"

滑到雪道尽头，江宸放缓速度，稳稳停止。两人从滑板上下来，筋疲力尽地躺倒在雪地上。乔萝放空思绪，望着天上的星辰发呆，冷不防江宸的脸凑至眼前。

他侧身手支脑袋，嘴角含笑，惬意地看着她："消气了吗？"

"你上次抱我一回，我今天也抱回来了，我没有生气。"乔萝对他道歉，"我今天说的话有些过分，对不起。"

"我原谅你。"这句话竟说得不假思索。

他此刻摘去了防风镜，眼睛映着满地雪光，璀璨明朗，真如天上的星星一般。乔萝心想，"宸"这个名字还真没有起错。

"江宸，我会当你是我最好的朋友。"她在过往的期待和刚才的感激中真诚悔悟。

江宸微笑："我们不只是朋友。"

他俯视着她，彼此靠得很近，目光相触，呼吸可闻。他的视线温柔流连于她的眉眼，不存丝毫的闪避与顾忌。直到乔萝不可自抑地红透了双颊，他才微微一笑，握住她的手，重新躺回地上。

他们并肩而躺，在安静的时光流逝中，第一次这般心意相通地将过往的遗憾一一补齐。

第一个发现江宸和乔萝关系改善的是顾景心。在第二天用早餐的时候，她惊讶地发现一向独来独往的江宸不仅出现在餐桌旁，还坐在乔萝身边，帮她倒牛奶、烤面包，两人说说笑笑，十分亲密。

顾景心和叶晖私语："江公子怎么对乔萝这么好？转性了？"

叶晖自然知道许多不为人知的往事，婉转一笑："转性的恐怕不是阿宸，而是小乔。"

坐在长桌另一边的乔欢显然也注意到了两人的转变，视线停留在两人身上，嘴角浅扬，淡而无味地一笑。

江宸从来不喜欢集体活动，早餐后和叶晖招呼了一声，便带着乔萝独自行动。滑雪一事昨晚两人已经玩得酣畅淋漓，今天都无意再继续，出了滑雪场，江宸租了一辆车，让司机带着他们玩遍了整个小汤山。

等到落日沉垂西方，天色不早时，玩到尽兴的二人才折身而返。

两人回到滑雪场，在山口下车时，一辆宾利与他们擦身而过，缓缓在前方停下。江宸看清车牌号笑了笑，拉着乔萝快步上前，敲打后座车窗。

车窗缓缓降下，里面坐着一位身穿黑色大衣的年轻男子。男子眉目俊冷，看起来不苟言笑，望一眼江宸和乔萝，又移开目光，心无旁骛地看着他手上的文件。

江宸在他面前却一反常态，左臂随意地搭在车窗上，嘴里轻松地吹着口哨："大叔，那司机不送我们进山里，你帮忙带一程吧？"

"大叔？"男子闻言皱眉，冷冷地望过来。

乔萝被他的眼神望得心中一凛，暗暗拉了拉江宸。可是江宸并不知难而退，嬉笑着看向车中人时，神色间是罕见的顽皮淘气。

"上来吧。"男子伸手揉着眉心，疲惫的话语中透着一丝无奈。

江宸回头对她说："小乔，你坐前面。"他拉开后面的车门，径自坐在男子身边，望一眼他手上的文件："怎么，又是什么圈钱忽悠人的项目？"

"如此看不上自家的产业，任何败家子和纨绔子弟都比不上你。"男子话语冰冷，嘲讽带刺的语气和江宸平时的言辞极像。

前面车门拉响，男子看着轻手轻脚坐上车的乔萝，微笑道："让女士自己开门上车，小宸，你的风度呢？"

"总是和自己的外甥斤斤计较，丝毫不让，叶楚卿，你的风度呢？"江宸淡定驳回，"我的作为可都是你言传身教的，怪不得人。"

男子扬唇一笑，不再言语。

乔萝听到这里，才知道他们是相识的，探过头看向后面，迟疑地望着男子年轻的脸庞："难道您是叶晖的……"

"父亲"两个字还没出口，江宸打断她："叶晖的小叔叔。"他瞥着男子，飞扬一笑，"也是我的小舅舅。"

乔萝礼貌地称呼："叶先生您好。"

"小姑娘太客气。"叶楚卿淡然地说，"小宸当着我的面从不看女孩子一眼，更不曾带着女孩子上我的车，你是第一个。你可以随他叫我舅舅，这个称呼最好以后都不要再改。"

看着乔萝和江宸各自脸红地沉默下来，他却气定神闲地一笑，对前方的司机点点头。

Chapter 7
小小心事

车子再度开动，叶楚卿将手上文件放到一旁，对江宸说："你爸妈过年回来的事，你知道了吗？"

"知道与不知道有什么区别？"江宸的声音瞬间变得冷漠，"自始至终，他们从没有和我交代的时候，当然，他们也从来不觉得有这个必要。"

叶楚卿柔声说："你外公的意思，是想过年时全家团聚一下。"

"真不容易，这场团聚外公等了多少年？十年？二十年？"江宸嘲讽地道，"至于我，一切悉听尊便罢了。"

叶楚卿将他们放在古堡前，驾车去山中另一边的工作楼办事。在走廊里和江宸分手后，乔萝回到房间，发现乔欢的行李物品都不见了，站在原地愣了片刻，倚着床边无力地坐下。

晚饭的时候问过顾景心，才知道乔欢上午就已回市里了。

听到这个消息，乔萝不知为何有些惴惴不安。晚上顾景心怕她孤单，跑过来和她聊天。两个女生躺在一起，顾景心嘴里不断说着这两天和叶晖相处的点滴，乔萝听着却有些心不在焉，睁着眼直直望着房顶，一颗心不受控制地怦怦直跳，让她莫名其妙地紧张忐忑。

她不断地回忆，回忆上一次与乔欢关系破裂之后，她们的结局。

那是一场不堪回首的过去。

这次呢？会风平浪静地过去吗？

不会，不会。她的直觉告诉自己，一定会出什么事。正心慌意乱时，门突然被砰砰敲响。

乔萝几乎是瞬间惊坐起来，顾景心跑过去开了门，看到门外的叶晖和江宸，怒道："叶晖，这么晚了还来敲门，白天还没烦够吗？"

叶晖眼神慌乱，竟并不看她，和江宸冲进房间，望着僵立的乔萝。

"小乔。"江宸的神情关切且不忍，将手上正在通话状态的手机递给她，缓缓地说，"是林姨的电话，你外婆心脏病突发，在医院急救。"

（3）

江宸和乔萝赶到医院时，手术室的灯依然亮着，乔家一家正守在外间走廊上。

"外婆怎么样了？"乔萝急声问家人。

林蓝脸上尽是未干的泪水，哭得体力透支，虚弱地倚在乔世伦怀中，脸上的表情是麻木且悲伤的。听到乔萝的声音，她并无力气抬头，唇微微翕动，想要说什么，却终究无声。

乔世伦担心地看着怀中的妻子，在她耳边轻声说着宽慰的话语，对乔萝的问题置若罔闻。

乔萝无奈，只得将目光投向独自站在角落的乔欢。

乔欢紧贴白色的墙壁，头低垂着，长发罩住了她整张脸。她站在那动也不动，用力在胸前紧握着的双手轻微地颤抖，看起来既紧张又不安。

所有的人都不说话，乔萝无措地咬着嘴唇，毫无头绪，一片空茫。江宸在一旁看不下去，转身去找医生打探消息。

乔杉从洗手间回来时，看到乔萝趴在手术室的门边，透过缝隙可怜巴巴地看着里间渗出的一缕灯光，不禁摇头叹了口气，将她拉到一旁，悲痛地告诉她，外婆处在休克状态。

"休克？"乔萝目光慌乱，"为什么……"

乔杉说："外婆今天下午从S市回来时精神就不是很好，傍晚又听说了你早恋的事……"

"我早恋？"乔萝隐隐猜到了什么，心底寒气顿生。

乔杉对这件事也有困惑，思考了一会儿，才轻声说："你和孟秋白的事，乔欢都告诉我们了。"

　　这句话犹如一盆冰水兜头浇下，让乔萝脸上血色尽无，颤抖着唇说："就算是这样，也不至于激得外婆心脏病发……"

　　"我也不知道，外婆从来没有发过这么大的火。"想起傍晚家中的激变，乔杉到此时还是有些反应不过来，"听说了你和孟秋白的事后，外婆指责妈当初不该把你抛在青阁镇，妈回了几句，外婆当时一口气没有提上来，就……"

　　"这么说……"乔萝心中一片惨淡，缓缓地说，"是因为我，外婆才这样？"

　　乔杉叹息，手在她肩头按了按，低声说："小萝，这不是你的错。"

　　手术门叮的一响，众人回头，看到医生走出门外。

　　他们像看到救命稻草一样围了上去，却忽略了医生脸上遗憾抱歉的神色。

　　"对不起，我们尽力了。请各位节哀。"即便是见惯了生离死别的医生说出这句话时还是有些不忍，看着眼前数双眼眸骤然暗淡，只得轻叹着默然离开。

　　"妈——"林蓝脚下发软，匍匐在地，撕心裂肺的哭喊回荡在深夜寂静的医院。

　　乔世伦和乔杉泪流满面地将瘫倒在地的林蓝扶起，连乔欢也在一旁嘤嘤哭泣。可是乔萝哭不出来，眼眶烧灼疼痛，但就是一滴眼泪也流不出。

　　外婆就这样去了？

　　不可能，不可能，不可能！

　　她去S市之前还说回来有重要的事情要告诉自己，外婆从不会说话不算数。

　　乔萝守在手术室门边，茫然地看着医护人员将外婆推出，又茫然地看着他们将白布覆上外婆分明还是安详的面庞。她像一只流落旷野没有去路的小兽，从伤心欲绝、痛哭流涕的家人身边离开，只知道跟在医护人员身后一步步地走，看着他们将外婆推到冰冷无情的太平间。

在太平间外，她被医护人员拦住。

乔萝没有挣扎，没有恳求，安静地、笔直地站在太平间外，望着那扇紧闭的大门，眼睛一眨不眨。

"小乔。"江宸不知何时出现在她身边，声音也微微哽咽，"别站在这里了，跟我回去吧。"

"不，我等外婆出来，我还有话和她说。"乔萝轻声告诉他，"她也有话和我说。"

江宸望着她期待的脸上莫名平静的神情，心中一阵绞痛，伸手将她抱在怀中，强迫自己残忍地告诉她："小乔，外婆已经死了。"

乔萝没有反驳他，只是一字一字地重复："她还有话和我说。"

她的固执让江宸无法劝说，只能陪在她身边，不放心地看着她的一举一动。

他们在太平间外站了一晚上，直到乔世伦办好所有的手续，医院签发了单子，派车将死者送往殡仪馆。在外婆重新被推出太平间的一刻，乔萝上前跪在推车旁，握住外婆冰冷的手贴上面颊，精疲力竭地合上双目。

江宸和医护人员等了许久不见乔萝起身，觉得不对，上前叫唤，却发现她已昏厥过去。

自此之后，乔萝陷入了沉沉昏睡，长久不醒。外婆的追悼会，外婆被火化，所有外婆的后事她在昏睡中依稀听到乔杉在耳边说起。她没有醒，这是睡中所知的，她理所当然地把乔杉提到的一切当作不切实际的梦。

林蓝和乔世伦忙着后事来不了医院看她，除乔杉外，江宸每天放学后都在医院陪着她。他不善言辞，话很少，但是她能感觉得到他的存在。

她总是在半夜清醒，拔掉臂上的输液针管，坐在窗户边看着天空上的星星，一动不动地长久凝望。

这样的状态持续了一个星期，直到医生领着她的家人站在床边，说她身体已经康复，可以出院。

谎言被拆穿，她不得不提前结束了障目的把戏。

回到家，她一个人躺在曾经与外婆共眠的房间里，夜里照样入睡，第二天照样上学，照样与顾景心玩闹，照样与江宸针锋相对。看上去她什么都没改变，外婆的去世在她生命里仅似一缕清风消散，连家人看在眼里，也暗自怀疑她是冷血心肠。

过年前，乔萝和乔杉跟着林蓝把外婆的骨灰送回青阖。夜晚青阖镇依旧寂静安宁，林宅院子里的紫藤架早已光秃一片，架下秋千上满是灰尘。乔萝擦干净秋千，坐上去，刚刚荡起，久未加固的秋千绳索猛然断裂，让她猝不及防地跌坐在地。

她趴在地上，望着被擦伤的手心，豆大的泪珠一颗颗滚落颊边。

父亲、外公、外婆……所有至亲一一离去，她大约是命犯华盖，是天煞孤星，这一辈子注定要送走所有亲近的人，一人暗无天日地过此一生。

"你外公他是天上最亮的那颗星星，他在看着我们，"伏地痛哭的她耳边隐约听到外婆轻柔的话语，"小萝，外婆如今也在天上看着你呢，你不会孤单。"

她抽泣着抬头，看向天空。泪光中，那里星辰明亮，光泽温暖，一如外婆生前看着她的怜爱目光。

深冬的青阖镇寒意刺骨，她遍顾四周，物是人非，疮痍满目。所有的记忆都在时空流逝中泛黄并消退，如今在这里她还可以留恋而又不舍的真实事物，只剩下秋白。

秋白，唯有秋白。

过年后，外婆生前好友戚老律师特地从S市赶到北京，和乔家上下宣布外婆去世前留下的遗嘱。

　　这份遗嘱早在外公去世时就已拟定，不过元旦外婆回S市办事，顺途又找了戚律师，将遗嘱做了些许改动。

　　戚律师说遗嘱里有改动的是林家位在S市一套老别墅的归属，外婆原本是要将别墅留给子孙的，后来却托他转让出卖。戚律师正是等办完了这件事，才北上宣布遗嘱的。

　　除外公生前的收藏与书籍全部捐献给国家外，外婆留下的遗产分为三部分：其一，S市林家老别墅的出售资金，一半留给林蓝，另一半平分给乔杉和乔萝；其二，外婆为乔杉和乔萝在北京各买了一套房，等他们成年，可各自搬去居住；其三，青阁镇林家老宅，归属乔萝。

　　戚律师读完遗嘱，将存折和房产证等物件亲手交到林蓝手上，告别离开。

　　走出小区，觉得后面始终有人跟随，戚律师回过头，看到了数米外亦步亦趋跟着他的乔萝。

　　戚律师停下来，她也停下来，素净消瘦的脸庞上一双黑沉沉的眼眸直直望着他。

　　"过来。"戚律师招招手，等她走到面前，和蔼地微笑，"孩子，你还有事情问我？"

　　乔萝点头，轻声问："外婆说从S市回来她有重要的事告诉我，不过……我来不及知道。戚爷爷，外婆元旦见你的时候，留下过什么话让你告诉我吗？"

　　戚律师想了想，摇头："你外婆只和我说了那套房子的事，其他的没有多提。"

乔萝沉默，过了一会儿，又低低出声："你刚才说，那座老别墅，是在华阳路？"

"是啊。"

"它的邻居有一家姓梅吗？"

"对，林宅和梅宅相邻。"戚律师说，"早年你外公外婆离开S市去了青阊镇，那栋房子空了二十多年。还是等到你爸妈先前在S市工作时，那房子才重新装修过。不过后来你爸妈带着你们兄妹也回青阊镇了，那房子就一直托我帮忙出租。"

"是这样……"乔萝目光飘散，看起来心事重重，喃喃地说，"我知道了。"

戚律师望着眼前有些魂不守舍的少女，叹了口气："小萝，你外婆生前最疼的是你，最放心不下的也是你，你要开心地生活，不要让她担心牵挂。"

"我会的。"乔萝勉强露出笑容，"谢谢戚爷爷。"

外婆去世后，乔萝在乔家愈发安静寡言。不仅她，连乔欢也常把自己锁在房间里，无事不出门。乔杉高三毕业考上财大读金融专业，在大一开学前的暑假，名正言顺地从乔家搬出，住进了外婆留给他的房子。除周末偶尔回来外，别的时间根本不见他的人影。

从乔杉搬出乔家开始，乔欢每个月总有大半的时间留在她母亲那儿，林蓝和乔世伦的工作也越来越忙，常深更半夜还没有回家。

家中往往只剩下乔萝一人，也唯独她无处逃避。每当夜里失眠时，四壁白墙围拢着她孤单的身影，月光透过半掩的窗帘射进来，照得空荡死寂的房间如牢笼囚室。每当这时，她就会将窗帘全部拉开，睁大眼睛看着夜空。北京的夜空难见繁星璀璨，她却能感受到厚重的云层后那些温暖的光芒。她微微安心，在自我催眠中驱散周身的寒意与满心的害怕，闭上眼，在被中掐指计算日子。

计算成年后可以勇敢面对孤独的日子，计算可以搬出这里的日子，计算自己也能过上乔杉如今潇洒自在的日子。

乔杉想来是知道乔萝心底期盼的，他常在放假的时候接她去他的新家住几天。在那些天里，他通常带她在北京城到处闲逛，凡事任她为所欲为，还给她介绍他的大学朋友，让她提前接触那个新奇新鲜的自由世界。

当然，除乔杉的新家外，乔萝还有一个容她忘却寂寞的地方，那就是她在学校之外日日去的、时时待的江家。

外婆刚去世的那段时间，江宸陪在乔萝身边几乎步不离，即便乔萝举止言行和平时无异，他还是关心并且担心着，不敢存丝毫懈怠。他并非叶晖那样活泼搞怪的人，不过那些天他使出浑身解数逗她高兴，和平时骄傲矜持的模样判若两人。

顾景心看着啧啧称奇，骄傲蛮横的江公子竟有这样温柔贴心的一面，谁曾想到？

乔萝看在眼中，记在心中。不可否认，是江宸粉碎了她极度悲伤下强装的欢颜，并拉着她从亲人离逝的阴影中一步步走出。

他就这样陪着她，从高一到高二，从高二到高三，数年如一日，直到她将他的存在当成了习惯，直到她也开始对他寸步不离。

高三的寒假，乔萝和江宸一起报名参加了市里的高中生英语演讲比赛。相比江宸顶着"天之骄子"、"少年海归"的光环，乔萝纯粹是陪太子读书。但江宸对她的要求并不放松，每天让她早早地起来，与他站在院子里背诵英文诗歌。

乔萝一开始不愿意念，等到被江宸逼得不耐烦，便随手将《雪莱诗集》

翻到一页，朗声诵完一首诗歌，看着江宸："如何？"

江宸只觉耳朵受尽摧残，强忍着恼意问："雪莱的名篇《西风颂》被你念成这样，你还好意思问？"

乔萝奇怪："你好意思强迫我念，我为什么不好意思问？"

"你学英语这么多年，成绩也不错，怎么发音还是这么别扭？"江宸恨铁不成钢地皱眉看着她，"你舌头天生是弯的吗？不能撸直了念？怎么发音像印度人一样。"

"你才像印度人！"乔萝悻悻地吐出舌头，"我舌头怎么不直了？"

他无法面对她清澈坦然的目光，看着她俏皮的样子，只觉得耳根烧灼，别过头去，不再看她。

"生气了？"乔萝将诗集丢给他，"说我念得不好，那你念给我听听。"

江宸没有推辞的理由，勉强压下加速的心跳，朗读《西风颂》。这首诗在他的唇舌间却失去了原有的铿锵飞扬，读出来竟有些缠绵悱恻的意味。

念完后，乔萝啪啪鼓掌，似笑非笑地说："诗里面这么摧枯拉朽的气势，被你念得如此软绵绵的，阿宸，你好厉害啊。"

江宸在她的取笑下无力反驳，望着她心无城府的笑容，深深叹气，不再言语。

第二天上午，江宸刻意没有打电话叫醒乔萝，她果然睡过头，姗姗来迟。江宸晨读已完毕，正埋头做着数学题。乔萝站在门口咳嗽了一声，见他并不抬头，便径自走到他身旁坐下，含笑说："阿宸，我来晚了，不如你罚我念首诗吧。"

江宸脸色漠然，挑了挑眉，不置可否。

乔萝喝了几口水，也不顾他的冷淡，自言自语："那我念了啊。"

她此刻诵读的，是诗人济慈的《秋颂》。

她的发音依然不够圆润，但口齿比昨日清晰了许多，音节也很流畅，显然是有备而来。江宸心中暗笑，脸上却故作淡静疏远，只可惜笔下的勾画常被她扭曲的音节带歪。

乔萝念完，等待许久不见他评论，忍不住伸手推推他："怎么不说话？难道没有进步？我昨天回去可练了一个晚上。"

"进步？"江宸唇角微勾，轻笑，"做梦。"

"难道还像印度人？"乔萝有些垂头丧气，"那你说比赛时，我会不会被人笑啊？"

江宸这才放下笔抬起头，一本正经地看了她一会儿，摇摇头："算了，你还是别参加了，免得到时丢人现眼。"

"江宸！"乔萝恼羞成怒，"有你这样的朋友吗？你就不能帮帮我？"

江宸继续认真地看着她，长叹："我纵能巧夺天工，奈何朽木难雕啊。"

乔萝气极，嘴里蹦出一连串法语。江宸大半听不懂，却也知道没有好话。

发泄完毕，乔萝凑上前，使出惯常的伎俩，讨好地、乖巧地、温柔地微笑："阿宸，好阿宸。"

江宸无可奈何，再度心软："心急吃不了热豆腐，你从头慢慢念一遍。"

他一个发音一个发音地给她纠正，可是到了最后大段连续朗诵时，她还是故态复萌，他不免生气："你的舌头究竟是怎么回事？"

乔萝迷惘地伸出舌头，舔了舔嘴角："我舌头又怎么了？"

他看着她，控制不住地伸出手，手指压上她的唇，轻轻揉抚。他看着她涨红的面庞，情不自禁地低下头，额头与她相抵。

"阿宸。"乔萝兀自怔怔地，"你做什么？"

"我……教课。"江宸感受着她温暖的气息，想要更靠近时，胸前却猛地一痛，被迫放手。

Chapter 7
小小心事

　　乔萝此刻终于意识到他的不轨之心，怒极："流氓！"

　　"我不是流氓。"江宸望着她，伸手抚摸着她顺滑的长发，柔声叹息："我喜欢你啊，傻瓜。"

　　乔萝目光发直，盯着他如看怪物。良久，她通红的面色终于转为青白，颤颤起身，落荒而逃。

▶ Chapter 8   时光回溯

纵是相隔七年，她还是第一眼就认出了他。脑中瞬间空茫让她隐生眩晕之感，忍不住用
力揉了揉眼睛，才敢确定眼前此人不是幻觉。

（1）

江宸好心地等了两天，心想大约她已经平复了心情，能够听得进他的解释和道歉，才敢拨通她家的电话。电话没有人接，他去她家找人，按了半天门铃，都没有人应。他站在她家楼下等，从早等到晚，等了整整三天，也不见她的人影。她一旦发起脾气来，真的就能上天遁地，凭空消失。他左思右想没有出路，只好去问乔世伦，这才知道乔萝去了乔杉那里。

她是在躲避他，那就说明此时还并非和解的好时机。他劝说自己耐心地等她回来。

一直等到演讲比赛那天，他满心以为会在比赛现场重遇，然而遍顾礼堂却不见，于是他连台也没有上，直奔乔杉的新家。

门铃响了两次，门很快开，是乔欢。

"江宸？"乔欢意外地望着门外来客，"你找乔杉？"

"不是。"江宸瞥向屋内，淡然地问，"小乔在吗？"

"不在。"

"你知道她去了哪儿吗？"

"不知道。"

江宸皱眉，转身便要下楼。

乔欢在身后唤住他："江宸。"

他回头，不经意看到她眉目间迅疾逝去的一缕哀色，有些惊讶。

她看着沉默的他，微笑："你这么在意她？可惜，你不是她喜欢的人。"

江宸扬眉："这么说，你知道她喜欢的人是谁？"

乔欢静静地看了他一会儿，唇边笑意渐深，语气却十分冷淡："你何不自己问她呢？你应该问问她。"

"我会问的。"江宸含笑说。他点头与她告别，走进电梯中。电梯门缓缓关闭，隔绝了乔欢意味深长的目光。江宸疲惫地靠在电梯墙上，慢慢收起脸上的笑容。

出了小区，他骑着自行车在街上漫无目的地前行，无意看到街头架着画板素描的年轻艺术者，忽然想起什么，忙掉转方向，去往乔抱石纪念馆。在乔抱石生前的画室里，他果然找到了她。

她坐在一面画架前，静静看着画架上已经完成的画作。

画中是繁华城市华灯初起下的广场。

广场上人来人往，在一个无人注意的花坛角落，有两人紧紧拥抱。看其身高和穿着应是两个孩子。一个男孩，一个女孩。女孩长发如瀑，面目模糊。而男孩的五官却很清晰，鼻唇如工笔雕刻，眉目如浓墨染就。

"画得很传神，我爷爷早说你有绘画天赋，你从来不承认，如今看来他没有说错。"江宸的声音清淡平静，询问："他是谁？"

"秋白。"

这是一个曾经听闻的名字，江宸记得。

他问了与上次同样的问题："秋白是谁？"

她没有再回避，怅然地笑："我想念的人。"

答案终于开始明晰，即便他已有准备，却还是心存不甘。他俯身按着她的双肩，低头在她耳边轻声问："那我呢？"

"江宸，十岁前我曾经有一个玩偶，它陪我玩，陪我说话，陪我度过了父亲去世后最伤心的时光。我一直把它带在身边，我以为我们会形影不离直到永远，可是，我最终还是弄丢了它。很久很久以后，我以为我长大懂事了，不再需要这样的玩偶，可是外婆的去世让我知道，我没有那样坚强。所以，我又开始寻找新的玩偶，能够陪着我，能够安慰我，能够与我安安静静地度过那些日子。然后……"

江宸的声音寒凉如覆冰霜："乔萝，你说这些是什么意思？"

乔萝站起身，没有丝毫情绪地望着他："你这么聪明，难道不明白？"

他在她深黑的眸底看不到一丝暖意，更看不到往日万千花蕾盛开的嫣然。这样的她让他陌生且觉得刺眼，不由自主地避开视线。他黯然一笑，说："乔萝，你这样的人，怎么值得我心疼？"

赶来的路上他心存满满的欢喜，此时被她残忍地一一抽空。他心底空茫，怔忡片刻，转过身，走出画室，决然而去。

乔萝望着他的身影，眸中强装的冷漠无力地悉数散去，慢慢涌上一层泪光。

她回过头，手指轻触画上秋白微笑的面容，低声说："对不起，秋白，都是我的错。"

从此之后，乔萝和江宸再无交集。顾景心曾试探地问过几次，但都在乔萝无动于衷、置若罔闻的表情下失去了追根究底的目标。乔萝又恢复了上学放学独来独往的状态。

直到一天，顾景心说起高考后要随父母移民澳洲的事，无意提到江宸即将被父母接回美国。

乔萝正抄写笔记，听到此事笔下一顿，愣了许久，才轻声问："他要去美国了？"

"是啊，叶晖不让我乱说的……"顾景心装模作样地捂着嘴，眼睛一眨一眨的，偷窥她的神色。

乔萝神色无异，低头，继续抄笔记。顾景心颇觉扫兴，叹息摇头。然而这一整堂自习课，乔萝笔下僵滞，竟写不出一个字。

江宸离开时，正值暮春，暖风携带柳絮漫天飘扬。乔萝远远地站在Q大西园的小树林里，看着江宅前人来人往地送别。

行李一件件搬上汽车，少年站在门前台阶上，面无表情地看着远方。

他似乎在等谁，面对众人的催促并不动弹。直到江润州拍着他的肩膀说了几句什么，他才缓缓收回视线，低头坐进汽车。

汽车从树林前经过，少年的目光不经意地朝乔萝站的地方扫来。

乔萝一惊，躲到大树后。

等她再度探出头时，车已扬长而去。

江宸离开后的第三个月即面临高考，乔萝发挥正常，不负众望地考进了全校前三。乔欢的成绩一向比乔萝还要稳定优秀，这次考试却出现了微微的失误，成绩排名年级第十。但不管如何，以二乔的成绩，可以任意挑选国内的高校。喜讯送到乔家，暂时挥去了笼罩家庭数年的阴霾。林蓝和乔世伦把握机会，给予二乔各种形式的奖励，填报志愿的时候，他们更以过来人的身份给她们提供种种建议。

只是夜晚乔萝独自面对空白的志愿表，还是忽略了长辈们苦口婆心的劝说，只写了一行字。

M大，历史系。

乔欢填报的也是M大，国际经济与贸易系。

林蓝知道乔萝的志愿时，事情已成定局，无力回天。对于女儿违背自己

Chapter 8
时光回溯

的心愿选了一个前途看起来并不明朗的专业，林蓝再一次失望，而乔萝也没有解释。收到录取通知书的那天，她向林蓝请求搬出乔家。

外婆给乔家兄妹买的房子在一个小区一栋楼的上下层，早在半年前，乔杉就已经请了他学设计的好友帮忙设计乔萝的新家，而后乔杉亲自装修督工。如今房子里里外外都已经收拾妥当，只等新主人入住。

乔萝从家中搬走的那天，乔杉过来接她。林蓝看着兄妹二人依依不舍，送到小区外，握着乔萝的手，叮嘱说："M大就在家旁边，有时间就回来。"

"我会的。"

"小杉，好好照顾妹妹。"

"妈，你就放心吧。"

乔萝搬入新家的第二天，顾景心随父母去了澳洲。两人事前说好机场送别时绝不流泪，然而那天顾景心见到了前来送别的叶晖，当着父母的面与他紧紧拥抱，还是哭得肝肠寸断。

眼见还有时间，乔萝赶紧打圆场，将面色僵冷的顾景心爸妈拉到一边的咖啡厅暂歇。

送走顾景心，乔萝接下来的暑假生活过得平淡无奇。开学后，因她不住校，和系里同学关系一般，便又恢复了独行侠的状态，不上课的时候不是泡在图书馆，便是待在乔抱石纪念馆。

因凌鹤年的建议，现任馆长在乔萝念大学后就邀请她来纪念馆兼职，让她开始逐步参与纪念馆的基本运营工作。乔萝整天忙着学业与纪念馆的事情，日子过得紧凑而充实。

大一的元旦后是外婆的忌日，乔萝请假独自回了青阖。林家老宅常年无人居住，墙瓦门窗多有斑驳破碎处，屋内灰尘蛛网堆结，简直寸步难入。乔萝在荒芜空荡的老宅院子里站了一会儿，又走到思衣巷尾。长河边上的孟家小楼比之林宅更为破败不堪，她透过摇晃欲坠的木门缝隙望向屋内，青石砖里杂草丛生，桌椅残破歪倒，灰蒙蒙的光线下似乎连空气也隐约渗出了腐朽的气味。

乔萝被屋内残败的景象所惊，脚下后退数步，不敢再细辨眼前与记忆的不同。想要如常去对面祥伯的杂货店买点喝的，却发现祥伯的店已经关张了。

事过境迁，物是人非，乔萝心里难免不好受。她在临走前去青阖中学找到在食堂打工的坚叔坚嫂，将老屋的钥匙交给他们，请他们搬进林宅代为看家。又给了他们一笔钱，让他们将林家老宅里外重新装修一遍。

她能留住往昔岁月的办法也只有这样了，至于孟宅——想起那废墟一般的屋内溢满的阴森光影，她就忍不住发颤。

祭拜过外婆后经过S市时，乔萝忍不住再度去华阳路拜访梅宅。此时元旦喜气尚未过去，整个S市张灯结彩，傍晚未暗的天色下早早就有人燃放烟花，华阳路两旁的梧桐树上也悬挂着无数红色灯笼，天暗的时候亮起，沿途皆是漫漫红光。

梅宅也不例外，古旧厚重的铁门两边各垂一串灯笼。乔萝远远看到梅宅大门敞开，一颗心激动得几乎要跳出喉咙，匆匆跑到门外，看到里面一个身材清瘦的中年男人正拾掇入园小径上的花草，忙问："您好，请问孟秋白在吗？"

听到门边的动静，那男人转过头来，疑惑地看着乔萝："您是？"

"我是他的朋友。"

"朋友？"中年男人紧紧皱眉，盯着乔萝上下看了几眼，"秋白和先生、夫人都在国外，几年没有回来了。您是怎么认识他的？"

"我和他在青阖认识的。"乔萝却并不灰心，满怀期望地问："我能不能请问您秋白的联系方式？"

"在青阁认识的？"那男人犹豫了片刻，再看了看乔萝，说了声，"稍等，我去把电话号码给你抄来。"

"谢谢您！"乔萝高兴得忙对他鞠躬。

中年男人大概也想不到她会这样行礼，局促地摆摆手，转身回宅后过了一会儿又再出来，递给她一张字条："梅先生说他们今年会从瑞士去美国，他们在国外经常行踪不定，很少联系国内，也不知道这个电话号码还能不能联系上他们。"

乔萝如获至宝地接过字条，再三道谢，离开梅宅后立即拿起手机拨打那个号码。

铃声悠长，等候良久并无人接听。从华阳路回酒店的一路，她不死心地持续拨打，那边一直处于忙音状态。她算了瑞士和国内的时差，那边正是白天，她安慰自己或许他们出门了还未回家，便忍耐到深更半夜，才用酒店的电话再度拨打那个号码。

这次倒是很快接通了，她结结巴巴地用英语和那边交流，说要找秋白。

那边接电话的是个年轻男子，声音干净清澈，却不是秋白。

他从她的自我介绍中知道她是秋白在国内的故交，便用蹩脚的中文回答说："秋白一家刚刚去了美国，暂时还未安定妥当。等他安定下来他会给我打电话的，我到时会转告他乔、乔……"他迟疑了一下，抱歉地说没有记住她的名字。

"我叫乔萝。"

"好的。"年轻男子在那边笑了笑，"我会转告他乔萝来过电话。"

"谢谢。"乔萝万分不甘却又不得不放下电话。

她就这样怀着期冀而又忐忑的心回了北京，等了整整一个星期还没有秋白的消息时，她按捺不住，又拨了瑞士那个号码。可是这次接电话的不是那个年轻男子，而是一位说着法语的女士。乔萝向她询问秋白的消息，那女士却很遗憾地说她并不认识秋白，也不知道那个年轻男子是谁。

乔萝随后不死心地又打了几次电话，每次依然是那位女士接起，回答皆是相同。

她心中那簇微弱的火焰再度被冷水浇灭，而在之后的大学生涯里，她也再未得到有关秋白的丝毫讯息。年少的青春岁月里，他分明如此真切如此甜蜜地存在过，可为何现在杳无音信，竟如烟云般消散得无踪无迹？

那个白衣如雪的少年，就这样化作了天边冉冉逝去的飞云。

抓不住的飞云。

（2）

既然得知秋白目前所在地是美国，乔萝心中没来由地又存了几分念想。她下定决心尽早结束学业并去美国留学，从此除日常课业和纪念馆的事务外，她又多了几分压力。大二的下半学期，她正在图书馆为GMAT做最后的复习冲刺时，意外接到叶晖打来的电话，说他要去美国了，问她有没有礼物带给江宸。

乔萝奇怪："平白无故送什么礼物？"

"你还真是没良心啊！"叶晖在电话那头咬牙切齿，"枉阿宸对你朝思暮想的，你却一点也不把他放在心上。江宸二十岁生日快到了，我去给他庆祝生日。"

"那就帮我祝他生日快乐吧。"乔萝忙里抽空想了句祝福的话，"祝他年年有今日，岁岁有今朝。"

"这是什么话？我说小乔姑娘，你能不能上点心？"叶晖恨恨地说，"乔杉、乔欢他们可都有礼物，你怎么能轻轻松松地就这样敷衍过去了，阿宸以前亏待你了吗？"

"他们都有礼物？"乔萝被他说得不好意思起来，"那我想想送什么，想好了再给你打电话。"

"快点啊，我周末就走了。"

"好。"乔萝收起电话时，脑海中莫名浮现出江宸离开那天的身影，不知为何突然有些心烦意乱。

次日她去了纪念馆的画室，看着那张自己唯一绘就的画，想起江宸离去前与她最后决裂的那段话。

或许，自己是真的欠了他的。

她叹口气，拿了新的画纸铺在画架上，绞尽脑汁想了好几天，才在叶晖定的最后期限前匆匆画成，赶去拿给他。

"画的什么？"叶晖摸着画框外面包得厚厚的牛皮纸，疑惑地问，"里面别是什么乱七八糟吓唬人的东西，他到时揍的是我。"

乔萝没有多余的解释，只说："他要是不喜欢，就让他扔了吧。"

"扔？"叶晖嬉皮笑脸地说，"表妹送的东西，我估计就算是破烂，他也会收藏起来的。"

叶晖心满意足地拿着礼物走了。

她依然循规蹈矩地过着繁忙且孤独的生活，直到一天深夜她从自习室走出时，意外地收到一条来自国外的短信。

"礼物收到了，劳你费心，谢谢。"

这是简单得不能再简单的几个字，只是以江宸的口吻来说，客气得异乎寻常。即便隔着半个地球，乔萝也能猜得到那人收到礼物时嫌弃的神情。

她不禁微微一笑，想了想，准备回复时，手指又停顿下来。

过了半晌，她按着手机键盘，将短信删除。

这年秋浓时，乔萝也迎来了自己的二十岁生日。林蓝早先说要按阴历给她庆祝，阳历那天的生日便被所有人自然而然地忽略了。

那天傍晚，乔萝在纪念馆画室里整理资料时，听到有人推门进来的声音。

这里是她外公的画室，也是她临时的办公室，馆里的工作人员人来人往，她习以为常。

她背对着来人清点画卷数目，并未回头，笑着说："快下班闭馆了是吗？你们锁了前门就行，我忙完这些从后门走。"

来人的脚步停下，不再靠前。

"你在和谁说话？"入耳的声音很清冷，并不陌生，却是久违的。

乔萝握着画卷的手轻轻一颤，好一会儿，她才转过身。

"阿宸？"她望着面前的不速之客，眉眼间露出的惊喜并非假意，"你怎么回来了？"

"爷爷身体不是很好，我回来看看他。"江宸言词淡漠地说明此趟来意，"顺便来看看你。"

两年不见，他消瘦了许多，五官出落得更为俊朗，骄傲也更胜以往。

乔萝轻笑，将手上的那卷画放在一旁，说："我当然知道江公子不可能专门来看我，你不用强调。"

江宸冷冷地看她一眼，不再言语。

乔萝记得他们曾在此间画室的争执，她那时句句如刀直戳他的心肺，现在更不敢奢望他轻易地原谅自己，尴尬地站了一会儿，也不多言，给他倒了一杯水，重新坐下工作。

虽然气氛僵持，但江宸并没有离开的意思，他在画室中闲闲地逛了一圈后，在她身边坐下。乔萝每展开一卷画记录在案，放在一旁，他便接过卷起，系紧归类。一展一卷，一递一松，一切都做得自然而然，仿佛他们之间一如既往的友好和谐。

乔萝在他难得的耐心中终于感觉到他此行求和的诚意，抿唇微笑："我不知道江校长身体不好，明天我去看看他吧。"

江宸的脸色略为缓和，矜持着沉默良久，才故作不经意地问："晚上有时间吗？"

"今晚吗？"乔萝看着面前堆积如山的资料，有些为难，"等我做完手头的事恐怕不早了，不如明天……"

"我等你。"江宸言辞甚为干脆利落，眉毛微微斜挑，从她手上又接过一卷画缓缓收起。

有了江宸的帮忙，乔萝以为要忙到半夜的工作在这晚九点前提前结束。将资料归档后，乔萝领着江宸从纪念馆后门走出。

江宸的车停在纪念馆正门，乔萝上车时闻到一股浓郁的花香，侧头一望，才见后座放着一大束白玫瑰。

"可别会错意，这花不是我送的。"江宸坐进来后察觉到她不自然的神色，也颇嫌恶地瞥了一眼后座上的花，"是顾景心托叶晖送给你的。"

"景心？"乔萝眨了眨眼睛，很困惑，"她送花给我做什么？"

江宸已发动车子缓缓上路，闻言看她一眼，见她全然是状况外的茫然神情，叹了口气："自己的生日都忘了？"

生日？乔萝看了眼手机上的日期，这才想起今天是自己的阳历生日。

她抿唇笑了笑，将白玫瑰抱入怀中，低头闻了闻，在满车厢的花香中轻轻说了句："谢谢。"

江宸眉毛上扬，一直冷淡的目光终于有了暖意，故作淡然地说："礼尚往来，应该的。"

江宸带着乔萝去享用了她人生意义上的第一顿大餐。那是一所位于东四环的公馆，中西合璧，精致绝伦。

　　因馆内外的宾客无不华衣美服，乔萝局促地拉拉身上松垮垮的毛衣，跨进大堂时不无迟疑："买个蛋糕庆祝就好了，就不必这么破费了吧？"

　　"叶晖埋了单。"江宸言简意赅地堵住她的话，拉着她走入大堂。

　　说了事先预订的信息，引路服务员带着他们走向约定的餐位。这是一处下沉院落，古朴砖雕镶嵌四壁，鲜花沿途盛放。庭院里独设一席，灯火阑珊，燃烛取光。远处的草坪上有乐队正缓慢地奏着古典乐曲。

　　乔萝即便是块石头，看到此情此景，也能体会江宸这样安排下的心意。有人为她庆祝生日她是欢喜，可这欢喜太沉重，夹杂了诸多惶惑不安。她心事重重地用餐，席间江宸也很沉默。

　　用完餐，侍者端着蛋糕上来时，江宸才扬手止了奏乐，在蛋糕上点燃蜡烛，轻声对她说："许愿吧。"

　　他难得有这样温和的时候，眉眼间寒意尽无，满脸都是温柔。

　　乔萝知道自己再无颜逃避，艰难地说："阿宸……"

　　"放心，你的愿望里可以有我，也可以没有我，我不介意，你也别为难。"江宸笑意从容，说得不急不缓，"不过，我亲手点燃的你许愿的烛火，无论你许什么愿，我都保你梦想成真。"

　　烛光映入乔萝的双眸，黑若琉璃的眼眸里水雾浮闪，一如这晚的夜色。

　　她闭眼，双手合十，虔诚地许下心中愿望，然后吹灭蛋糕上的烛光。

　　江宸这时已离开座位，半躬身站在她面前，左手背在身后，右手递出，是邀她共舞的姿势。远处的乐队适时奏出流畅的舞曲，华丽轻缓，翩然传来。

Chapter 8
时光回溯

乔萝缓缓站起，将手交给江宸。江宸拥着乔萝，手臂用力，将她轻轻揽入怀中。

他低头，在她耳畔呢喃："小乔，过了今夜，你就满二十岁了。"

"是。"

"你说过，你十岁那年的生日，过得并不圆满。"

"……是。"

"我十岁的生日，爸妈都没有回来，我一个人在家想要煮碗面，却差点烧了厨房。那天我不仅没有吃成面，还被我爸妈骂了一顿。你觉得我那个生日圆满吗？"

她抬头同情地看着他，想要劝慰，却又无力言语。

"所以后来我就不喜欢过生日了。其实过生日有什么好的呢？除了知道自己长大一岁、烦恼更多外，根本就没什么欢乐。不过今年，对我来说却有些许不同。"他紧紧盯着她的眼睛，真切地问："叶晖带来的那张画我看到了，你画的是我离开的时候。我走的时候你来送过我，是吗？"

她缓缓点头："是。"

江宸粲然一笑，似乎旧怨终于释怀，他再度问她："小乔，我是不是你的玩偶？"

"不是。"她诚实地摇头，"不过……"

"没有不过。"他微微一笑，"有些话我今夜不想听，看在我难得回来一次的分上，看在……我陪你过生日的分上。"

夜色愈发深浓了，尤其在这光线暗淡处。他抱着她，与她共舞。他眼中的深沉比这夜色更浓烈，她能看懂，却不想懂。

次日乔萝践行承诺，提着营养品来探望江润州。

自江润州两年前退休后，江家门庭前再无以往的宾客如云。四合院里清静冷寂，不闻人声。乔萝是江宅的常客，并无避忌，径直去了左侧江润州住的厢房，推开门便闻到一股浓重的中药味。厢房当中是个小书房，靠墙的沙发上，照顾江润州的冯阿姨坐在那里打瞌睡。乔萝没有惊动她，悄步穿过书房，站在江润州卧室前望了望，见他躺在床上沉睡，便没有打扰，将营养品悄悄放在地上，转身从厢房出来，去了对面江宸的房间。

江宸的房间一切如旧，乔萝站在门口，看到他正坐在书桌旁翻着一本相册，目光停留在其中一张照片上，神色恍惚，不知道在想些什么。

乔萝轻轻咳了一声，江宸抬头，手指一带，将相册合上。

"来了？"他似乎等了她很久，淡然一笑，手掌轻拍身旁的空椅子，"过来坐。"

乔萝依言走过去。

他们坐在书桌前，窗外的阳光透过干枯的槐树照在书桌上，光圈斑驳晃动的情景仿佛还是从前的时光。

两人一时相对默然良久，江宸先开了口："想什么？"

"想你离开多久了。"乔萝伸手捕捉着桌上的阳光，微笑着说，"从昨天到现在，我还没问问你在国外过得怎么样。"

"难得你还记得关心我一下。"江宸满怀欣慰地回答，"我爸妈依旧很忙，我住在家里也是打扰他们，就搬出去了，在学校附近租了一套公寓，一个人住。"

"你在那边交了新朋友吗？"

"朋友不少，知己全无。"

乔萝说："你总是很挑剔。"

江宸说："当然不像你，饥不择食，来者不拒。"

说到这里，两人总算恢复到了当初针锋相对互不相让的状态。乔萝扬唇微微一笑，江宸看了她片刻，目光却从平和温暖慢慢淡却无温。

她再巧笑嫣然，却也不是属于他的笑容。

江宸拿过桌旁的礼盒，取出一条镶钻的十字架项链，戴在她的脖子上。冰凉的金属触碰肌肤，让乔萝忍不住轻轻打寒战。

"生日快乐。这是我的礼物，昨天忘记给你了。"

"阿宸……"

"你要说什么我知道，我都知道。"他望着她的眼睛，一字字轻缓地说："小乔，我还在等你。"

她的眼睛望着他的人，却从不肯认真望一望他的心。这比任何拒绝的言辞更让人绝望。

（3）

江宸匆匆回来，又匆匆离去。

临行前他托付乔萝帮忙多照顾江润州，乔萝当然义不容辞地答应。每天在M大上完课后，她便去Q大陪着江润州，并与冯阿姨一起商量老人养身适合的食谱。等江润州身体好转，她又陪着他练字下棋。偶尔吃过晚饭，两人还在院子里打打太极。

寒假的时候江晴受她父母嘱托从南方过来陪着江润州，乔萝这才得空去准备她的托福考试和提前要修的学业。

大三春节前夕，乔萝被林蓝叫回家吃饭。因前几天考的托福成绩刚出来，分数很不错，乔萝不免显得高兴些。林蓝难得见她神采飞扬的样子，又听她说是托福考得尚可，拉着她在厨房帮忙时，装作随意地问："小乔，你是不是交男友了？"

乔萝洗碗的动作顿了顿，有些茫然："没有啊。妈，你怎么问这个？"

林蓝见她不承认，笑了笑，柔声说："我听说江宸那孩子在你过生日的时候回来了，是不是？你也不要瞒着妈妈，江宸是个好孩子，妈妈不反对你和他感情好，只要不影响学习就行。"

江宸？乔萝愣了一会儿，没有再出声，将盘子从水中捞出来，缓缓擦干净。

林蓝见她突然沉默下来，只当她是小女生情愫初萌害羞腼腆，笑笑不再多说，接过她洗好的盘子，盛上菜，让她端到餐厅。

等饭菜摆放得差不多时，外面走廊上传来嬉笑声，门被从外拉开，乔杉和乔欢笑容满面地走进来。

乔欢从去年初就以交换生的身份去美国的宾夕法尼亚大学留学，听林蓝说是为期两年半的交流时间，乔萝事前并不知道这个寒假乔欢会回来过年，看到她不免一怔。

乔欢出去了一年却像是摈弃了所有前嫌，看上去心情也格外不错，笑着朝乔萝眨眨眼："小乔，你来了啊。我给你从美国带了礼物，待会儿拿给你哦。"

"谢谢。"乔萝将目光从她嫣然而笑的脸庞上移开。自从外婆去世后，她们相处早已形同陌路，如非必要，几乎从不和对方说话。眼下乔欢骤然变得热情让乔萝十分不适，她敏感地察觉乔欢笑容下难以掩饰的得意和奚落，这让她感觉异样，却又不知所以然。

乔杉在门口换了拖鞋，拎着个蛋糕放在桌上，乔萝随口问："谁过生日？"

乔杉含笑拍拍乔欢的肩膀："不是谁的生日，乔欢难得回来一趟，买个蛋糕庆祝一下。"

等乔世伦回来后，一家五口总算又坐在大桌旁吃了一顿团圆饭。席上乔欢异常活泼，前些年沉闷下去的性子因这一年的留学而焕然一新。她笑语连连，和家人说着留学的所见所闻，其中频频说起一个学长对自己的多加照顾。她说那人姓"梅"，成绩优秀，家世良好，而且又精通乐器，人也风度翩翩，是宾大华人女留学生竞相追逐的对象。

她说起这个"梅学长"时，目光不时瞥向乔萝。

乔萝早已吃完饭先下了餐桌，坐在客厅的沙发上玩手机。见她似乎一丝也没有留意这里的谈话，乔欢收住笑语，神色有些怏怏的。

林蓝却从乔欢刚刚对那个"梅学长"大加夸赞的长篇大论中误会了什么，说："大乔，这个梅学长这么优秀，对你又这么好，什么时候把他带回家让我们见见？"

乔欢脸一红，娇嗔地说："妈，你说哪里去了。"

她这一句撒娇满是小儿女的娇羞温柔，林蓝忍不住怜爱地摸摸她的头，想到方才乔萝在如出一辙的疑问下淡漠的反应，不禁轻轻叹了口气。

"大乔，小乔明年也要去美国留学了。"毕竟是自己的亲生女儿，再不亲近自己，林蓝的心还是有点偏向的，"她在那儿人生地不熟的，你要多照顾她。"

乔欢有些怔愣，想了一会儿才问："小乔也要去留学？哪所学校？"

林蓝对乔萝申请留学的详情不是很了解，转头问乔萝："小乔，学校定下来了吗？"

乔萝头也没抬："没定。"

简单的两个字下是她异常冷淡的态度，林蓝讪讪地和乔世伦对视一眼，有些尴尬。

乔杉咳嗽了一声说："妈，你不知道，小乔十二月才申请的学校，估计要等到二月底才能拿到所有学校的通知书，到时候才能知道选择去哪所学校呢。"

林蓝这才点点头，准备转移话题，乔欢却追着问："小乔，你申请了哪些学校呢？要不要我帮你参谋参谋？"

乔萝听到这话终于抬起头，对乔欢微微一笑："阿宸已经帮我参谋过了，我想去纽约大学，有他照应想必一切都会顺利得多。你觉得呢？"

乔欢的笑意在唇边僵滞了一秒，不再言语。

乔萝早在大二的时候就已申请多修学分提前毕业，系主任综合她的课业成绩和平时表现，勉强同意了她的请求。乔萝一边狂修课业，一边捣鼓留学资料。她从去年十二月的时候就开始往外递送申请，当时只申请了两所学校：纽约的哥伦比亚大学和纽约大学。可是如今听说了乔欢口中频频提到的这个"梅学长"时，想到昔日与乔欢的纠纷，她难免不多想。

乔欢不会无缘无故在她面前大提特提这个"梅学长"。乔萝下意识地觉得乔欢是有目的的，再想到乔欢说这个"梅学长"精通乐器，她的心更是狂跳不已。

梅……秋白的"父亲"是姓梅，而且秋白跟着梅非奇去了欧洲后再未有消息，也许父子关系缓和了，梅非奇重新认秋白为子也说不定。

乔萝当然不会放过任何能找到秋白的机会，不管乔欢心怀什么目的，她终于还是被影响了。当晚从乔家回到自己的公寓后，乔萝立即登录了宾夕法尼亚大学的招生网站，递出申请。

乔欢只请了一周的假，无法在国内久待，大年初二就又去了美国。

而乔萝也在两个月后如愿收到三份录取通知书，她选择了宾夕法尼亚大学。

她去美国能投靠的只有江宸，学校定下后，她打了个电话给江宸。江宸听她说了留学计划只是淡然回复：知道了，我会准备好一切，恭候您大驾光临。

通电话时他那边已经是深夜，可是环境嘈杂，歌声、笑语声、吵闹声不绝于耳。

世界 尽头

I'LL WAIT FOR
YOU
AT THE END OF THE

等到你

WORLD

乔萝问："你在干什么？"

江宸等她问过三次，仿佛才听清，说："系里女生的生日派对……"

他一句话没有说完，一旁有女生的呼唤从话筒里传来："Dear River。"妖妖娆娆，勾魂夺魄。

乔萝尴尬了一下，忙说："那你忙。"讪讪地挂了电话。

打电话时她正在去教室的路上，等她走到教室，放下书包拿出课本时，看到手机上收到一条江宸的短信：只是一个朋友。我回家了。

莫名其妙的两句话，说得没头没脑，无缘无故。

乔萝笑了笑，按键回复："早些休息。顺利的话，我今年九月就去美国了，到时再见。"

她等了一会儿，见他没再回复，便将手机放进书包，平心静气地看书。

等到八月办好签证，乔萝提前出发前往美国。机场送别时，林蓝拉着她的手事无巨细交代良久，乔萝一一笑应，和她拥抱半晌才分开，转头看着站在一边的乔杉："好好照顾妈。"

"放心。"乔杉笑着揉揉她的头发。他脸上笑容虽盛，眼中却隐隐有些担忧。乔萝只当他与林蓝的心情如出一辙，没有细问，挥了挥手，步伐轻快地离开。

十五个小时的飞行后，飞机降落纽约。乔萝在高鼻深目的外国人群中寻找江宸的身影，却迟迟未见。她刚想找个地方坐下来顺便等他时，肩头便被人拍了拍。

很多年后，乔萝曾想到过，如果她那时不回头，也许她记忆中的白衣少年依然是她生命中最特别的那一个人。

然而此时，乔萝回过头，差点惊喜地喊出江宸的名字时，却生生地吞咽回去。

她目瞪口呆地看着面前的人。

那个在她梦中辗转千回、让她满怀期冀踏上北美路途，却又难以置信于此凭空出现的人，正温和地望着她微笑。

明明那么近，却也隔了七年的时光。

"秋白……"脑中瞬间空茫让她隐生眩晕之感，忍不住用力揉了揉眼睛，才敢确定眼前此人不是幻觉。

她想扑过去拥抱他，可是脚下生根，怎么也动弹不得。

他静静望着她，走到她面前，笑着说："小乔，我们又见面了。"

这声音带着轻微的笑意，温和清雅，正是当年青阖镇的少年，却也如同对待最平常不过的友人那样，眉眼里、语气里，不见丝毫亲昵。

她曾经想过很多次他们相遇的场景。

是她欢呼着扑过去，不顾矜持地拥抱他，又或是他将她抱在怀里，跟她说对不起，他来晚了。

可从来不曾想过，再次相见，却只是客套得如同陌生人。

他已不是当年的少年——他在她面前依旧毫无掩饰，让她在明暗不定的光影下清楚地看到，他平和柔静的神色已经不再一如从前，眉眼间或流露出清寂倦冷的复杂意味，是时别七年后的她不能望穿的。

她正怔愣时，耳边又传来另一人的笑声："小乔，你终于来了。我们都在这儿等你一个小时啦。"

乔欢笑意盈盈，翩然而至，双手自然而然地搂住秋白的手臂，轻笑着对他说："我就去买了个饮料嘛，你也不等等我，害我好找。"

"抱歉。"秋白的声音一如既往的温柔。

乔萝难以置信地看着他们亲密的举止，抬起头，直直地、一言不发地看着他，想要从他的回应中寻找答案。他却不动不语，唇边笑意淡淡，任凭她

Chapter 8
时光回溯

的目光穿皮透骨，又小心翼翼试探着触及他的心头。

乔萝悲哀地一笑，现在她终于知道，临行前乔杉的欲言又止是为什么。乔欢突然对自己转变态度又是为了什么，不过就是想看到今天她的狼狈。

想到刚才自己的震惊与欢喜，乔萝只觉如同小丑，满是蒙在鼓里被人戏弄的愤怒与无助。

她低下头，以抬手将发的动作迅速擦干眼中的泪水，听到乔欢正含笑说："我知道你们是旧识了，就不介绍了。对了，小乔，你别介意我们突然来接机，是我央求乔杉告诉我你的航班的。怎么说我和秋白也是你在美国最亲的人，不来接你多不好啊。秋白，你说是不是？"

"谁说你们是她最亲的人？我才是受命来接的那位。"江宸不知何时到来，含笑伸臂，将乔萝拉入怀中。

"小乔。"他将这个浑身发抖的女孩紧紧抱在怀中，低头在她耳边说，"对不起，我来晚了。"

她对他的话没有任何反应，她脚尖踮起，苍白的脸庞靠在江宸的肩上，一双黑眸深如潭水，从秋白和乔欢相挽的双臂移到秋白的脸上。

秋白看着她，微微一笑，将乔欢的手臂缓缓拉下来，却没有放开，修长的手指包住她的手，轻轻握住。他的动作胜过任何言语，毫不留情地将她心头最后一丝期冀狠狠掐灭。

之后乔欢提议大家一起吃个饭，被江宸拒绝，说乔萝刚下飞机，有些累，需要休息，说罢便牵着乔萝的手离开。

江宸驱车回寓所的路上，两人皆不言语，一路沉默。

过了东河，夏日午后的艳阳愈发灼热，照着曼哈顿数不清的摩天大楼，玻璃折射的强光让乔萝木然看着窗外的双眼渐渐发黑。等觉察到不堪忍受的疼痛时，她才以手遮掩。

眼前一片茫然的昏暗，她埋首于臂弯中，身子靠着车窗，双腿紧紧并拢缩在一起，她一直保持这样僵硬且怪异的姿势，再没有动过。

车子驶入公寓车库，江宸打开后备厢将乔萝的行李一一搬到楼上，下来再打开车门，望着依然保持着别扭姿势僵硬不动的乔萝，冷冷地说了句："家在五楼，你什么时候想明白了什么时候再上来，我不想再看一眼你这没出息的样子！"然后"砰"的关上门。

乔萝的身子在车门重重关闭的响声中微微一震。等耳边江宸的脚步声远去后，她缓缓松弛了身体，脸从臂弯中抬起，双手捂着眼睛，在这无人的黑暗角落，终于可以无所顾忌地痛哭流涕。

他居然就狠得下心这样玷污他与她年少的情谊，亲手撕裂她的心，将鲜血淋漓的她抛弃，然后绝情远去。她的秋白明明不会这样无情，他看着乔欢是那样的深情温柔，她甚至能够感觉到，那情态没有一丝虚假，那并不是做戏。

她只有选择相信，一时委屈而又无辜，伤心而又难言，唯有在哭泣中发泄所有的痛苦。

从北京家中出发到现在，已过去整整24个小时。乔萝在旅途的倦累和心神的折磨下疲惫不已，哭了半晌，气力更竭。她坐在车中怔忪片刻，又觉得自己可笑可悲，而这样的流泪更是无用。

她伸手擦尽泪水，关上车门，上了五楼。

这栋公寓一层仅一户，江宸将门大敞着，她从电梯出来时，能一眼看到他坐在正对门口的沙发上。他跷着腿懒散地半躺着，看似漫不经心，但目光从没离开过门口。看到她从电梯走出的身影，他慢慢站起，走到门外，伸出双臂。

"过来。"他命令道。

等她茫然地走近，他收拢双臂抱住她。

"无论何时，你还有我。"清冽的声音擦着耳畔传来，让她昏沉的脑袋嗡嗡震动。

这是骄傲的江宸许下的承诺。

乔萝似乎有些意外，缓缓抬头，茫然的目光飘忽于他的眉眼，却无处落定。

过度的神伤身乏，乔萝一觉睡到次日正午。睁开眼时，别的思绪还未涌上大脑时，肚子已经饿得抗议不止。从昨天起，她一连三顿没吃，此刻连胃部也隐隐作痛。跑到厨房觅食，见橱柜干净得不染纤尘，打开冰箱，里面不过是些饮料和一些早已过期的零食。

乔萝随手拿了一瓶果汁，想去客厅的行李箱翻出林蓝事前备下的食物，绕过餐厅时却不经意瞥到餐桌上放着一块三明治和一杯橙汁。她怔了怔，坐到餐桌旁，看到橙汁杯下放着一张字条，上面写着：我有事出去一趟，饿了先吃这个，等我回来带你去吃大餐。

她望着字条静默半晌，心情再差，唇边却也有了一丝柔和的笑意。

吃过三明治，肚子勉强填饱，脑子总算恢复了清明，不再如昨天那般混沌糊涂。她也有了勇气去折腾，最起码，她有权明白他消失多年及骤然变心的原因。

乔萝怀着寻找秋白的希望，在来美国前就已做好充分的资料收集。她知道梅非奇掌控的家族公司是跨国企业，在纽约也有办事处。她从梅氏官网找到梅氏公司在纽约办事处的地址，出发前她对着镜子里脸色苍白的自己直皱眉，上了粉底，抹了腮红，勾了眼线，直到镜子里映出个妆容精致、笑容姣好的女子，她才满意。

她打车到了莱辛顿大道的摩天大厦前，在前台做了登记，乘着电梯直上第50层。

梅氏这些年一直致力在美国上市，这边的分支虽名办事处，这些年人员配置却也在不断扩大，现已是人数逾百的机构。从电梯出来，迎面的楼层分布图上只有一个名字，便是"MEISE"。

乔萝刚跨入梅氏公司的大门，一旁就来了个金发碧眼的美女。

想来是美女已经收到了楼下前台报上的来客信息，上前笑问："是乔小姐吗？"

"是。"

"请问您有何贵干？"

"找梅秋白。"

美女笑容不减，继续问："梅先生工作比较忙，请问小姐您有预约吗？"

秋白果然在这里。

乔萝将所有喜色隐在墨镜后，淡然地说："我是他的女朋友。"

她的神态气定神闲，听得美女忍不住扬了扬浓眉，墨绿色的眼瞳也微微透着几分惊讶，上下看了看乔萝，说了句"稍等"，到一旁打了电话，问过后才又对乔萝笑着说："不好意思，乔小姐，让您久等了，请跟我来。"

乔萝跟着她来到一个宽敞的办公室。办公室是套间，外间写字台旁站着一个黑发黑眸的东方女性，看起来三十岁上下，眉目疏朗干练，望着乔萝微笑，说着标准的汉语："乔小姐您好，我是梅先生的助理，我姓孙。他正在开会，让我先招待您。"

乔萝之前说自己是秋白的女朋友已经心虚，但看这些人的反应，似乎乔欢从没来过这里，她们也不清楚秋白的女朋友是谁。她这才压住不安的情绪，走入里间的大办公室。

孙助理给乔萝倒了一杯咖啡，在旁细细端详了她片刻，笑问："乔小姐是刚来美国吧？"

乔萝将惊讶掩在墨镜之后，淡然一笑："你怎么知道？"

孙助理说："之前只常看到梅先生对着小姐的照片发呆，却从没见过乔小姐来这儿，所以我猜乔小姐之前一直在国内。"她伸手指指办公桌上放着的一个相框，笑着说："就是那张。梅先生看那照片常一看就长久不动，我问他，他说这是他最亲的家人。"

乔萝顺着她指的方向看过去，愣了片刻，拿下墨镜。

相框中，眉目温婉的妇人揽着一个笑意盈盈的少女，从照片里青砖红瓦的背景可见照片拍摄的年代久远，但保存得很好，照片丝毫不曾泛黄。

这是十年前青阆镇尚年幼的乔萝和孟茵的合影。

她惘然微笑："他说我是他的家人？"想着他昨天的异常，此刻着实有些难辨状况。

"是啊。"孙助理说，"梅先生感冒了，今天早上咳嗽很厉害，乔小姐是不放心他的身体过来看看的吧？只不过今天这个会议时间怕不会太短，乔小姐您要等一会儿了。"

乔萝望着桌上的照片，含笑说："没关系，我等他。"

岂料这一等就是整整半天，直到夜幕降临，落地窗外亮起一片华光灯色，也没有见秋白从会议室回来。

孙助理又敲门进来，抱憾地说："乔小姐，您还是先回去吧。刚才梅先生打了电话来，说一时半会会议也开不完，请您别等他了，先回去吧。"

乔萝低声说："他……真的一点时间也没有吗？"

孙助理看着她，神态已经不似起初殷勤，迟疑地道："这……"

"好吧。"乔萝并不想再为难她，背起包，轻声说，"我先走了。"

▶ Chapter 9　思念成灰

这是雪地中奄奄一息的红玫瑰，心如死灰，冰凉裹身。他禁不住一个寒噤。这一生里，
没有什么时候能让他比现在更为绝望。

（1）

乔萝回家时已经差不多晚上九点了，她没有房子的钥匙，按了门铃不过两下，门被人匆匆从里面拉开。

江宸手上紧攥着手机，神色气急败坏，双目冷冷地盯着她："你还知道回来？"

乔萝知道他一定是找不到自己情急至此，愧疚地说："对不起，我出去转了转，我的手机在这儿没有信号。"说到这里，她举了举手上的新手机盒子，战战兢兢地解释："下午出门的时候路过一家AT&T，我办了一张合约卡，他们还送了一部手机。不过……我还没开始用。"

江宸再看她片刻，一言不发地接过新手机，转身进了屋。

乔萝这才进屋换鞋，拎着一堆从唐人街买的食材到厨房，把冰箱里过期的食物都清了出去，然后放入自己买的东西。

她从橱柜里找出电饭锅，正在洗米时，身后又传来江宸冷冰冰的声音："你从哪儿买了这些东西回来？"

"唐人街。"毕竟是在别人的家里，乔萝这样自作主张多少有些喧宾夺主的意思，便小声说："你一天到晚吃那些快餐也不舒服吧？我给你做粥吧。"

"是做给我吃的吗？"江宸望着她浓墨重彩的脸庞直皱眉，"画成这样是要唱戏？快去洗了吧。"

乔萝唯唯诺诺地答应。

江宸在她难得的良好态度下终于消了气，把设置好的手机交给她："里面存了我的电话号码，你刚来这里人生地不熟，有事随时打电话给我。"

乔萝应道："是。"

江宸又从口袋里掏出一把钥匙交到她手上："这是家里的钥匙。"

乔萝接过，说："谢谢。"

"没必要谢，你不是要做饭改善我的生活吗？就当我家里多个免费的保姆了。"江宸毒舌地说，转身出了厨房，想想又回头问："对了，你那粥什么时候能吃？我本来晚上回来还准备和你去吃点好的，现在计划全泡汤了。"

乔萝刻意忽略他后面那句话，回答："粥要明天早上才能吃。"

江宸脸色发黑，咬牙说："那我晚上吃什么？"

"这个。"乔萝从冰箱里拿出面包给他，目光低垂，始终没有看他一眼。等他愤然接过面包，她面色如常，依然回到厨房慢条斯理地做她的粥。

乔萝为煮好鸡丝粥这一夜都没睡安稳。

先煮鸡汤，鸡汤熬了四五个小时才够火候。然后又以鸡汤和着水加入米煮，把鸡腿捞出来切成丝。等粥煮得差不多的时候放鸡丝进去，又添了葱花，加上小青菜切成的碎末，再放调料，于锅中闷蒸半个小时，才算大功告成。

等她把粥盛到保温桶里时，天色也大亮了。

江宸还没有起床，她将他的早饭准备好放在餐桌上，自己只快速吃了几口面包，喝了一小杯牛奶，便换了衣服拎着保温桶静悄悄地出了门。

这是上班高峰的时候，纽约也堵车，乔萝抱着保温桶坐在出租车上，望着高楼，心情一如那些透明的玻璃折射的清澈天空一样明净开朗。

自从昨天看到了那张照片，她相信秋白心里还有她，一切还是会好起来的。

到了莱辛顿大道梅氏所在的大厦，她坐在一楼大厅的沙发上，看着陆陆续续进来的办公人群。在肤色各异、五官千般的人群中辨明东方面孔并不难。尤其秋白的眉目是那样的温雅清润，更不难认。

她看到他的身影出现在门口，站起身，拿着保温桶快步走到他身边，拉住了他的手："秋白。"

他驻足停下怔愣良久，才似乎很意外地问："你怎么来了？"他说话的声音有些闷，手心也是热度灼人，显然感冒还没有好。

乔萝微笑着说："我给你做了粥。"

秋白的目光在她脸上流连片刻，手不着痕迹地从她指间抽出，温文有礼地说："辛苦了，上来再说吧。"

他们一路无言上到第50层，进了他的办公室。孙助理十分惊诧地看着跟在秋白身后的乔萝，以疑惑的眼神询问秋白。

秋白嘱咐她："今天所有的事推后半个小时。"他带着乔萝进入里间办公室，并将门锁上。

"乔萝。"他转过身，"是不是前天在机场你还有些事不明白？"

乔萝正满心欢喜地打开保温桶，却不料身后响起的是他这样淡漠的言辞。她回头看着他，怔怔地说："什么？"

秋白望着她："我现在和乔欢在一起。她是我的女朋友。"

乔萝忍不住轻笑："那我呢？"

秋白抿唇沉默半晌，然后坦然承认："对不起，是我的错。"

乔萝将手上的勺子慢慢放下，双手紧握止住颤抖，涩涩地说："请你告诉我原因。"

她的目光倔强坚定，不屈不挠，已非一言一词能糊弄过去。秋白看她片刻，移开视线。

他脱下西装松了松领带，似乎这样才能让他在与她面对时透口气。他走到落地窗前，望着楼下的车流，慢慢开口："小乔，我和你结缘于少年，我重视这份情谊，也很高兴有你这个朋友。"说到这儿，他轻叹了一声，苦笑道："我承认我曾经很喜欢你，也曾经认为长大和你在一起是理所当然的。可是在你离开后，我却发现这份感情虽然浓烈，却并非爱情的刻骨铭心。而且……我现在遇到了乔欢，她活泼爱笑，做事洒脱，她对我的关心毫无约束，我们更不是彼此的唯一，这样的相处让我自在。何况，我此生其实只有一个爱好——音乐。在这一点上，我与她是知音人。"

　　乔萝微微一笑："秋白，你不要再骗我。你桌上的这张照片……"

　　"我把你和我妈当成我最亲的人，这是真的。"秋白回头望着她，语气及目光淡得让她不敢直视，"就算现在，我心底也一样挂念你。我心底把你当妹妹一样疼爱关心。"

　　"妹妹？"乔萝索然无味地咀嚼这两个字，心念俱冷，却笑容嫣然："你以前抱着我的时候，你给我写信的时候，你和我说着情话的时候，也把我当妹妹吗？孟秋白，你什么时候能说出这样荒唐的话来了？既然不爱了，我便认了，不要用兄妹这个字眼来恶心人。你放心，我从没想过要缠着你。我以为你和你从小一起长大，是最了解我的人。我也以为我了解你，我更以为我们一路坎坷，是能相互珍惜的人。可惜最终是我自以为是了。对不起，之前给你造成困扰，是我的错。"

　　她拿起包，再望一眼桌上的相框，想着当年镜头外摄下这张照片的温润少年，满心悲凉。

　　她说："再见，梅先生。"说罢转身即走，却不曾看见秋白紧紧握住桌沿的手骨节泛白，也不曾看见他眼里一闪而过的悲凉。

　　乔萝出了大厦，望着面前一辆辆呼啸而过的车辆，茫然片刻，抬头仰望异国他乡的天空。

　　骄阳炙热横行当空，灼得她头脑昏沉，不知去路。

Chapter 9
思念成灰

　　江宸这天醒来时见乔萝又不在家里，打了无数电话，都没有人接。他从上午等到下午，从下午急到傍晚，正咬着牙赌着气想她在外面不论死活他都不管时，门外却有人插锁而入。

　　他窝了一肚子的气，等她进门时忍不住怒喝："你去哪儿了？"

　　乔萝东倒西歪地进来，尽管他这句喝问气势十足，她却似乎完全感觉不到他的存在，在门口脱了鞋，光脚就朝卧室走去。

　　"你喝酒了？"江宸皱眉，一把将她拉住，乔萝的身体软绵绵的毫无力气，倒在他的怀中。

　　他低头，看到她满脸通红，神色迷离，他就算骂也是徒劳，只得抱着她朝卧室走去。她倒是很有酒品，醉后也不发疯，一双琉璃般的眼睛比平时还要透亮，看了他一会儿，忽将双臂勾上他的脖颈。

　　她的额抵着他的下巴，笑意盈盈地问："粥吃了吗？"

　　他没好气地答："吃了。"

　　她讨好地问："好吃吗？"

　　他冷冷地说："难吃。"

　　"我总是做不好，怎么办？"她可怜兮兮地望着他。

　　"那就别做！"他装作恶声恶气的模样，"你这样浪费粮食，还不如以后我带你出去吃，总比这样费力不讨好强。"

　　是啊，正是费力不讨好呢。她微微地笑，不再说话。

　　他抱着她到了房间，将她放在床上要走时，她勾着他脖子的双臂却不松开，眼睛依旧明亮如星，望着他："陪我一会儿。"

　　她应该是担心他要离开，更用力地搂着他的脖子，将他的脸拉下来，与她近在咫尺地相望。

　　江宸并非坐怀不乱的君子，更不是清心寡欲的圣徒。这是夏天，彼此衣衫单薄，此前一路将她柔软温香的身体搂在怀中早让他心绪大乱。此刻他在她挽留的动作下趁势俯身倒在她身上，他眸中生火，以最后的清醒柔声提醒她："小乔，你知道你在做什么吗？"

"你说呢？"她温柔地看着他，手指抚摸他俊美的面庞。

他不知道她为什么会突然这样妩媚，当然他也不想知道。他低头吻住她的唇，火辣且热烈地以实际行动回答她的问题，并以极尽的缠绵倾诉他对她长久的渴望与思念。

可是他在最后一刻却迟疑了，低头望着她的眼睛，轻声问："小乔，你知道我是谁吗？"

她目中的清亮被雾气遮掩，痴痴迷迷地说："你是阿宸。"

他的迟疑在这话下顷刻全无，而她却在突如其来的剧痛中咬住唇，额角冒汗，眸中的雾气结成泪水流下脸颊。

江宸怔愣片刻，紧紧抱住她的身体，低声说："对不起。"

"对不起什么？"她恍惚地问，过了一会儿又说，"没关系。"

心底的痛已将她整个人的神经碾成碎末，这点痛已经不算什么。

她闭上双眸，在他给予的温柔中沦陷。

一个月后，乔萝离开纽约至宾夕法尼亚大学报到。江宸陪着乔萝办好所有入学手续，临走时依依不舍，在人来人往的宿舍前抱着她说："宾大的校园很不错，明年我毕业后就报考宾大的JD，你等我。"

乔萝什么也不说，在他怀中轻轻点了点头。

异国风气开放，即便他们这样拥抱在年轻人眼中并不算什么，乔萝却还是觉得十分难为情。他趁她在怀中挣扎时顺势低下头，吻了吻她的唇，才看着她通红的面庞笑着说："有什么事打电话给我。我从纽约过来也不算远。"

"好。"乔萝死拖硬拽将他送出校园。

其实自那天之后，江宸待她格外温柔，先前的火暴脾气也收敛了不少。可是面对他的温柔以待，乔萝却始终无法面对。

回到宿舍，乔萝坐下来刚倒了水还没来得及喝，门外又有人敲门。

"小乔，在吗？"却是乔欢的声音。

乔萝握着水杯的手不可自抑地颤了颤，僵坐了片刻，才走去打开门。

乔欢站在门外，走廊阴暗的光线并没有遮掩她半分容光，反衬得她愈发明眸皓齿，巧笑嫣然。

乔欢邀请她："小乔，晚上来我家吧，我和秋白为你接风。"

"你家？"乔萝轻轻一笑，"不必了，我今天很累。再说了，我和两位也不熟，不必这样麻烦。"

乔欢皱眉，对她的拒绝不太高兴："小乔，我们是一片好意。何况，你和秋白不是旧识吗？哪能说不熟？"

乔萝目光清冷，声音淡然："你既然知道我们是旧识，难道不早该告诉我吗？"

"告诉你什么？"乔欢挑眉，"他是梅秋白，不是你日记里心心念念的孟秋白。"

"乔欢。"乔萝满是悲哀地看着乔欢，"你若是为了报复我，才和秋白在一起……"

乔欢似是听了笑话，大笑不止，好一会儿才停下来，满是寒意地看着她："乔萝，你知道我最讨厌你哪一点吗？是你总以为全世界都欠你的，你以为自己一直在失去。可是你一直在得到世上最好的感情，少年时期得到秋白的重视，成年之后遇到江宸，最好的感情都被你碰见，你却一直都看不到。看不到就算了，你何必诋毁我与秋白的感情呢？我倒是想劝你，你若是不喜欢江宸，趁早离开他，他不是你的玩偶，也不是秋白的替身。"

乔萝全身颤了颤，十指收拢，喃喃地说："他不是我的玩偶，也不是替身……"

乔欢冷笑一声："那你的意思是，你爱上他了？"

爱上他了？

乔萝怔在那里，不太明白乔欢为什么会问出这样的话。只不过，片刻后，她看着不远处墙下的一片阴影，苦笑着点头："是。"

乔欢明显脸色泛白，却始终没有说什么，她也许根本没有料到乔萝会说出这样肯定的答案。半晌，她转身下楼离开。

乔萝倚门看着乔欢离开的背影，悲凉地笑着，眼泪滑下来。

之后的日子乔欢没有再来打扰她，她又刻意回避着华人留学圈的交流与亲近，于是即便秋白和乔欢同在一个校园，她也能将生活过得没有丝毫他们存在的影子。

开学后第二个星期，晚上学校有大型迎新晚会，所有新生都要参加。晚会十分热闹，乔萝坐在角落的位子上，心不在焉地和江宸发着短信。台上节目一个个表演过去，众人狂欢独乔萝身处事外。江宸不回短信的时候，她的目光就没有着落地盯在虚空中的某一处，看着那里灯光变幻，明了再暗，暗了又明。

一次报幕的间隙，她收到江宸发来的新短信："你现在在哪里？"她正要回复，忽觉周围气氛有些异常，周围响起吹哨声和尖叫声，将气氛推到高潮。她听到主持人在说："……表演者：梅秋白、乔欢。"

旁边的女生在犯花痴，有人取笑她："别流口水了，人家已经有主了。"

"谁这么好运？"

"喏，就是他身边那位——乔欢。"

"我听说他们明年就要举行婚礼了，日子都选好了。所以你根本就没有

Chapter 9
思念成灰

机会啦。"

乔萝按在手机键上的手指不受控制地颤抖，在屏幕上敲下一连串同一个字母。惘然中，她依稀听到，台上钢琴声起，流畅如水地引出序曲，钢琴声止，切入悠扬的大提琴声。

她挣扎着、犹豫着，半天才抬起头，望着舞台，目光呆滞。

台上二人合奏。她只看到安静坐在台侧拉大提琴的少年，他坐姿笔直，清俊如松。距离遥远，光影模糊，可是她能够看得清他温雅的眉目和唇边柔和的笑意。

只是，不再是古琴，却是她所陌生的大提琴。

原来七年时间足以改变一切，她却还是自欺欺人。

表演结束后，秋白和乔欢退到后台，耳边掌声雷动，乔萝却在这热闹中飞快逃离。一直跑到小路边，她才扶着枯树蹲了下来，双手捂住脸，泪水从指缝间落个不停。她只觉得往事再有伤心断肠处，也从未如今日这般让她狼狈不堪。

那么多年的欢喜与倾心，从年少至今日的牵肠挂肚，原来不过织成了她人的嫁衣吗？

行人来往的路上，她像迷途难返的孩子，六神无主地嘤嘤哭泣。

等哭累了，乔萝才收敛了情绪，在路边呆坐了半个小时，站起来准备回宿舍。才走到宿舍楼附近，却看见寂静无人的夜色里素来光线暗淡的宿舍前草坪上有烛光闪烁。

四周无人，初秋风又干燥，乔萝心想这里草木茂盛，别到时候引起火灾。她走过去刚想吹灭烛火时，却惊讶地发现烛火一旁，有人用百合花叶堆垒成大大的"心"形，其中又以红色玫瑰勾勒出汉字"萝"。乔萝的心跳骤然一顿。

身后有人轻声喊她的名字："乔萝！"

此刻四周悄然无声，能让她清楚听到有沉稳郑重的脚步声自身后步步传来，一下一下，重重踩在她的心头。

她突然极想逃离。她心头惴惴万分忐忑，敏锐地感觉到他这种举措下的动机。可是当她想抬起脚时，目光偶然一瞥，却看到了不远处树荫下的那道修长的身影。

乔萝改变主意，转过身，看到了江宸俊美的面庞上温柔的笑意。

"你怎么来了？"她故作平静地问他。

"唉，看来你又忘记了。"江宸叹着气，抱住她说，"今天是你的生日啊。"

乔萝想了想才不好意思地说："我确实忘记了。你就因为这个特意赶过来的？"

"不止这个。"江宸低头轻吻她柔软的长发，轻声在她耳边说，"我只是放心不下。"

乔萝耳根微微发热："你不放心什么？"

"你是真不知道，还是装傻？"江宸低低笑了几声，伸手抬起她的脸，与她对望，"小乔，能不能答应我一件事？"

她只觉今夜他的目光亮得异样，笑容也温柔缠绵不似寻常，一时踌躇着不敢应声。

"这些天不在一起我认真想过了。"江宸眉眼绽光，看着她认真地说，"我不想再和你捉迷藏下去了，这么多年，我们分分合合几乎没有安稳的时候。小乔，我们从今往后都在一起，好吗？"

这话是什么意思？乔萝心绪猛然慌乱，避开他灼人的视线，支支吾吾地说："我……我……现在不是和你在一起吗？"

"不是这样……"江宸柔声说，"小乔，我们结婚吧。"

乔萝被这话震住，盯着他，像是听不明白，漆黑的眼眸里满是茫然。

江宸的微笑却越发从容："你听清楚了吗？我和你，就是我和你，我们在一起。"

乔萝看了他良久，流转的目光才渐渐有了生气。她听到他的表白和承诺，心里却想着刚才惊鸿一瞥的树荫下的人影，也想到乔欢与她说的一些话，又想到了旁人无意说起的他们的婚讯……

乔萝有些疲惫地靠在江宸的肩头，说："好，我们结婚，我们在一起。"

她将这几个字说得掷地有声，没有颤抖，没有犹疑。只是不知，她这话是说给自己听的，还是说给躲藏在秋夜风中的那人听的。

夜风过耳，簌簌不绝皆是秋叶飘零的声响。

相隔甚远，她甚至没有回头，却依然能听到他长长的叹息与离去的脚步声。

越离越远的也许不是他的人，而是他的心。

婚礼定在两个月后，在纽约举行，告诉双方家长和亲朋好友，俱没有惊只有喜，以为理所当然是如此结果。乔萝亲自打电话给秋白和乔欢，邀请他们参加婚礼。

秋白在电话那边沉默了不过数秒，而后欣慰地说："小乔，恭喜你。"并且保证一定会来参加她的婚礼。

"谢谢。希望到时梅先生能来参加。"乔萝亦以礼貌客套的语气回敬，同时矜持地表达了自己的喜悦。

电话挂断，她心如止水，一遍遍试戴着江宸买的婚戒。偶尔抬头，看到一旁镜子里眉眼淡漠清冷的女子，像望着她不认识的陌生人，对望良久，竟难相识。

因江宸信教，婚礼在第五大道的大理石教堂举行，双方家长都来到了美国参加婚礼仪式。

仪式简单圣洁，并无波折。新娘新郎接受了牧师以主名义赐予的祝福，并在众人的拥簇下来到草坪上照相。

乔萝照相时有些心不在焉，扔捧花时更是心跳快速异常。捧花脱手而出，竟挂在了一旁的树枝上。所有未婚的女性哗然一片，乔萝呆了一瞬间，心中突觉异样绞痛。她捂住胸口，即便脸上妆容再浓，也掩不住她脸色的苍白。

江宸意识到她的异常，忙过去握住她的手，将她抱在怀中，带她提前回到了举办婚宴的酒店。

乔萝躺在床上休息了近一个小时，才觉那阵心痛渐渐散去。林蓝打电话通知她亲友们快到酒店了，让新娘新郎尽早准备下楼招待客人。乔萝只得勉强起身，脱了婚纱，换上酒宴上要穿的旗袍。她想要开窗透透气，拉开窗帘，却看到窗台上停歇着一只青鸟。

这青鸟来得如此突兀，它并不惧生人，神态怏怏地歇在窗台上，呆呆地望着远方。

乔萝怔了怔，未辨来由地心底再度抽痛，泪水潸然弥漫眼眸。

而在隔壁的房间，江宸这时接到一个电话。电话来自纽约警察局，警察送来的消息是关于他们婚礼上邀请在列、今日却未出席两人的行踪。

梅秋白，乔欢，在从费城来纽约的路上遇到了车祸，车毁，人亡。

警察说他们是从两人的手机通讯记录中找到死者生前亲友的联系方式的，现正在逐一通知，并询问他，是否可以代表死者的亲属收验遗体。

逐一通知？江宸在这个字眼下意识到了什么，忙冲到隔壁房中，见乔萝着一身红缎旗袍，已昏倒在地。

纯白的地毯衬着她纤柔的身体，殷红的衣服颜色本热烈张扬，此刻却褪尽光泽横卧地上。

这是雪地中奄奄一息的红玫瑰，心如死灰，冰凉裹身。他禁不住一个寒噤。这一生里，没有什么时候能让他比现在更为绝望。

（2）

过往记忆委实过长，从父亲亡故到秋白离逝，乔萝在回忆中没有任何逃避。她的声音亦平静淡然，她的听众是世上最沉默安静的听众，他从没有插话与打断的时候，除偶尔给她递一杯温水外，别无其他动作和声响。

她说完故事时，窗外天色已经发白。转过头望着他，发现他微微发红的眸里是不可消散的释然。

她有些惊讶，能够坦然面对过往一切，这时候释然的不该是自己吗？为什么他看起来却比她更为轻松？

他与她一样疲惫，微笑着问："累了？睡一会儿吧。"

她确实支撑不下去了，她在他面前也不避忌，爬到床上很快入睡。

江宸站在床边看着乔萝的睡容，静默半晌儿，走到房间外。

阳台上空气湿冷，他披上外套，从口袋中掏出一根烟，点燃。

天边光影微白，已经能让他看清院中的青石小道、蔷薇花圃，以及在她故事里屡屡被提及、由她父亲亲手做的秋千。小小庭院静寂湿润，飘洒一夜依然未止的江南秋雨缠绵沾染一切，亦染湿了他的心。

该高兴吗？高兴她终于能放下过去面对现实？还是该愤怒？愤怒她刚才的故事里，他只是配角，在她轻描淡写的几句话中出场又消失，消失再出场，毫无分量，甚至毫无必要，不过是点缀她和别人爱情的碍眼之物。

她曾说过，她从没有爱过他，原来竟然是真的。

他从不相信，尽管他知道她心中的最爱也许一直是别人，却也至少曾经有过他，即便是小小的微末的位子，却也存在。可是他的存在，比之别人的死亡，不过是她面前从不曾正眼相待的卑微。

他轻轻苦笑，烟气冲入喉咙，迫得他咳嗽不止。他将香烟按灭在湿漉漉的栏杆上，转身，走入房中。

他上床躺在她身边。她睡觉极不安稳，一点点细微的动静她都能够察觉。

他拉被的动作惊动了她，她在沉睡中转过身。他趁机伸出手臂，将她抱在怀中。

隔着她身上单薄的睡衣，结婚五年，这是第一次他这样真实地感受她温软的身体。

现在，她依然是他名义上的妻。不爱他，也不曾爱过他的妻。

以后，或许是数日之后，她将是他的陌路人。

他一直以为自己只是错过了她和自己本该相识相知的年少，却不知从此擦肩而过的，是她的心。

他已经委屈了自己五年，却不肯再委屈自己一生一世。

既从未有过，那就从头开始。

青阖镇的雨天极为安静，乔萝睡到中午才睁眼。躺在床上，听着窗外雨声扑簌的声响，回过神才感慨想起，这些年里，她还是第一次睡得这样安稳。

她在隐约中闻到一丝若有若无的烟味，本能地拉过一旁的被角轻嗅，怔忡片刻，苦涩一笑。

身畔半边的床褥冰凉且平整，似乎没有丝毫他存在过的痕迹，除了这点消磨不去的烟味。

洗漱过后下楼，坚嫂坚叔正在厨房忙中饭。小祝儿在一旁的小厅里画画，江宸陪坐一侧，望着祝儿稚嫩的脸庞，略略皱着眉，表情微有困惑。小祝儿被他盯得三心二意，心思自然也不在画上，扔下画笔，一双明亮如星辰的黑眸忽闪忽闪，满是好奇地看着江宸。

Chapter 9
思念成灰

"怎么了？"江宸含笑望着她，声音格外温软。

"哥哥抱我。"小祝儿伸着胖乎乎的小手往他身上扑去。

以江宸的性格，平日对这样的小不点多半是没有耐心的，今天却突然改了性，抱着祝儿滚圆的身子，轻揉她雪团一般的脸颊，微笑着说："小家伙，你怎么这么不安神，才坐下来画一会儿画又要抱？"

祝儿笑嘻嘻地看着他："哥哥，我想亲亲你，好不好？"

在江宸怔愣的瞬间，她嘟起嘴，一声响亮的亲吻已经印在江宸的脸侧。

江宸被这一吻亲得心头酥软，万分欢喜，正要说话，却有人将祝儿从他怀里抱走。

祝儿和江宸待在一起正腻歪，不妨被人突然抱走，自然扭动着身子想要挣扎。然而转过头却看到面色淡漠的乔萝，祝儿安静下来，委屈地咬咬嘴唇。她似乎很怕乔萝，乖乖地趴在乔萝的肩头，也不敢再闹，只是眼巴巴地看着江宸，一副想叫又不敢叫的可怜模样。

江宸自然挺身而出，对乔萝说："你刚醒？该吃中饭了。"

"嗯。"乔萝漠然应声，依然带着祝儿离开。

等到坚嫂上楼来喊乔萝吃饭时，推开房间的门，却见祝儿躺在床上睡着了。

乔萝拿着一本连环画坐在床头，望着祝儿沉睡的面容，不知道在想些什么。

"乔小姐又给祝儿买新衣服了？"坚嫂看着小祝儿身上崭新的红裙子笑问。

乔萝低头收起连环画，勉强笑了笑："昨天在机场顺便买的，当时还怕买大了，现在看着，她穿得正合适。孩子长得真的很快。"

坚嫂听出她最后一句话的惘然，犹豫片刻，低声说："乔小姐，祝儿明年该上幼儿园了。学校的事……"

乔萝说："我在S市买了一套房子，你和坚叔明年搬过去吧，户口我也帮你们迁到S市。"

"乔小姐。"坚嫂忍了再忍，还是忍不住念叨，"其实何苦这样折腾？"

乔萝微微抿唇，手指轻轻摸了摸祝儿柔软的脸颊，叹息："我怕，我守不住。"

中午吃过饭，趁着乔萝站在院子里发呆时，坚叔轻手轻脚地靠过去，交给乔萝一张字条。

"乔小姐，这是孟老师现在的地址。"

"孟姨有消息了？"乔萝又惊又喜。她托坚叔在S市找了孟茵五年，每次问起皆无消息，不料这次消息却来得突然。乔萝看了看字条上的地址，见那字迹挥洒遒劲，有些惊讶："这个地址是谁给你的？"

坚叔摸摸脑袋，想了一会儿才说："那个人也是前几天来镇上的，西装革履，文质彬彬的，看样子是个文化人。就是冷着脸，很严肃，架子也蛮大。"

冷着脸，很严肃，架子也蛮大——乔萝收起字条，脑海中不知为何竟浮现出章白云的脸。

会不会是他？如果是他，难道他是秋白的旧识？

乔萝收起字条，心中满是疑惑。

既然有孟茵的消息了，乔萝自然是一刻不停想要去寻人，回到屋子里匆匆换了件衣服，便带着字条，出发前往S市。

（3）

江宸与她同行，到了S市又和相熟的朋友借了一辆车。两人开着车去往位于S市市郊的华谷疗养院。

这座疗养院想来新建不久，乔萝先前为探寻孟茵的下落找遍了S市所有医院和疗养院，却唯独没有听说过这家。

到了疗养院前，楼座簇新，夹道树苗还未长成。乔萝在前台问了护士，查询到孟茵确实是住在这里，并且是独住疗养院一栋僻静的院落，由两名医生和数名护士专门照顾。

乔萝和江宸按前台护士指的路线找到那座院落。与全疗养院的新建筑不同，这里是一座二层的老宅，一切设施古老陈旧。乔萝在门外站了片刻，才醒悟过来对这座老宅似曾相识的感触从何而来。

楼上断断续续飘扬着古琴声，是乔萝之前从未听过的曲谱。站在身边的孟茵的主治医生告诉乔萝，说这是孟茵最近创作的新琴曲。

乔萝问："写新曲？孟姨精神全好了？"

医生解释说："只要不受外界刺激，也不去想往事，她就能过得很平静，一心都在她的古琴上。"

虽然乔萝拿出了种种证据证明她是孟茵的旧识，并做了各种担保，主治医生还是有些放心不下。见乔萝想见孟茵的心情着实强烈，态度也颇为诚恳，医生无奈说了句"稍等"，背着她在一旁打了一个电话。

挂断电话后，医生终于松口，同意二人上楼探望，只是他必须与他们同行。

三人到了楼上，至孟茵弹琴的小阁。

小阁的圆窗外罩着竹帘，这天下雨，午后光线并不明亮，此时被竹帘一隔，屋里更显昏暗。

孟茵听到有人上楼的脚步声，指下琴音停了下来，回过头困惑地望着走在前面的医生："又该吃药了吗？才吃没多久啊。"

"不是。"医生柔声说，"梅夫人，有两个年轻人来探望你。"

"年轻人？"孟茵这才看到医生身后的乔萝和江宸，目光在他们脸上转了又转，柔声问："我认识你们吗？"

乔萝在她的视线下颤声说："孟姨，你不认得我了吗？"

"你是？"孟茵站起身，走到乔萝面前细细打量半晌，茫然地说，"眉眼看起来很熟悉……"

乔萝握住她的手臂，欢喜地说："孟姨，我是乔萝啊。"

"乔萝？乔？"孟茵瞪大眼睛看着乔萝，似是想起什么，目光既天真又茫然。

这么多年过去了，乔萝近在咫尺地望着她，才发觉她眼角深刻的皱纹和花白的鬓角。乔萝想起当年在青阁镇让自己惊为天人的那个女子，心中酸楚难当——这必然是秋白离逝对她的打击，即便当年她和梅非奇隔阂日深的时候，华光容色也没有像这样消逝迅速。

此时孟茵笑意嫣然地说："对啦，你的眉眼像阿桦。"

乔萝怔住："阿桦？"

"是啊，阿桦，花木头啊。"孟茵目光羞涩又炙热，像豆蔻少女情窦初开，"他叫乔桦，你也姓乔，你们长得也像，你们认识吗？"

乔萝脑中轰然，握在孟茵臂上的双手顷刻冰凉，口齿不清地说："我……我认识。"

孟茵歪着头看她，充满期待地问："那你知道他去哪里了吗？他好久都不来看我啦。还是怪我上次弄坏了乔院长珍藏的画吗？可是乔院长都不在意，为什么他那样在意？"

乔院长？乔萝越听心中越惊慌，脑海里闪过无数个念头，一个个皆森然可怖，压迫得她口齿不清："乔、乔院长吗？"

一直在旁沉默的江宸伸手扶稳她颤抖的身子，轻声问孟茵："您是说乔抱石？"

孟茵盈盈一笑："是啊，除了他还有谁能是画院院长。"说到这里，她又想起什么，追着乔萝问："对了，是不是我的花木头又被院长罚了？那我去求乔院长，他平时最疼我了，我央求他放过花木头，他一定会答应。"

江宸看一眼面色苍白的乔萝，又望了望一边神情凝重的医生，摇摇头对孟茵说："我们也不知道乔桦去哪里了。不过乔院长没有罚他，你放心。"

"这样啊。"孟茵叹了口气，对周遭一切骤然了无兴趣，失落地坐回琴案后，铮铮弹琴。

乔萝和江宸下楼时，恰遇一男子匆匆自门外走入。他西装笔挺，面庞被雨雾沾湿，目光依然是那样的冰冷清澈，正是先前与乔萝有过一面之缘的章白云。

此时章白云见到他们两位，却一点也不惊讶："看来坚叔把地址给你了。"

果然是他。

章白云望向医生："她怎么样？"

医生说："这二位没有说什么，梅夫人情绪很稳定。"

"那就好。"章白云点点头，伸手指了指一旁的侧厅："二位这边请。"

三人在侧厅落座，护士泡了茶送过来，离开时在章白云的示意下关上门。

江宸轻抿一口热茶，打量四周，微微一笑："章先生，这疗养院是你开的？"

"算是。"

"一直听说LH基金由梅氏暗中操控，此前从未得到证实，不过今日得见章先生和梅夫人的关系，看来传闻不假。"江宸含笑说，"只是不知你和梅氏是什么关系？"

章白云淡然一笑："远亲。"

他颇吝啬言词，对江宸的问话不过寥寥数字打发，转而望着乔萝却笑问："乔小姐今天来这里是有何打算？"

乔萝这些年一直寻找孟茵就是想替代早逝的秋白在她膝下奉养尽孝，但看孟茵如今的状态和生活的环境，她能给予的，并不能比今日更好。更何况因刚才孟茵的话，她一直有些魂不守舍，此刻面对章白云的问题也是神游在外，只说："孟姨她真的什么都不记得了？"

"记得十六岁之前的事。"

"十六岁？"乔萝算了算时间，"也就是三十四年前？"她顿了一会儿说："我外公是那年去世的。"

章白云饮着茶，不动声色："是吗？"

乔萝勉强镇定心神，再问："章先生是不是知道孟姨和乔家的渊源？"

章白云微笑着说："听说过一点，梅夫人和令尊应该是交往颇深，青梅竹马长大的，类似……你和秋白。"

乔萝望着他："你果然认识秋白。"

"我和他是知己。"章白云落落大方地坦诚，"而且，我还是梅氏远亲，怎么不认识？"

"你也知道这个宅子？"乔萝转目望望四周，"我在梅园见过，这里的景象都是复制那座废弃了的老宅子。"

章白云悠然一笑："乔小姐所见不差，不过你知不知道，梅夫人出嫁前也住在那个宅子？"

"这么说梅夫人出嫁前就已经住在梅家？"江宸突然冷冷出声，"这样听起来，梅夫人和梅非奇才是青梅竹马。"

乔萝也皱着眉说："是啊，而且三十四年前，我爷爷去世后，我父亲就跟着我外公回青阁了。"

章白云听着他二人的话，低头喝茶，微笑不语。

这时有人推门进来，却是孟茵。她看了看室中三人，目光落在乔萝和江宸的身上又是如刚才初见般茫然，只是看到章白云时，露出了温柔的笑容："秋白，你回来了？"

章白云走过去扶住她:"是啊。"

"辛苦一天累了吧,妈去给你做饭,你等会儿啊。"孟茵转身打算去厨房,想想又说,"那是你的朋友吗?留他们吃晚饭吧。"

章白云点头,低声说:"好。"

送走孟茵,章白云转过身,见乔萝面色青白地站在他面前,又惊又怒地看着他:"她叫你秋白?"

章白云从容不迫地解释:"她不认识人了。"

"你不是秋白!"乔萝盯着他,"你到底是谁?"

章白云微微一笑:"我说了,我是秋白的好友,梅家的远亲。"

初识这个人的时候,他面容整肃,神色沉静,全不似今天笑容总挂在唇边。然而今天的他看起来并不比上次更亲切,甚至看得久了,他的笑容竟让人心中不断发凉。

乔萝看他片刻,猛地将他推开,冲到外间找到厨房,拉出孟茵:"孟姨,我带你走。"

"你是谁?我不认识你!放开我……"孟茵惊恐地自她手下挣扎开,躲在赶来的章白云身后,瞪着乔萝,"你到底是谁?为什么要抓我?"

"我是乔萝啊。"乔萝绝望地看着对自己避之不及的孟茵,"孟姨,我是小乔。你真的忘了我吗?"

她在震怒和心痛中泪水蒙目,轻声对孟茵说:"我是和秋白在一起的小乔啊,孟姨,你真的不记得我了吗?"

"小乔……秋白……"孟茵嘴里喃喃着这两个名字,像是记起什么,紧拽着章白云衣服的手微微松开,想要上前,却又迟疑。

"小乔……"孟茵吸了口气,终是下定决心站出来,挡在章白云的身前,看着乔萝,似愧疚,又似不安,"你和秋白不能在一起,你们……"

她皱着眉想了许久,才坚定地说:"你们是兄妹!"

"兄妹?"低呼出声的却是江宸。

乔萝面色如雪，僵立当地，先前积在眸中的清泪蓦然滚落，浑然不知身在何处，懵然不已。

　　江宸带着乔萝离开华谷疗养院时天色已暗，秋雨初停，晚风夹着湿气钻皮透骨，气温骤然转寒。乔萝中午出门时穿得并不多，此刻又站在正当风口的台阶上等着江宸开车过来，一时冻得瑟瑟发抖。

　　江宸将车停在她面前，脱下风衣罩在她身上，又握了握她冰冷的双手，颇有些恼火："你是傻子吗？就不知道避一避风？"

　　乔萝将手从他掌心抽离，摇了摇头："我……我不冷，你感冒刚……刚好，别着凉。"哆哆嗦嗦，话已经说不完整，却还是固执地推开了他的风衣。

　　两人上了车，江宸开了空调，封闭的空间里温度慢慢回升。乔萝无力地靠着椅背望着远方，她并不曾察觉时间的流逝，直到有人敲响了车窗。她回过神，转头见敲窗的是疗养院的门卫，这才发现天色这时已经暗得彻底，而他们的车居然还停留在疗养院主楼台阶下。

　　乔萝怔了怔，轻声问江宸："怎么不开车？"

　　江宸趁此闲暇用手机发完几封邮件，闻言没好气地瞥着她："你知道去哪儿？"

　　乔萝一时无言，想了想，才说："阿宸，我想去一趟华阳路，你要是有事，不如先回……"

　　她话还没说完，江宸已驱车驶出。他的速度太过迅疾，她未曾反应过来，身体不由自主地后仰，余下的话都被迫咽下喉咙。

　　江宸指尖在导航仪上轻敲，找到地名，才问："去华阳路做什么？"

　　乔萝望着前方高架桥上灯火闪烁的漫长车流，沉默片刻，轻声答道："梅家在华阳路。"

江宸望了她一眼，微微皱了皱眉，握在方向盘上的双手也缓缓攥紧。

一个小时后，车至华阳路。初秋多雨的季节里，梧桐叶落，飘洒满地，整条街上枯叶很厚，踩上去轻软绵湿，让人如行云端。乔萝站在梅宅门前，看着铁门内几株青松被人修剪簇新，便知宅中近来长期住人。她暗自平复忐忑的心，颤抖着手按响沾满雨水的门铃。

按了三次，才听到一声"嘟"的轻响，有女人迟疑的声音自对讲机传出："您找谁？"

乔萝说："你好，请问梅非奇先生在家吗？"

"您是——"

"我叫乔萝，我刚从华谷疗养院出来，有些事情想和梅先生面谈。"

对讲机那端的声音停顿了片刻，继而有些着急地问："是不是夫人在疗养院又出什么事了？"

"不是。"乔萝咬着唇，狠了狠心，撒谎说，"只是孟姨有几句话让我带给梅先生。"

那边的女人又迟疑了一下，才说："乔小姐稍等。"

两人在门外等了将近一刻钟，就在乔萝以为自己再度被拒之门外时，院落里有路灯骤然亮起，铁门后也传来开锁的声音，一名清瘦的中年男子走了出来，目光在江宸身上一扫而过，继而落在乔萝脸上，有些惊疑。

乔萝知道他数年前见过自己还有印象，也不掩饰，对他点头致意："你好，我又来打扰了。"

男子也没多说什么，收回目光，伸臂请两人进去："二位请进。"

南方不同北方，北方一到秋冬季节，万物凋零，寸草不生，遍目枯竭萧瑟之态，不似南方的冬季，仍草木葱茏。梅家的园子在整条华阳路上占地最广，花草又多，兼园丁平时收整妥当，这个时候满园尽是葱茏绿色。乔萝走在林间小径上，想起少时跟随秋白从青阁赶来梅宅拿药的狼狈，旧日伤痕渐渐撕裂。

她茫然跟随那男子走入主楼，随后又被引入梅非奇的书房。书房里梅非奇坐在书桌前看着文件。

梅非奇阅完手上文件，签好字，这才抬起头来，静静望向二人。疏朗的眉目隐透阴郁，还有他略含嫌恶望过来的眼神，这一切并不陌生。

想起当初他对秋白的苛刻与羞辱，乔萝满心的忐忑倒是消失无影了，迎着他的目光坦然地说："梅先生，我有几件年代久远的事情想要请教您，不知您有没有时间？"

"有没有时间你不都闯进来了吗？"梅非奇上下扫了她几眼，目光微微一动，"当年和秋白一起回来的那个小女孩是你？"

"是。"

"你姓乔……"梅非奇忽然沉吟起来，目光最终停留在她的眼睛上，想了一会儿，又问："乔桦是你什么人？"

果然，他们都是旧识。乔萝的心弦一颤，坦然道："乔桦是我父亲。"

梅非奇闻言再仔细看了看她，唇角轻勾露出了淡淡笑意，脸色竟也缓和了一些，对她说："前些年听说北京成立了你爷爷的纪念馆，一直是你在管理？"

不想他的话题突然转到这里，乔萝蹙眉，说："纪念馆有专业的团队在管，我只是从旁学习。"

梅非奇手指敲着书桌，想了一会儿，忽然说："我这里也有十几幅你爷爷的画，一直想要送过去，却没有时间。待会儿你走时，就一并带走吧。"

"谢谢梅先生。"虽然他现在和她说话是难得的和颜悦色，但乔萝竟愈发觉得胆战心惊起来，顺势问他："不过，梅家为什么会有这么多我爷爷的画？"

"秋白的爷爷和你爷爷是至交，我和你父亲乔桦是兄弟，乔老的画当然有许多。"梅非奇对她笑了笑，"算起来，你也是我的世侄女了。"

乔萝心想，若真是如此深厚的关系，为什么她从来没有听父亲提起过他？她抿抿唇，没有说话。梅非奇却像看透了她的心思，轻描淡写地解释："你父亲后来和我有些误会，所以没有联系了。"

他既然已说出这句话，乔萝想也不想地追问道："什么误会？"

梅非奇望她一眼，刚才稍显和煦的眉目又阴冷下去。

他把目光从她的脸上移开，望着窗外的夜色，沉默了许久，才叹息道："我知道你是来问什么的了。"

▶ Chapter 10 真相大白

江宸侧过头，看着她毫不设防的睡容，苦涩地想：如果有一天，我放开你了，谁来接着你？

（1）

室中无人说话，一时安静得仅闻几人的呼吸声。梅非奇似乎格外倦累，身体后仰靠在椅背上，双眼轻闭，淡然地问："她说了什么？"

乔萝不想也知道，他指的是孟茵。

乔萝看着他，不敢放过他脸上任何细微的表情变化，缓缓地说："孟姨说，我和秋白是兄妹。"

"她这么说？"梅非奇苦笑一声，摇了摇头，"秋白和你不是兄妹。"

乔萝听闻这话，自见过孟茵后一直紧缩僵滞的心脏这才有了重新跳动的力量。可是还没等她缓过气来，梅非奇的下一句话再度把她打入原状，他淡淡地说："你们虽不是亲兄妹，却是表兄妹。"

乔萝愣住："什么？"

她脑海里闪过那张古典侍女画像，想到那句"望茵茵念卿卿"，呆滞良久，颤声说："你是说……你是说……我、我父亲和孟姨才是……"

"是，他们才是亲兄妹！"梅非奇双眼闭得更紧了些，脸色更是异常暗淡，慢慢地说："你既然刚见过阿茵，那应该从她嘴里听说了花木头和她年少的过往。花木头……花木头……"他声音似笑非笑，阴冷而痛恨，"我一直以为她的花木头是我，却从来不知道，她的花木头另有其人！"

他深深地呼吸，竭力平复自己的情绪，这才接着将来龙去脉一一说来。

三十几年前，乔、孟、梅三家是至交。

那时S市的画院正值鼎盛时期，乔抱石当时是S市画院院长，因早年留学时与孟家夫妇相识，回S市后，三家同在一个城市，感情更是深厚。那时孟茵喜欢乐器，又有天分，因此就拜了梅非奇的父亲为师，梅非奇、乔桦、孟茵三个孩子感情很好，尤其是乔桦和孟茵，青梅竹马，感情深厚。

"不过后来……"梅非奇说到此处打住话头。

乔萝想起他刚才的话，问道："你说你与我父亲有误会？是因为孟姨吗？"

"那确实是个误会，天大的误会！却不关孟茵的事。"梅非奇苦笑道，"三十几年前，乔抱石院长被人污蔑贪污，而且画风崇洋媚外。那个年代的那些事你们这些小辈虽然没有经历过，但也该听说过那时的形势。乔院长被画院排挤，被世人唾弃，画稿也被糟蹋，他不堪其辱，这才自裁而亡。"

乔萝艰涩地说："我爷爷……原来是自裁死的？"

"是。"梅非奇闭目轻轻吸了口气，将有些发颤的声音压低，"你爷爷的死是孟茵第一个发现的，我们先前一直以为她是因为这个精神才受了刺激，其实并非如此……"

当年乔抱石不堪受辱，在家中自杀而亡，目睹这一切的孟茵大受刺激。失去父亲的乔桦被梅家暂时收养，后来乔桦误会梅家是污蔑乔抱石的人，与梅家闹翻，由此才搬去了青阆镇。之后，乔桦便与孟茵没有再见过面，但孟茵的精神也一天不如一天，甚至还会出现幻觉。这才发现她有了癔症。

沉默长久的江宸忽然出声问道："听梅先生的意思，污蔑乔院长的另有其人？"

梅非奇点点头，低声说："是孟茵的父亲孟元青。阿茵先是因目睹乔院长的死受了刺激，后来又发现孟元青是始作俑者，她去质问，却意外从孟元青口中得知她和乔桦是兄妹的事实，重重刺激之下，这才疯癫……孟元青意外发现孟茵并非自己的亲生女儿，自己的妻子在出国期间竟然与乔抱石有

Chapter 10
真相大白

染，心里悲愤难当，便举报了乔抱石，那时孟茵与乔桦早已心意相许，孟茵听到真相，双重打击之下，精神失常。"

"我自以为孟茵背弃了我，听信她的疯言疯语，也轻信当年并不成熟的DNA验证，由此冷落她与秋白多年，这是我这辈子都难以还清的债。"梅非奇最后说道，语气不无悲凉。

他失去了唯一的儿子，没有人比他更悔恨与悲伤。

乔萝和江宸告别梅宅时，梅非奇依诺让她带走了乔抱石的画。车驶出华阳路，江宸见对面街上的超市依然在营业，将车停在路边，对乔萝说了句"你在车里等会儿"，便匆匆穿过马路，入了超市。

乔萝坐在车里，怔怔地望着被盏盏路灯照亮的前方，压积在心里多年的阴霾也因那温暖的灯光渐渐地挥散。

她从不曾想过，这中间一连串的悲剧源头居然是因乔抱石私德有污而生，原来世间因果相报，真是这般公平。

可是秋白又何其无辜？她悲伤地想。

往事皆由此铺陈明了了，唯一没有过去的，是秋白的死。

乔萝本以为是自己的任性行事，以仓促的婚姻作为逼迫，让秋白方寸大乱，他是在赶来阻止她结婚的途中，遭遇车祸而亡。

这些年来，不论是事后理智冷静的推测还是自己一厢情愿的构想，她总以为凭秋白冷静平和的行事，在对方车辆没有违规的情况下，他没有开车贸然撞上的缘由，除非他心神不定且车速甚猛。

秋白为自己而死，这早已成了她刻骨铭心认定的事实。然而江宸却告诉她，这不是事实。秋白对她的婚姻确确实实只是祝福，没有其他。她想，也许自己真的一直活在自己的臆想中，也许自己的确应该回头看一看自己和秋白一起走过的路。也许所有的源头，都在那长远而伤痛的记忆中。

她回头了，开始寻找了，于是第一个答案乍从孟茵口中而出：自己和秋白竟是兄妹。

她差一点就全盘相信了。因为秋白难以解释的移情别恋，还因为——他办公桌上的那张照片，他曾经告诉过她：自己和孟茵是他最亲的人，他当她是妹妹。那时的她对秋白嘴里说的"兄妹之谊"嗤之以鼻并伤心欲绝。可是孟茵的"兄妹"之论却似冷水浇头，让她不得不正视秋白说过的话。

她又想起了外公生前画室里那张酷似孟茵的古代仕女画。因这张画，她一直隐约知晓自己和秋白的关系，也许不仅仅是从青阁镇年少相识的开始这么简单。只是她从没有想过，那幅画的背后原来是那场情事皆非的秘闻。

走投无路的慌乱下，她只有冒昧来找当年的见证人之一，梅非奇。

梅非奇不负她所望，她终于知道了最后的答案：自己和秋白是表兄妹。

她既能寻找到当年的真相，那么聪明如秋白，又岂会不知往事究竟如何？如果秋白已经确认了她和他是表兄妹，那么他的执意分开，便是缘尽于此。

或许，江宸说的都是对的，秋白和乔欢真的相爱了，不是作假，而是真实。

或许，秋白和乔欢的死，真的只是一场不可预料的意外，没有任何她所猜测的别的缘故。

乔萝才意识到许多自己一路自以为是的坚持，到头来不过是场镜花水月的幻想。

此时江宸在超市里转了一圈，手里推着的购物车里物品积压得都堆成小山了，江宸仍觉远远不够。因临近关门时间，超市的广播一遍遍通知顾客

Chapter 10
真相大白

尽快到付款台结账离开，江宸却还在文具商品那块不断转悠。他在彩笔和画纸前徘徊，心里也说不准那小姑娘喜欢哪一种，于是索性各式彩笔都拿了两份，正要放进购物车，转身却见一人身影纤长，安静地站在几步外。

乔萝不知何时也已经进来，看了他一会儿，又挪开视线望着他手上捧着的彩笔。她走上前，在诸多彩笔中挑了一种，轻轻地说："她常用的是这个。"又多拿了三份。

江宸在结账台付了款，想起两人都还没有吃晚饭，便在超市门口的比萨店买了比萨和饮料。

回到车子封闭的空间里，两人潦草填饱肚子。乔萝握着温热的饮料杯子暖着手，转头看了看江宸，似乎有话要说，却又在迟疑中沉默。

江宸只当不察，下车扔了垃圾，靠在车上吸了根烟，才又坐回车内，从导航仪上搜到"青阖镇"，稳稳驱车上路。

下了S市外环高架拐入前往青阖镇的高速公路，沿途车辆渐渐稀少。

"祝儿……她几岁了？"江宸忽然低声问。

"四岁。"乔萝有些累了，本想闭上眼睛休息片刻，听到他的话却又不敢懈怠，正襟危坐，回答得一板一眼："她的生日是五月二十八日。"

相比她的认真，江宸的表情却很闲淡，又问："双子座？"

"是。"乔萝补充，"生肖属牛。"

江宸望了乔萝一眼，不知何故沉沉叹了口气。乔萝抿着唇，脸色有些发白，放在膝上的双手轻轻交握。她并不去看他脸上此刻必然失望悔恨的神色，只是望着路的前方。

（2）

回到青阖时已经是凌晨一点多了，两人的脚步声回荡在幽深狭窄的巷道里，不时惊起隔墙院中的看家犬警惕地吠鸣。走到思衣巷外的石桥时，乔萝脚下微微有些不稳，江宸从旁伸出手递给她，她望了望，握住。

因中午出发前乔萝和坚嫂说过晚上会回来，坚嫂就没有关紧院门。江宸推开木门，见一楼客厅的灯亮着，本以为是坚嫂怕他们晚归看不清路留下的，谁料下一刻门扇吱呀而开，从里露出一个小脑袋来，才知道是祝儿。

祝儿看到他二人低声欢呼，忙从屋里奔出来，扑到乔萝身上。

"怎么这么晚还不睡？"江宸含笑问她，手指怜爱地摸摸她的脸。

祝儿对他已经没有白天的热情，不言不语，只是抬头看着乔萝。她自从知道他们今晚还会回来，就一直固执地坐在客厅里等他们，却没想一等等到半夜，到现在脸色有些倦累，唯独双眼明亮热烈，兴奋而又喜悦地望着乔萝。

乔萝被她的眼神深深刺痛，胡乱将她抱起，快步跑到屋里，上了楼。

她不习惯哄人，只是抱着祝儿躺在床上，缓慢地轻拍祝儿的背。祝儿盯着她看了一会儿，抬起头，试探地在她脸上吻了一下，然后迅速闭上眼睛，紧紧依偎在乔萝怀里，不过一刻就心满意足地睡着了。

乔萝的手轻轻落在祝儿的身上，面色有些怔愣。

自己从没和这个孩子说过她的身世，她却像什么都明白。她虽小，却如此机灵。这些年来随着她的长大，她待自己的一举一动亲昵如斯，非母女牵挂不会如此。

乔萝又想着祝儿刚才等在客厅的举动，她想起当年自己也是这样坐在院门外日日夜夜期盼母亲回来的心情。

她搂着祝儿，孩子绵软的身体贴着自己，分明是骨肉相连，密不可分的。她这样想着时，心中更觉钝痛，似乎有人重拳击溃了她冰封已久的提防，让她的心在万千疼惜不舍的感触里清楚地知晓亲情割舍的异样痛楚。她轻吸一口气，低下头，吻了吻孩子的眉眼，并抹去了那滴沾染在孩子额角的

Chapter 10
真相大白

泪痕。

  从父亲，到外公、外婆，再到秋白……但凡和她亲近的人，无一不离她而去。既是如此，她不如离那些她心中亲爱的人远远的，虽不能陪伴身侧，却也再没有生离死别之痛。

  她实在是怕了，怕守不住祝儿，也怕守不住江宸。

  她擦尽脸上的泪，从床上下来，抬起头，看到江宸倚在房门边，正目不转睛地看着自己。他的眸中情绪万端，让她辨不清他此刻的喜怒。

  "我已经洗好了。"他移开视线，用毛巾擦了擦湿漉漉的头发，话语平淡得没有任何涟漪，"热水我帮你放好了，你也去洗洗吧。"

  乔萝点头，从他身边经过时，低声说："隔壁的房间我今天让坚嫂收拾好了，你睡那儿吧。"

  江宸挑挑眉，不置可否。

  乔萝略有洁癖，即便累了一天倦得不行，却还是花了大半个小时在洗手间将自己拾掇清爽，再回房间时，却见床上除祝儿外，还躺着一个不速之客。

  江宸将祝儿搂在怀里，面容安宁，呼吸绵长，看起来已经睡熟了。

  乔萝在床边默立片刻，坐到床沿，轻轻将被角给江宸掖好。她端详着躺在他臂弯间睡得正沉的祝儿，又细细凝望江宸的五官。同样的完美无瑕，同样的意气飞扬，确实是一个模子里刻出来的。

  乔萝叹了口气，去了隔壁房间。

  第二天乔萝一早就醒了过来，到隔壁房间看了看，江宸已经不见，只剩祝儿睡眼蒙眬地坐在床上，正抱着被子发呆。她似乎也是才醒，看到乔萝，懵懵懂懂地问："我怎么睡在楼上啊？"

她倒是忘记了昨晚自己的黏人，乔萝笑了笑，抱着她到洗手间洗脸刷牙。

两人下楼时，坚嫂正往饭桌上摆早餐，看到她们笑着说："刚好早饭才做成，快来吃吧。"

乔萝把祝儿放在坚叔专为孩子做的餐椅上，目光瞥向院里，空无一人。

她暗自皱了皱眉，在餐桌旁坐下，一边喝粥一边似是无意地问："江先生呢？"

坚嫂去厨房又端来几个煮鸡蛋，也在桌旁坐下，说："江先生一大早就走了，说S市里还有事情没办完。他临走倒是交代，乔小姐要是有事，打电话给他就行。"

乔萝抿唇不语，低头细细地剥着鸡蛋。

祝儿从来不肯乖乖坐着吃饭，每次坚嫂喂她都要费一番劲，今天乔萝坐在桌旁，祝儿虽不敢放肆，但依旧懒洋洋的提不起兴致，一口瘦肉粥在嘴里能嚼半天。

坚嫂心急，想方设法地要让她快快吃完，指着客厅桌上堆满的物品说："你看看那些都是江先生带给你的，有玩的，也有好吃的，你快点吃完饭，吃完就可以去玩。"

祝儿回头看了看，再转过头来，眼睛亮晶晶的，小心翼翼地问乔萝："那个大哥哥……还会再来吗？"

"不知道。"乔萝微微一笑，将剥好的鸡蛋递到祝儿面前，"你快吃饭吧，吃了早饭，我带你出去走走。"

祝儿闻言眼睛更亮了，用力点头："好。"

对祝儿来说，乔萝的这句话远比那些好玩的东西更有吸引力。祝儿一口接一口吃完坚嫂喂来的食物，等一碗粥见底了，忙擦擦嘴巴，拉住乔萝的手说："我吃好啦。"

世界 尽头
I'LL WAIT FOR
YOU
AT THE END OF THE
等到你
WORLD

她的迫不及待溢于言表，乔萝笑笑，也不让她久等，放下碗筷，带着她
出了门。

两人慢悠悠地踱步到巷尾，昨日秋雨一场，换来了今日的晴朗天气。初
阳斜照在长巷内，将两人的身影拉得长长的。

祝儿指着地上自己的影子说："你看，它比我高。"

乔萝笑着说："放心，它中午就比你矮了。"

祝儿摇摇她的手，甜甜一笑，抬眼望着巷尾，大喊："坚爷爷，祥爷
爷！"

长河边祥伯的杂货店几年前又重新开张了，相比十数年前他立志将杂货
店经营成青阁第一旺铺的雄心，此时开店不过是晚年聊以慰藉的寄托。

此时祥伯和坚叔正坐在店前的台阶上抽着水烟聊着天，听到祝儿的呼唤
忙回头，张开双臂，眉开眼笑地说："小祝儿来喽，快来让祥爷爷抱抱。"

祥爷爷一抱就有糖吃，祝儿毫不犹豫地飞奔过去。

祥伯抱着她，变戏法一样从身后拿出几粒奶糖来，逗得祝儿拍手大乐。

坚叔看到乔萝步步近前，有些拘谨地站起来："乔小姐来了。"

"嗯，我来这边看看孟宅。"乔萝怅然望了一眼对面的孟家小楼，问
道："坚叔，你身上带着孟宅的钥匙吗？"

坚叔低头似乎犹豫了一下，才咬牙说："有。"转身去开了小楼的门。

四年前，乔萝交了一笔钱给坚叔，拜托他将孟宅翻整大修，其后坚叔坚
嫂又常来打扫这里，故屋里亮堂光洁，往日的颓败萧条早已远去，桌椅摆设
依稀仍是秋白母子居住此间的情景。

乔萝站在门外，静立片刻，才转身对祝儿说："过来。"

祝儿忙从祥伯身上爬下来，紧紧拉住了乔萝的手。

乔萝带着祝儿走进孟家小楼，在楼下驻足一会儿，便上了楼。

楼上客厅依旧空荡生风，除一琴案、一破旧书桌和两张长椅外，别无其他陈设。乔萝拉开临河窗前的竹帘，默然望着楼下的长河。

"这是谁的家啊？怎么什么都没有啊？"祝儿好奇地打量四周。

乔萝动了动嘴唇，想说什么，却发不出声音。

每当回到这里，不需她费尽心神地回忆，往事一桩桩便似活物一般，异常清晰地浮现于她的眼前。

与秋白共抚琴的琴案，与秋白共写作业的书桌，与秋白坐在一处编织风筝的长凳，与秋白逃避大人的视线偷偷拥抱的角落……到处都是他的影子，到处都是他的气息，她只要轻轻闭眼，便能感觉他的身影缠绕周围，从未逝去。

她定了定心神，带着祝儿朝一侧的房间走去，推开房间的门，看着光秃秃的床板，僵立片刻，面色骤变。

"乔小姐……"坚叔不知何时上了楼，走到她身侧摩挲着双手，心虚地说，"乔小姐，我，我对不起你……那个房屋模型，前几天有人来买，我……卖掉了。"

乔萝难以置信地盯着他："你怎么能够卖？坚叔，你……"她竭力压抑怒火，低声问："你卖给谁了？"

坚叔愧疚不安地解释："我前段时间玩牌九输得太多……当时那个人过来老在孟家楼前走动，说要进来看看，只要我让他进来转一圈，他就给我一千块钱。后来……我就让他进来了，谁知道他一眼看上了那个模型，他还说他是孟家母子的故交，想买了收藏做个念想，他说，他能给我五万块钱……我一时昏了头，想那个模型放在这里三四年了乔小姐你也没动它，就卖给他了。"

"那个人？"乔萝皱眉冷冷地问，"是不是给你孟姨地址的人？"

Chapter 10
真相大白

　　坚叔点点头，脸上的神情很懊恼，忙又说："那人走后，我才后悔……乔小姐，那五万块钱我动都没动，你要是认识那个人，能不能把钱还给他，把模型要回来？"

　　事情要是如此简单，章白云也不必费这么多周折了。乔萝面色冰寒，望着窗外抿唇不语，直到察觉到祝儿的手颤了颤，她才微微缓和了神色，抱着祝儿下了楼。

　　刚走到林家老宅外，乔萝便接到了顾景心的电话。电话接起，顾景心一反往常爽利痛快的行事，说话支支吾吾的，问她青阖的事情办得怎么样了，什么时候回北京。

　　"是不是出什么事了？"乔萝问。

　　顾景心犹豫了一下，才语意含糊地说："你们家出事了。"

　　乔萝疑惑地皱眉："我们家？什么事？"

　　顾景心破天荒地长叹一口气，无可奈何地说："你没看今天娱乐新闻的头条？江宸他老爹平时藏着的小三现在堂而皇之逼宫了。"

　　"什么？"乔萝匆匆挂了电话，用手机搜了搜，赫然看到那篇标题为"韦颖戴鸽子蛋手挽富豪，疑将入主豪门"的浮夸新闻。新闻上附了一张近日某财经论坛晚宴上的照片，江宸的父亲江缙揽着韦颖出席。年轻貌美的女明星着一身Valentino高端定制礼服，贴身华丽的丝质长裙恰到好处地勾勒出她紧致曼妙的身材，颈上更戴着价值不菲的红宝石钻石项链，左手佩戴十克拉的钻戒，确实是艳光四射，顾盼飞扬。

　　乔萝关了屏幕，长长叹了口气。感觉有人拉着自己的长裙，乔萝低头，见祝儿仰着脑袋看着自己，一脸的莫名。她苦笑了一声，蹲下身摸着她的脑袋说："我有事要先回北京，下次……"

她的话没有说下去，因为她看到了祝儿眼中的失望与浮闪的泪光。

（3）

乔萝虽是江家的媳妇，但对江缙此人一点都不熟悉，平时家庭聚会也很少见到江缙出席。她只知道江缙前半生继承了江润州的衣钵，在美国时是个著作等身、受人景仰的经济学教授。可是回国后，江缙在众人大跌眼镜的错愕中宣布弃文从商，以国外强大的资本力量为支撑，在国内强手云集的电商市场硬生生分得一杯羹。近些年江缙将生意做得风生水起，经营方向早扩充到高新科技研究、房地产、医药等众多行业，说来也是商业骄子。

想是人成名后总是吸引着各色眼光的注视，交际圈子不免也浮华奢靡了些。这个韦颖和江缙的猫腻，乔萝偶有听闻，只是一来江缙是自己的长辈，二来那些小道消息大都是捕风捉影，她也就没有太在意。但看了这次媒体明目张胆地曝光，才知确有其事，事态比她想象得也更为严重。

江宸的母亲叶楚娟生性温柔，平日对乔萝极为照顾，当她是亲生女儿般疼爱。乔萝虽和江宸关系冷淡，但因江缙在外忙碌时叶楚娟时常一人在家，乔萝便和她走得亲近些。如今看到这条新闻，乔萝第一个放心不下的便是叶楚娟，再难在青阁安稳待下去，只得提前离开回北京。

去S市机场的路上她给江宸打了电话，那边始终无人接听。乔萝心中有些担心，不知他一早离开是否和江缙的事有关。以江宸眼里容不下半粒沙子的脾气，只怕和江缙对峙时场面极难控制。他们父子常年不曾相处一起，关系本就薄弱，若是因此而彻底崩裂，那倒是遂了小人之愿了。

除此之外，她还牵挂那个建筑模型的去向。那是她当年婚礼后第三日从快递公司收到的礼物，送礼物的人虽不曾署名，但那欧式古堡和中式亭台楼阁相结合的建筑昭然表明了送礼人的身份。除了秋白，谁知道她曾经说的那

Chapter 10
真相大白

句"天鹅堡与留园"的戏言？除了秋白，谁又能将她的戏言变成真实？

她将那模型视若珍宝，费尽心思才从美国带回国内，又辛辛苦苦亲自开车一天一夜，将模型千里迢迢从北京运回青阆。她将模型放在曾经年少时说出戏言的地方，以为那里是它真正的归宿，却不料最后竟被章白云轻而易举地夺走，想想她心中便揪痛万分。

登上飞机时已经是傍晚了，坐在乔萝身边的祝儿是第一次出远门，更是第一次坐飞机，一路兴奋得脸色通红，东张西望，贪婪地看着周围一切风景。直到夜色降临，祝儿这才疲惫下来，趴在乔萝怀中满足地睡去。

她最终还是舍不得把祝儿留下来，坚叔坚婶虽然不舍，但是也知道这样对祝儿好，只有含泪挥别。

乔萝向空姐要了毛毯盖在她身上，低头看着她沉睡的面容，摸着她红彤彤的脸颊，心里突然觉得充实而又温暖。

就将她留在自己的身边吧，不管命运如何残忍，际遇如何艰难，自己总归会尽一切力量来守护她、陪伴她，不让她成为第二个自己。想到这里，乔萝眼睛有些酸涩，低下头，将轻吻印在祝儿的额头。

乔萝既然已经回北京了，第二天便要去上班，一早将祝儿送到林蓝那里。林蓝自年过五十后，身体一直不太好，便提前从出版社退休。她一人闲在家里也很无聊，因此看到祝儿倒是很开心。

只是听乔萝说从此她要带着祝儿时，林蓝才觉得奇怪："你带祝儿？你为什么带祝儿？坚叔坚嫂舍得把孙女交给你？"

乔萝笑笑不答，只摸着祝儿的脑袋说："快叫外婆。"

祝儿搂着林蓝的脖子，乖乖地喊："外婆。"

正当林蓝在这声甜腻腻的呼唤里分不清南北时，乔萝朝祝儿眨眨眼，悄然关门走了。

秋拍的预展已经结束，拍品举槌的场次接踵而至，乔萝回到公司跟凌鹤年报到时，正是公司上下忙得最不可开交的时候。

珠宝场安排在三天后周五的下午。乔萝从助理那得到了这些天她不在时所有前来咨询的意向买家资料，按类分批一一圈定，针对几个熟悉的客户她又分别打了电话寒暄并仔细询问他们的竞拍意向，而后又和部门副经理讨论了这次拍卖初槌与终槌的安排，再完善了此趟珠宝场后将举行的珠宝大师年会方案。待所有的事情都一一处置妥当了，她看了看时间，才发现已经下午五点半了。

乔萝揉了揉额角，想起回来的初衷，先打电话给叶楚娟说待会儿回家去看她，接着又拨通江宸的电话，等待良久，那边才迟迟接起。

她问他在哪里，江宸说在律师事务所。

他果然是不声不响提前回来了。

乔萝心中暗自叹气，又问他晚上有没有时间回家吃饭。

江宸一时没有反应过来，静默片刻才问："回家？"

"回爸妈那儿。"乔萝摸不清他到底有没有看到那条新闻，只得在电话里委婉地说："我刚给妈打了电话，说我们从青阁带了一些特产回来，晚上去看她。"

江宸又沉默了一会儿才说："你先去吧，我在开会，会散得早的话就回去。"

"好。"乔萝挂断电话。

乔萝到江宅时，见门前停着两辆黑色宾利，又见车里还有司机在等，家中帮佣的吴阿姨接过她带来的新鲜竹笋和大闸蟹，告诉她："是叶家来了

Chapter 10
真相大白

人，和夫人在书房说着话呢。"

叶家来人？乔萝只是若有所思地看了客厅走廊深处的书房一眼，也不多问，笑意盈盈地揽着吴阿姨进了厨房，边给她打下手，边听她扯些家长里短。等到吴阿姨这边饭菜都忙得差不多了，那边书房的人还未出来，乔萝只得过去请他们吃饭。

走到书房外，手刚要敲上房门，却听里间有人冷笑："大姐，事已至此他分明是撕破脸皮毫无顾忌了，他把你的颜面踩在脚底，把我们叶家的颜面踩在脚底，临了，难道你还要顾全他的颜面和他的将来？"

叶楚娟轻声叹气："我只是想，即便离婚，也不必做得如此绝情。"

那人听闻此话声音更冷："我倒是不明白，究竟是谁先绝情的？江缙先前做学问时，我还以为他是斯斯文文的君子，没想到一旦沾了钱沾了权，就开始声色犬马。当初要是料到他这样人面兽心……"

叶楚娟冷喝："楚卿！说到底他也是你的姐夫，你怎么能够这样说他？"

房中一时歇了声响，片刻后却传出第三人的声音："姑姑，小叔叔的话虽然难听，但说的确实是实情。虽说这个圈子里有花边事的人多了去了，但这样明目张胆玷污原配的却是少见。姑父他……的确太过分了，爷爷为这事也气得心脏病发。"他顿了顿，又说，"小叔叔先前说得不错，姑父当初拿着你的嫁妆起家可能是受到了叶家的冷言冷语，但我们叶家曾把电商这块市场拱手相让。即便他如今涉猎商业地产了，我们叶氏也只有合作，从无中途阻拦，如此已经够仁至义尽了吧。当年的那些小怨小气难道他还不能消？姑姑，小叔叔这也是为你不值。"

叶楚娟苦笑道："楚卿是为我，我当然明白。只是叶家对江缙是不计前嫌，不过在他看来，这些都是叶氏恩威并施、想要控制他的手段。曾经爸以为他是书呆子瞧不起他下海经商，他向来心高气傲，怎能受得了这样的轻视？连我也低估了他的志气，他如今扬眉吐气了，自然想要甩开压在他身上的叶氏这座大山。所以，从某些方面来说，我理解他如今的所为。"

"姐姐！"叶楚卿压低的声音犹如寒冰飞雪，听叶楚娟还在为江缙解脱，显然已经挑战到他忍耐的极致。

"你先听我说完。"叶楚娟不急不缓地说，"你先前说要联络各大电商狙击江氏，我却觉得大可不必。先不说我和他总算夫妻情分一场，真要闹到在商场斗个你死我活的地步，那不仅是悲哀，还是可笑，更徒遭旁人的口舌。何况，我还有小宸要顾及啊。"

提到江宸，她平缓的声音里难以控制地流露出几分哀伤和自责："年轻时我只顾念和江缙的爱情忽视小宸多年，他成长的那些年，我从没有尽过为人母的职责，如果现在我再和江缙一般见识，小宸以后要怎么办？"

说到这里，她似乎下定决心，轻吸一口气，慢慢地说："楚卿，你回去告诉爸，这是我自己的事，我自己来解决，不需让叶氏和江氏拼个两败俱伤。而且江氏的股份我占得比江缙多，真到离婚时，大伤元气的也是他。"

叶楚卿叹息："我只是怕姐你又心软……"

叶楚娟轻笑一声："你放心，我不会了。这大半辈子，什么荣华富贵、委屈苦楚我没尝过？难道还不明白吗？"

话至此处，书房里三人陷入沉默，一时没了声响。

乔萝这才屈指敲门，看着从里间拉开门的年轻男子，微微点头："叶晖，你来了。"又对书房里另外两人含笑说："妈，小舅舅，吴阿姨做好饭了，快出来吃吧。"

叶楚娟眼圈微红，显然刚哭过。她轻抬手指抹去眼角的泪，对着乔萝温和一笑："小乔回来了啊。"

叶楚卿披上风衣起身，他眉眼俊冷依旧，因刚才动过怒，此刻的脸色更有些让人敬而生畏，他对乔萝淡然地说："你陪你妈吃饭吧，我和小晖还有事，先走了。"

叶晖拿过外套跟随在他身后，经过乔萝身边时，嬉皮笑脸地说："听景心说表妹回青阁了，这是刚回来？阿宸不是千里追佳人去了吗？你都回来了，怎么不见他人影？"

刚才听他言词十分成熟冷静，转瞬又是玩世不恭的模样。

乔萝倒也习以为常，回答道："阿宸在开会，晚些回来。"

叶晖回头再看了叶楚娟一眼，压低声音在她耳边说："小乔，好好陪姑姑。"

乔萝点点头："我知道。"

叶楚娟和江宸一样爱吃青阁的嫩笋，晚饭时她和乔萝又聊得愉快，胃口极佳，吃了不少的饭菜。用完饭后两人在院子里散步，叶楚娟望着草木满庭却毫无人气的空寂院落，叹了口气："小乔啊，不如你和小宸回来陪我住几天吧。你看这院子又大又空，平时只有我和吴阿姨两个人，冷冷清清，到了晚上也怪瘆人的。"

乔萝笑着说："我正是这样打算的，行李箱都拎过来了，以后少不了在妈眼前转悠现眼，你可别嫌我烦。"

"好孩子。"叶楚娟感激地拍着她的手背。

两人慢慢踱着步，叶楚娟问乔萝前几天回青阁因为什么事，乔萝一两句带过，又跟她说起拍卖场上的几桩趣事。婆媳二人说得正开心时，忽听院门外传来汽车擦地而止的声响，似乎是有谁来了。

叶楚娟握着乔萝的手说："是不是小宸回来了？"

不等乔萝回答，她已急急地往院前走去。来人已经进了楼，叶楚娟到客厅一看，江宸坐在沙发上，吴阿姨在旁边问他有没有吃饭，要不要热些饭菜给他送来。

"吃过了，你别忙了。"江宸疲累地按着眉心，瞥了眼跟叶楚娟身后的乔萝，停驻片刻，淡然挪开，又问叶楚娟："叶晖说下午他和小舅舅来过了，让我回来一趟，说你有话跟我说？"

"是啊。"叶楚娟声音涩涩的，想了想才说，"去书房谈吧。"

等他们母子去了书房，吴阿姨去厨房收拾残局，乔萝则提了行李箱到了楼上的房间。

这个房间是专为她和江宸留下的新房，房间里的家具复古华丽，墙壁以纯粹的白色和浅淡的金色为主色调，不大的空间被叶楚娟布置得美轮美奂，只可惜他们却一晚都没住过。

乔萝把衣服在衣柜挂好，到浴室洗澡，再出来时，见江宸已经躺在贵妃椅上。他双臂枕在头下，闭着眼睛，房里橙黄的暖色灯光照着他的面庞，映得他肤色极为苍白。

乔萝倒了一杯开水放在一侧矮几上，问："你和妈谈好了？"

江宸剑眉微微一皱，唇角上扬，似笑非笑地说："谈什么？不过是个通知罢了。"

乔萝迟疑地说："爸妈……真的要离婚了？"

"事到如今能不离？"江宸的语气清冷淡漠，似在说着不关己身的事。过了一会儿，他终于睁开双眼，像是正思索着什么，望着乔萝，目光深远莫辨。

他突然问："小乔，你知道什么是婚姻吗？"

乔萝静默了良久，轻声说："我不知道。"

江宸又认真地看了看她，目光专注似初次相识。

在她被看得茫然失了头绪的时候，他笑了几声，摇摇头："其实我也不知道。"

Chapter 10
真相大白

他叹口气，起身从衣柜里取出换洗的衣物，进了浴室。

他出来时乔萝已经躺在床上了，拿着平板电脑正在看拍卖会前要播放的宣传短片。见江宸掀了被子也上了床，乔萝忙往里边让了让，也不言语，收起电脑，在床沿处靠边躺下。

江宸远远地在另一边躺平，等乔萝熄了灯，他在黑暗里听到她轻柔绵软的呼吸声，本来疲惫纷乱的思绪越发清醒。

不知道过了多久，她的气息已变得十分平稳。同床异梦，她倒能睡得这样安详。

江宸侧过头，看着她毫不设防的睡容，苦涩地想：如果有一天，我放开你了，谁来接着你？

小乔，你究竟何时才能醒？

▶ Chapter 11 一如初见

他静静地看着她，片刻，欣然而笑。乔萝恍惚觉得，这亦是当年飘摇的柳枝后，那俊美
绝伦的少年对她暗中展开的笑颜。

（1）

周五下午嘉时珠宝场的拍卖会上，意向买家济济一堂。开场前半个小时，乔萝和拍卖师进行了最后对拍品介绍的商榷，正要去贵宾室招待几个老客户，转身不经意的一瞥，看到工作人员正引着章白云进场。

二人再度见面，章白云待她的礼仪非常绅士，上身微倾，伸手与她相握，脸上的笑容更是恰到好处："乔小姐，我如约来了。"

乔萝不动声色地微笑："章先生想来是对志在必得的东西从不缺席。"

话里有话，章白云自然听出，与她相视一笑，并无多言。乔萝招手叫来关欣，嘱咐她招待好章白云，自己则说了声"失陪"，转身往贵宾室去了。

叶家向来是拍卖场上的常客，顾景心更是存心要捧乔萝的场，一早就撺掇了叶晖来拍卖会。谁料到了拍卖会后被引入贵宾室，叶晖忙着和别人周旋，根本无暇顾及自己，顾景心气鼓鼓地坐在一旁，把手上一本拍卖图录揉搓得七零八落。

直到看到乔萝进来了，顾景心才目光一亮，欢呼雀跃地跑上前，挽着乔萝的手臂，撒娇道："你终于出现了，我一个人快无聊死了。"

"周围这么多人，叶晖没有给你介绍吗？"

"介绍了也说不到一处去。"顾景心耸耸肩，"他们都是阳春白雪，唯独我是下里巴人。"

"你呀！"乔萝无奈地点点她的额头，正要领着顾景心去结识几个不错的朋友，转身时却恰好看到刚刚到达贵宾室的二人，目光停滞片刻，脸上的笑容也险些挂不住。

江宸着一身笔挺的黑西服玉树临风地站在那里，其同行的女伴有张艳压群芳的面孔，紧身旗袍衬出玲珑有致的魔鬼身材，玉臂轻轻揽着江宸的胳膊，美眸飞扬睥睨众人，这气场着实是趾高气扬。

"韦颖？"顾景心在乔萝身旁倒吸冷气，低声怒喝，"江公子搞什么名堂？"

乔萝的脸色不过僵愣了数秒，随后仍是一脸笑容地走到二人面前，微笑着问："江律师今天还真是稀客，你不忙了吗？"

江宸面色如常，目光也是毫无波澜，淡然地说："无论多忙，我今天都要来的。这次拍卖有件我感兴趣的珠宝，难道你不知道？"

"当然不知道。"乔萝的目光瞟过韦颖的面庞，含蓄地说，"江公子的兴趣广泛，口味更是独特，我岂能事事知晓？"

江宸闻言扬扬眉，好整以暇地一笑。

韦颖看着乔萝数秒，似才反应过来，"啊"了一声，手从江宸臂弯间抽出，含笑与乔萝握手："原来是江夫人，我和江律师只是朋友，陪他来拍卖场上看看那些珠宝而已，你别误会。"

"朋友？"乔萝念着这两个字，颇觉玩味，"放心，我不会误会。"

她再看了一眼江宸，嫣然一笑，缓步离去。

那边的叶晖自然也发现了此处的突发状况，等乔萝离开后，他走来一把拉走江宸，至清静的角落恨恨数落："你昏头了吗？不怕待会儿媒体看到了报道出去引来笑话？"

"媒体报道了才好呢。"江宸满不在乎地说，朝韦颖的方向瞥了一眼，冷漠一笑，"也幸亏她是个脑子不好使的。"

叶晖有点糊涂："你什么意思？"

Chapter 11
一如初见

　　江宸也不解释，只说："你待会儿帮我个忙。"然后轻声和叶晖交代了。将要离开时，叶晖拉住他，脸上的表情彻底迷茫，问江宸："说清楚啊，你究竟有什么企图？"

　　江宸无奈地苦笑："能有什么企图？走投无路下，无可奈何的烂招罢了。"

　　拍卖会以珠宝大师唐世英设计的Orpheus戒指为初槌，落槌以Harry Winston祖母绿钻石项链告终。

　　Orpheus戒指顺利被章白云凭一百二十八万的高价拍得，而结束前最后一轮关于Harry Winston祖母绿钻石项链的竞价更是引起了拍卖场上好一番追逐，随着竞价数额的一升再升，最终落槌敲定在四千九百万的天价。

　　最后的竞逐时，叶晖看着身旁的顾景心望着江宸一脸愤然地频频举牌，心道有这个小祖宗在这儿为乔萝抱不平，江宸算是白拜托我了。江宸和顾景心轮番举牌，渐渐也有些不耐烦，最后一次径直将价格从四千万加到四千九百万，顾景心还想举牌时，一旁的叶晖却按住了她的手臂，低声说："这个价格已经够了。"

　　顾景心不甘心地问："他亏了吗？"

　　叶晖微笑着说："亏大了。"

　　"那好吧。"顾景心悻悻地看着拍卖师落槌。

　　本次拍卖会上最贵的珠宝已经产生，等候在拍卖场外的媒体及时得到消息，看到江宸携韦颖出来，蜂拥而上，长枪短炮齐齐对准二人。

　　在听记者问及高价拍得祖母绿钻石项链是否要讨佳人欢心时，江宸在闪光灯下和煦地微笑："诸位误会了。我是受我父亲所托前来参加这次的拍卖会，这条Harry Winston祖母绿钻石项链也是我父亲看中了要送给我母亲结婚三十周年的礼物。还有，韦小姐是我们家庭的朋友，各位媒体记者以后千万别再误会做出些不实的报道。诸位也知道江某的职业，若到时因为侵犯名誉权等事要追究你们的法律责任，那就不好看了。"

他语含笑意不紧不慢地缓缓道来，言词绅士十足，却听得一众媒体讪讪而笑，更听得一旁的韦颖面如土色，即便再精致的妆容也难掩饰其狼狈不堪。

"精彩！"章白云旁观一切，含笑拍掌，对站在离自己不远处的乔萝说："乔小姐的丈夫真是个人才，谈笑间不费吹灰之力地解决了你公公婆婆的婚姻危机。"

乔萝的视线从江宸身上挪开，望着章白云，微微一笑："阿宸再怎么有才，只怕也不及章先生的心思叵测。"

"乔小姐此话何解？"

"你不清楚？"

"是为那个房屋模型？"章白云故作恍然大悟，目光一如既往的干净纯澈，脸上神情也是落落大方，含笑说："若是乔小姐愿意将一个东西让给我，我愿意将房屋模型拱手归还。"

此人得寸进尺当真无耻，乔萝心中对他厌烦至极，脸上却丝毫不露异色，轻笑道："你还要什么？"

章白云的目光终于意味深长起来，望着她说："三年的时间。"

拍卖会完美落幕，随后的珠宝大师年会也顺利展开。等忙完了手头善尾工作，乔萝得到凌鹤年的批准放了一个小长假。

她在江宅住了已有一星期，这天见叶楚娟心情颇佳，江缙那边也不知江宸是如何劝说的，中午的时候总算打电话说晚上回来吃饭。这样夫妻重聚、相互坦诚的时候自己不能留下做电灯泡，于是下午乔萝便找借口从江宅搬出，又回了自己的公寓。

在家中收拾了一番，正要出门去林蓝那儿接回祝儿，手机突然响起。

垂眸看着屏幕上江宸的名字，乔萝定了定心神，接听。

"有时间吗？"江宸在电话里以难得温和的语气对她说，"我想和你吃顿饭。"

等乔萝赶到约定的餐厅时，江宸早已在此等候。往常连订座都难的餐厅，今晚客人竟只一桌。

红烛、玫瑰、拉着小提琴的侍者、翩然于台上的舞者，一切的一切都华彩斑斓，胜似梦幻，更似曾相识。

江宸等乔萝在对面坐定，按了一旁的服务键，服务员将他事先点好的菜依次送上。

乔萝有些惊讶他今晚不寻常的举止："这是做什么？"

"我们多久没这样一起吃过饭了？上一次这样吃饭，大概还是你二十岁的生日。"江宸轻描淡写地说，"作为丈夫，我还真是失职。"

他给她倒上红酒，笑了笑："我只是想和你好好吃顿饭，好好聊一聊，你别太惊讶。"

吃个饭需要这么奢侈？还是江缙和叶楚娟的关系难得的缓和让他高兴如此？乔萝默不作声地看他片刻。

这顿晚餐愉快用毕，江宸坐在那里，一时没有离开的意思。他看了乔萝一会儿，忽然挥手让侍者、舞者都退出去。等餐厅只剩下两人时，他从身边的空座椅上取过一份文件夹，递给乔萝："你看看吧，如果没有异议，我们签了吧。"

"是什么？"乔萝接过文件，扫了一眼，抬头，脸色微变。

文件抬头写的字再清楚明白不过——离婚协议。

乔萝低头看着协议许久，才缓缓抬起头，望着他沉静的面庞："你决定了？"

"我决定？"江宸失声笑问，"这不是你一直想要的吗？"

他手臂搁在桌沿，指尖轻敲桌面上的花盘，又问："离婚后，祝儿归谁？"

乔萝再度盯着他，难以置信地问："什么？"

"祝儿是我的孩子，不是吗？"江宸静静地望着她的眼睛，"她既然是有爸妈的孩子，做母亲的你不愿带，我这个父亲却很想陪着她。"

乔萝抿唇不语，轻燃的烛火映入她深黑的双眸，竟照不出一丝光亮。

江宸叹息道："小乔，我自以为我很了解你。直到这次跟你去了青阆，我才发现我对你其实一无所知。你和我都是小时候父母不在身边，心里对亲情有着渴望和期待，我以为你与我能感同身受，长大后成家立业，能够极注重亲情，最起码知道父母守护在孩子身边的意义。可是我没想到，你竟然将祝儿一人放在青阆镇，她才那么小，你怎么忍心？"

乔萝低头苦笑，依然不言不语。

"当年我念JD正是课业繁重的时候，你妈生病你回来陪伴，祝儿就是那时候出生的吧？"江宸轻叹一声，摇了摇头，"你瞒得我好苦。我现在也明白了，你的心既然不在这里，一纸婚约对你我根本毫无意义，从头到尾不过是我自欺欺人。小乔，我们离婚吧。"

"好。"乔萝低声说。

终于孤子一身了，得偿所愿。

可是为什么，心痛竟如刀绞，眸中酸涩发热，竟有泪流成河之势。

是为女儿离开身边的不舍吗？还是为面前这个人终于放弃了自己？

没有人能知道。她也不知道。

离婚协议两人并没有立即签订，江宸的意思是，双方虽然是名义上的婚姻，但还是有些共同财产。江宸在协议中将所有财产都给了乔萝，并约定半个月内完成这些财产转让手续，然后再召集双方父母坐下谈一谈，说明他们的婚姻状况，不能不声不响地离婚，免得到时双方父母知道了消息会措手不及。

乔萝默默无言地收了协议，一切皆由他安排。

她去林蓝那儿接回了祝儿。夜晚搂着女儿睡觉时，她望着窗外月色辗转难眠。她小心翼翼地从床上坐起，看着梳妆台上秋白的照片，又想着那份不知何故握在手里总觉烫手的离婚协议，只觉心烦意乱，忍不住抱头无声哭泣。

一只小手摸上她的肩头，轻轻拍着她："妈妈？"

乔萝心中发颤，这还是祝儿第一次叫她"妈妈"，软软糯糯的声音满是关切和紧张。乔萝抬起脸，泪眼蒙眬地看着祝儿极似那人的五官，心骤然撕裂般痛。

她突然明白，这些年她浑浑噩噩、任性放肆地往前走向没有归路的深渊，她从不害怕从不愿回头，只因她知道自己的身边永远有他守护。他从没有放弃她，他一心宠护着她，才让她有了这样肆无忌惮、自私冷漠的心。

她原来是这样的可耻，如此依赖着他，却又如此伤害着他。

乔欢原来说得没错，她总是觉得自己在失去，却从来不知道自己已得到了世上最好的感情。

可是现在，他是永远不能原谅自己了吧？乔萝浑身颤抖，紧紧抱住祝儿，如同抓住最后一根浮木。

（2）

三年后，美国纽约。

西切斯特郡哈茨代尔郊外，芬克里夫墓园。

这是盛夏的季节，墓园长道两旁种着数不清的云杉和枫树，繁密的枝叶遮蔽流火日色，也褪去了世外所有的浮躁，映得整座墓园清寂且平和。

章白云携带一束君子兰，穿过林荫道，越过芬克里夫纪念堂，缓步往东边的陵园而去。那里修剪齐平的草地中央，一座座早年石制的墓碑安详竖立，因有青翠的大树与鲜艳的花朵环绕四周，静穆的氛围里并无一丝萧瑟阴森。

他行走在草地上，脚步甚轻，唯恐惊扰此处安息的亡灵。再向前走了几步，他停下来，看到自己要拜祭的那座墓碑静卧在冬青树下，有人已经站在那里——黑色长裙包裹的身躯纤长柔美，是这三年里他每次来此都能遇到的熟悉身影。

他走上前，在碑前已经摆放的白色欧石楠旁，放下他带来的君子兰。

她对他的到来不闻不问，只是凝望着墓碑上简单刻写的名字与生卒年月，长久地沉默无声。

章白云合手低头，照例按中国的礼仪对着墓碑拜了三次，然后才站直，叹了口气。

"祝儿呢？没来吗？"章白云环顾四周，话刚问出，便看到数米开外，那小小的身影翩跹在树影花丛里，正在采摘花朵。

章白云笑了笑："几个月不见，似乎又长高了许多。"

乔萝这才把目光从墓碑上移开，对章白云微微一笑："没想到你今天还会来。你上周说度假山庄马上要开始营业，我以为你早忙得不可开交了。"

章白云轻笑道："别的事也就罢了，但那个山庄是秋白留给你的，这几年我也没有白白浪费时间，如今山庄建成，我既没有辜负秋白的遗愿，也不枉当年从你手上把那模型夺走的无赖。小乔，我说话算数，三年的时间已到，我依言归还当初从你那儿夺走的东西。不过，不是那个模型，而是真的山庄。"

乔萝不为所动，神色平静："我如果只要模型呢？"

"为什么？现在一切皆备，只等你回去接手。"章白云见乔萝欲言又止间神色有些复杂，自以为了解她的担忧，便又耐心地劝解，"你是不是担心自己管理不了山庄的运营？你放心，我给你配备了经验最丰富的团队。这个安排，梅氏的高层也都同意。何况这是秋白亲手给你设计的山庄啊，只有你才能懂得它存在的意义，也只有你才能最珍惜它。"

乔萝见他如此坚持，一时只是微笑，并不作答。

"妈妈！"祝儿采摘了满满一怀的鲜花，蹦蹦跳跳地过来，朝她炫耀，"你看，我摘了好多花，这些是给梅叔叔的，这些是给大乔姑姑的。"

乔萝摸摸她的脑袋，柔声说："祝儿真有心，去放下吧。"

祝儿俯身在此处碑前摆好一束鲜花，又去不远处的大理石碑前，将乔萝刚才放在那里的白玫瑰往边上挪了挪，放下她自己摘的另一束花，再欢快地跑回来时，才注意到一旁的章白云，甜甜地喊了声："章叔叔。"

"乖。"章白云将她抱起来，看着她天真烂漫的笑容，缓声问她，"祝儿来美国三年了吧？想不想回青阁？"

祝儿眨眨眼睛，不假思索地说："当然想了，我好想坚奶奶和坚爷爷，外婆也很久没来美国看我啦。"

章白云揉揉她肉嘟嘟的脸，转头含笑望向乔萝。

乔萝明白他目光中的含义，笑着抱过祝儿，对章白云先前的邀请仍无回应。

其实乔萝和章白云的关系改善是从三年前，她第一次在秋白墓前看到他时开始。那是冬日的雪天，她带着祝儿刚到美国，来墓园祭拜秋白和乔欢时，看到章白云独自站在雪地里的墓碑前，白衣白裤，连苍白的脸色也融入了这雪白的天地。他是一个看起来永远深不可测而又特立独行的男人，唯独一双眼睛，异常精神且格外清澈，是他全身最光彩盎然的一处。

也是那天，章白云对她讲起了自己与秋白的过往。她这才知道，章白云曾说他是梅家的远亲，这句话其实并不假。章白云的母亲也姓梅，是梅家在民国时期就已远赴欧洲的一脉。而他的母亲论资排辈算起来，应该是梅非奇的远房堂姐。

章白云和秋白的第一次见面，是梅非奇带着孟茵去瑞士治疗的那段时间。章白云的母亲在瑞士是位颇具名气的医生，二十年前，梅非奇因缘际会和海外梅氏恢复了联系，也意外得知这位堂姐曾经的导师正是当时世界上治疗癌症最为权威的教授，于是拜托了她，安排孟茵赴欧就医。章白云和秋白也是因此相识，一见如故，遂成好友。其后秋白去美国留学，惊喜地发现章白云竟是他的同系学长，两人关系也因此越走越近，渐而亲如兄弟。

也正因如此，秉性内敛的秋白虽对周围的人藏着一切心事，却唯独不瞒这位兄弟。秋白那些年所有的苦恼和无奈，以及最终匆匆而逝的遗愿与憾事，章白云——清楚明了。

也是三年前秋白的墓前，章白云才终于向她坦诚了一件令她吃惊非常的事。章白云曾经动过一次心脏手术，如今他胸腔里那颗充满活力而又健康的心脏，是属于秋白的。

也许就是因为这样，乔萝如今望着章白云，有时候恍然会以为是秋白，千疮百孔的心也渐渐终于见了阳光，渐渐释然。自此之后，当她卸下全身戒备与他相处时，两人志趣相投，惺惺相惜。

可是那又怎样？

一切终究已经太晚，曾经属于她的那个人，三年前已经决绝而去。

日近正午，阳光越发热烈，三人也到了离开的时候。走出墓园，趁章白云去对面马路开车之际，祝儿趴在乔萝肩头小声地说："妈妈，章叔叔请你回国你不回去，那如果今天是爸爸叫你回国呢？妈妈，你会答应爸爸吗？"

乔萝身体猛然一颤，望着祝儿眼中不可抑止的期盼神色，长久沉静无澜的心还是微微一痛。

章白云陪乔萝母女在西切斯特郡用了午餐，又将她们送回纽约。因第二天约了芝加哥的合作伙伴谈事，章白云在乔萝家略坐了一会儿，便离开去机场。告辞之前，他再度邀请乔萝回国经营秋白的山庄，说国内的同事会把山庄的资料发到乔萝邮箱，让她有时间详细看一看，不管她有什么决定，等下周他从芝加哥回来，两人再商议。

乔萝低头将祝儿吃冰激凌沾的一嘴的奶油仔细擦干净，再抬头面对他时，总算松了口："好的，我会考虑，等你回来再说。"

乔萝领着祝儿将章白云送到公寓外，等章白云上车离开后，乔萝依然站在路边，静静地看着对面的那座大理石教堂。毒辣的阳光下一切事物都是反光的，看得久了，她才觉得眼睛刺痛。

她闭了闭双目，眼前一片昏暗。

祝儿担忧地拉拉她的手："妈妈，你怎么了？为什么看着那个教堂发呆？"

"没什么。只是看教堂旁边的草地铺上白纱地毯很好看，好像是谁要举行婚礼呢。"乔萝笑了笑，拉着祝儿，慢慢走回她们的公寓。

回到家，乔萝上网查了工作邮件，在电脑上记录下这几天嘉时美东分部需处理的工作内容，又打了几个电话询问公司这季拍品北美征集的动向。她在忙碌的时候，祝儿也没闲着，趴在一边安静地画着画，嘴里哼哼唧唧的，乔萝忙完停下来仔细听，才发现原来她是在背一首宋词。

"伫倚危楼风细细，望极春愁，黯黯生天际。草色烟光残照里，无言谁会凭栏意？拟把疏狂图一醉，对酒当歌，强乐还无味。衣带渐宽终不悔，为伊消得人憔悴。"

乔萝听着她完整地背完这首词，难免震惊不已。这孩子虽然来了美国三年，触目所及、耳中所听都是英语。为让她不忘汉语，乔萝平时亲自教她识辨一个个方块字，诗词这块乔萝也教了几首简单易学朗朗上口的，但总觉得博大精深的古文对孩子的启蒙来说太早，也从没有逼她熟读唐诗宋词，只是不知道她是从哪里学来的这首词，竟能将柳永笔下拗口的用词念得如此纯熟。

"祝儿竟然会背这首词啊，妈妈都不会呢。"乔萝含笑柔声问，"谁教你的啊？"

祝儿撇撇嘴似乎不屑，却又不敢直面她的问题，哼哼唧唧地说："这算什么啊，我还会很多呢。"她小手支额想了想，嘴巴一张，诗词随口而出："平生不会相思，才会相思，便害相思。还有还有……昨夜西风凋碧树，独上高楼，望断天涯路。"

难道我家祝儿是个文学天才？或是个语言天才？乔萝又迷惑又欢喜，可是等下一秒目光瞥到她笔下的画，细细一望，欢喜和迷惑散去，一切皆明了。

那幅画上是一个人，虽然五官抽象了点，但也可以从旁边写的"Dad"

字样辨出那人是谁。

乔萝不再说话，看着祝儿慢慢画完那幅画，听着她嘴里不时冒出的诗词，表面看似平静，心里却已经如潮汹涌。

晚上母女俩吃了饭，正要出门散步，客厅里的电话响起。祝儿飞快地跑过去接起，听到那边传来的声音，高兴地说："奶奶，你来美国了？"说着朝乔萝瞥一眼，眼中的期待和渴望不言而喻。

祝儿在客厅叽叽喳喳地和电话那边的叶楚娟说话，过了一会儿，放下电话，飞奔过来，抱住乔萝的腰："奶奶说明天接我去她那儿住几天。可以吗，妈妈？"

"当然可以。"乔萝摸着她的脑袋，微微一笑，"我去帮你收拾衣服。"

瞧，他还是不肯亲自面对她。每次的借口不是叶楚娟便是叶晖或者其他亲友，总是通过别人来接走祝儿，却从不肯有一次走到她的面前来，亲口问问她：可不可以？愿不愿意？能不能够？

想必，他从来没有原谅过自己，祝儿念的那些诗词，大概也只是他一时兴起，自己何必这样想入非非？

往年所有的情分，早就因为那些年自己的自作自受灰飞烟灭了不是吗？

临时接到叶楚娟要接人的指示，母女俩也不出去散步了，回房间收拾衣服。

祝儿坐在乔萝身边，看她一件一件细致地叠着衣服，眼睛忽闪忽闪的，突然问："妈妈，你知不知道有个童阿姨总是跟在爸爸身边啊？"

乔萝手下略顿，摇摇头："不知道。"

"妈妈，那个女人是爸爸的同事，也是个律师，好像挺厉害的。"祝儿一副小大人般的忧心模样，"妈妈，你说爸爸会不会和她结婚啊？"

乔萝继续摇头："不知道。"

祝儿对她提起江宸时一成不变的回答有些气馁，又说："妈妈，我刚刚在电话里也听到了那个女人的声音，奶奶好像在和那个女人吃饭。"

乔萝听到这话忽然沉默下来，静静叠完一条裙子，放到行李箱里，这才说："是吗？"

见她的态度终于有所改变了，祝儿很高兴，似乎看到了什么希望，安慰她："妈妈你别担心，奶奶肯定不会喜欢她。"想想觉得还不够，她又补充："我也会叫爸爸不要喜欢她。"

乔萝柔声说："你爸爸喜欢谁，那是他自己的事，你是个孩子，这些大人的事你别多管。"

"可是……"祝儿又纠结又委屈，也很不理解，"他是我爸爸啊，你是我妈妈啊，爸爸和妈妈为什么不在一起呢？"

乔萝叹了口气，抱住她说："是妈妈对不起你。因为妈妈做错了事情，爸爸还没有原谅妈妈。所以……我们不在一起。"

祝儿在她怀中轻声问："那妈妈你为什么不去道歉？你道歉了爸爸就会原谅你。"

乔萝静默良久，才缓缓说："妈妈犯的错……不可原谅。"

（3）

第二天上午叶楚娟过来接走祝儿，乔萝也正好得空去加州拜访了一位老收藏家，观摩了他家中近千的藏品。这位老收藏家姓沈，是早年赴美的华裔，在美国收集了不少古董画作，其中不乏流落海外的明清精品。乔萝花了三天的时间软磨硬泡，这才成功说服老沈与嘉时达成独家长期合作的意向。

Chapter 11
一如初见

　　第四天一早，乔萝兴冲冲地拿着合同去找老沈签约，他却说正好下午他有个律师朋友要来拜访，合同等那人看过再签也不迟。既然如此，乔萝也没有催促的理由，便在老沈的陪同下继续研究那些藏品，同时也耐心等待他的律师朋友出现。

　　吃过中饭，老沈年纪大了要去午睡，乔萝独自坐在花园里整理资料。四周碧草如茵，硕大的太阳伞遮住了明媚的阳光，却遮不住微风徐徐、花香扑鼻。乔萝闭上眼睛，一时也有些贪睡，便窝在沙发里微微眯了会儿。

　　梦中依然有旭日光华，竟牵引着她恍惚梦见了十数年前，冬日江宅那道泛黄的身影。

　　那是她人生最为慌张失措的一次，心跳失常，手脚发软。那时的少年靠得那样近，额头相抵，呼吸相缠。那是她人生中第一次如此亲密地感受异性的气息——温暖干燥而又蠢蠢欲动，一如此刻拂面的清风。

　　她身不由己地在褪色的画面中沉沦下去，等她睁眼醒来，看到手表上显示的时间，匆匆起身时，却发现身上滑下一条薄毯子。

　　乔萝有些窘迫，明明是来谈工作的，却不小心在别人家的花园贪睡了一下午。

　　她拿着毯子回到屋子里，听到书房里老沈声如洪钟，正满含笑意地说："江老还真是费心了，知道我喜欢这些小玩意，还让你特地从国内给我带来。其实我这些天正思量着回国看看呢，人这一辈子，不管走得多远，到最后这故土情结真是割舍不下。尤其是我们中国人。"

　　老沈说这话时颇有感慨，书房里静默了片刻，随即飘出另一人的声音："沈老回去看看也好，国内变化翻天覆地，怕是您在这里想象不到的……"

　　入耳的声音清凉如水，虽是久违，却从不陌生。乔萝听着，脚下忍不住后退了几步。

　　原来老沈的律师朋友，是他。

正当她错愕时，书房门骤然拉开，老沈笑容满面地领着一人走出。乔萝来不及回避，愣愣地对上那人的目光。他面色淡淡，喜怒愈发不形于色，看起来比往日更沉稳了几分，只眉眼依然是那样的矜持骄傲。

她看着他，说不出的苦涩蔓延入心。

这是三年没见的江宸。

"小乔醒了？可是我花园的鸽子打扰了你的清梦？"老沈笑呵呵地打趣着乔萝。

"来，来，虽然是第一次见面，但也别这么拘谨。"老沈开始热络地介绍两个年轻人，"小乔，这就是我跟你说的那个律师，姓江名宸。小宸啊，你别看这姑娘年纪轻轻，却已经是嘉时拍卖在美国的负责人了。她姓乔，单名一个萝字。"

"乔小姐。"江宸淡然点头，"幸会。"

乔萝抱着薄毯站在那里，也说了声："幸会。"

老沈十分不满他们这样的见面礼，皱着眉说："现在的孩子都是这样行事的？初次见面都不握个手？"

江宸目光里这才有尴尬闪过，和乔萝对视一眼，两人只得递出手去，他的掌心一片冰凉，她的掌心沁满冷汗，微微一碰，迅速分开。

老沈这才说："都坐吧，我们说说那合同的事。"转过头看着乔萝："你把合同给小宸看看吧。"

"好。"乔萝拿过包中的文件夹，递给江宸。

为了让文物回流，又为了以老沈在北美收藏圈的身份今后能呼吁更多收藏家与嘉时合作，拟那份合同时，乔萝和凌鹤年报备过，已就相关条款做了极大的让步。江宸看过后也并没有多说什么，简单明了地对沈老说了合同中的几个注意点，示意他戴上老花镜——看了，这才将合同递还给乔萝，让他们双方签约。

Chapter 11
一如初见

签完约，乔萝准备告辞，沈老却并不放她离开，说要为了表达合作成功的欢喜，要开瓶酒庆祝。

乔萝无法推辞，只得留下。沈老亲自去酒窖里选酒，留下江宸和乔萝坐在客厅里相对无言。

已过三年，虽然当初两人相处不言不语惯了，但是今天这样的相逢和相处难免还是有些尴尬。

江宸眼睁睁看着老沈乐颠颠下楼，烦躁地揉了揉额头，心里已经知道这沈老头一来一去搞的是什么名堂。他记得清楚，当年他和乔萝结婚时，虽然老沈那天临时有事没有参加，但沈家作为江家世交，绝对是收到了邀请函的。

婚函上"江宸、乔萝"四字写得清清楚楚，这老头还莫名其妙地搞刚才那么一出初见握手的名堂。

江宸又想起江润州这次托他带来给老沈的礼物，心中越发笃定，这次他和乔萝在这里意外相见，必然是两个老头合作的阴谋。

他在这边想得明白彻底，可怜乔萝却依旧糊里糊涂地坐在那里，想要开口和他说话打破沉默，却又找不到合适的话题。

终于还是江宸先出声："祝儿入秋就要上小学了，你选好学校了吗？"

说到祝儿，乔萝全身才松懈下来，轻声说："这事我正想和你商量。"

"商量？"江宸冷冷扬眉，"难得。"

乔萝不管他话里话外荆棘扎人，平静地说："我想让祝儿回国去念书。你的意思呢？"

江宸的脸色瞬间有些不快："你又要抛下她一人在国内？"

乔萝看着他："我和她一起回去。"

江宸一直无温的双目这才有了一丝微澜，随手取过一本杂志，胡乱翻着："回去念书也行，我在国内的时间也比较多……方便照顾些。"

事情就这样敲定，接下来两人就祝儿又扯了不少话题，乔萝看着心不在焉翻看杂志的江宸，终于轻轻松了口气。

隔日乔萝回到纽约，刚到家里便接到章白云的电话，说他那边的事提前结束，约她晚上一起吃饭，顺便商量山庄的事。

乔萝在晚上如约到了章白云说的餐厅，停车时不经意看到前方一道修长的身影。她盯着他的背影细细看了看，确定是那人后，不禁苦笑一声——他们这几天还真是有缘，处处能相逢。

岂料进了餐厅发现还有更巧的事，双方的餐桌竟靠在一处。

章白云和江宸是认识的，对望时自然有些惊讶。章白云顾忌乔萝和江宸之前的婚姻关系，私下找侍者换座位，却被告知：餐厅这个时段所有座位都有预订，不能随意更换。

章白云正思量着要不要换家餐厅时，身旁忽有一道香风飘过，一个笑容明丽、衣着精致的女子在江宸的餐桌旁落座。

那女子坐下后便伸手按着江宸的胳膊，笑着说："对不起，我刚把伯母和祝儿送回家，来晚了。"

"没事。点菜吧。"江宸抽出手臂，将菜单递给她。

章白云见他们举止如此亲密，鬼使神差地打消换餐厅的想法，边喝着水，边耐心地等待乔萝的到来。

十五分钟后，乔萝才姗姗来迟。

在章白云对面坐下后，乔萝顺着他的示意看一眼旁桌的人，遇到江宸和那女子讶异的目光时，她却不动声色地笑了笑："这么巧？"

江宸皱了皱眉，目光在她和章白云身上一扫而过，随即收回。坐在江宸身边的童依依远没有他淡定，自她看到乔萝，脸上的笑容就有些僵硬，目光

Chapter 11
一如初见

闪烁更是复杂，听到乔萝的招呼，江宸不理，她却不得不接过话来："竟然在这里遇到乔总，确实巧。"

乔萝上下打量她一眼，笑着说："许多年没见了，你变化不少。对了，之前常听祝儿说你对她照顾有加，多谢了。"

"没关系，这都是应该的……"童依依见她脸上笑意忽深，心中不知为何骤然发虚，看一眼身边的江宸，突然有些说不下去。

乔萝笑着和她点点头，便收回目光，和章白云一起点了餐。

开胃菜很快上来，章白云给她和自己倒了红酒，碰杯之后，章白云问："邮件你看到了吗？"

"看到了。"乔萝想着之前在邮件上看到那山庄复古大气，笑起来眉眼弯弯，"那山庄真是美轮美奂，你肯定费了好多心。"

章白云在这事上丝毫不愿揽功："你难道不知道秋白画的图纸都在那模型的底座下，我不过是依着他给出的框架加工而已，没费什么心。"

乔萝笑笑不言，低头抿了一口红酒。

章白云又说："我就知道你一定喜欢它。怎么样，考虑好了没有？这次跟我一起回国？"

乔萝听着这话笑意微敛，下意识地看了江宸一眼，见他正和童依依谈笑风生，飞扬的眉眼是她多年未见的，不禁失了神。

她良久没有回答，章白云抬起头，恰见她目光中毫不掩饰的怅然之色。

他心有所觉地看一眼身旁那桌的两人，忽然提高声音笑道："对了，这次回国你大概能见到我妈。她对你可期待很久了，这次正好见见。"

一旁的笑谈声淡下来，江宸骤然沉默，童依依独自说了会儿话，便也无趣地停住。

乔萝压低声音对章白云说："你胡说什么啊，我见你妈做什么？"

章白云也靠近她耳边低语："别忘了，我妈也是秋白的姑妈啊，她对你确实是久仰大名，可别辜负老人家的愿望。"

他突然这样亲近，乔萝不适地避开几分，也不再说话，埋着头只顾吃。等到她察觉身边那桌异常安静时，这才恍然明了他刚才的言行，抬头瞪他一眼：你是故意的？

章白云耸耸肩，意味深长地一笑。

江宸的忍耐力比章白云预料得要更深，他的沉默与异常也是一时，随后依然神情自若地与童依依交谈，只是神色再不复先前的神采飞扬。

章白云将乔萝送回家，两人站在公寓楼下相对沉默了片刻，乔萝才满怀歉意地开口："对不起，白云，山庄那件事……"

"我知道你的心愿了。"章白云温和的语气里再无执着，"我不会再勉强你。"

"谢谢。"乔萝的感激并无掩饰，"秋白有你这样的朋友，是他的幸运。我知道那山庄在你手里，会比我管着更为合适。"

"或许吧。"章白云微微一笑，突然伸臂抱住乔萝，在她耳边说："江律师的心里还有你，你心里亦有他。现在一切还不太晚。我也很明白，当年你答应给我三年时间，并不是为了秋白，而是为了避开江律师，可这三年，你心心念念着他，如今见到，又怎么不好好把握这次机会呢？人生并不是只有一次机会。小乔，别任性。"

乔萝恍惚片刻，才说："想不到你也能说出这样的话。"

章白云低声说："我这是代秋白说的。"

乔萝想起，秋白当初劝她接受江宸成为朋友的话。

……

"谁和谁是一类人呢？这话既老成又偏激，不是你该说的。小乔，为什么不给别人与你成为朋友的机会？"

"我已经有你了啊。"

"人难道只能有一个朋友吗？小乔，别任性。"

……

乔萝心里一疼，偎在章白云的怀里，听着他胸口热烈而健康的心跳，她微闭双眸，心怀感激与虔诚："谢谢你，白云。谢谢你，秋白。"

还有——再见，秋白。

章白云离开后，乔萝在楼下站了许久，才拖着沉如灌铅的双腿回公寓。公寓里的走廊下有男子静默孤立的身影，他的脸掩映在路灯背光处，看不清晰，唯见他的目光寒冰浮动，让人轻易看出那潮涌般的怒气。

"你曾说你不会再爱，我相信了，我也放手了。"他在昏暗的走廊中冷笑，"刚才那一幕的难分难舍又是什么？你是不会再爱，还是朝三暮四地滥爱？"

乔萝慢慢走到他面前，抬起头，看着他的面容，才觉得有多久没有这样细细看过他。

"阿宸，不是这样的。"她慢慢地说，"三年前，我就已经告别过去。"

她对着他满是疑惑的目光，清楚地说："三年前我就已经明白，我此生最不能错过的人是谁。只是我错了太多，活该你不能原谅我。连我自己也不能原谅我自己。这三年里我不停地逃避，只因自知没有资格待在你身边，更没有办法去求得你的原谅……阿宸，如今，你能否原谅我？"

江宸在黑暗中沉默不言，似乎并无所动，可那双眼睛如寒星湛光，碎冰融化之后，透出久远而又熟悉的曦光。

因叶楚娟周日下午才会把祝儿送回来，上午时乔萝起床早了些，信步走到对面的大理石教堂，跟着一众教众步入殿堂，坐在长椅上祷告读经。

那晚江宸并未给她答复，她鼓起勇气的剖白，被他沉默以待。他将她送回公寓便告辞离开，头都没回。

牧师今日宣讲的是《圣经》以赛亚书四十四章，乔萝一如既往安静地听着牧师讲述主的宽恕与厚德。

她喃喃道："主啊，你真的能救赎我的过错，如厚云消散，如薄云灭没吗？"

她低声说的是中文，两边洋人自然听不懂，万能的主自然也不会回答她，却不妨听到身后冷冷地传来一人的声音："你从不回头，如何知道你的过错到底有没有被磨灭？"

乔萝怔住，僵愣了好一会儿，才转过头。教堂的光线虽昏暗却圣洁，清清楚楚照着他的五官。

她恍恍惚惚以为自己是在做梦。

"我涂抹了你的过错，象厚云消散；我涂抹了你的罪恶，如薄云灭没。你当归向我，因为我救赎了你。"他望着她，如此平静地说。

早课做完后，两人一前一后走到教堂外的草坪上。不远处白纱飞扬，欢呼雷动，一对年轻男女正在此处举行婚礼仪式。

阳光已经浓烈，江宸信步走到树荫下，望着那边正热闹进行的婚礼，目色沉沉，也不知在想些什么。

"你……"乔萝跟着他走到这里，迟疑片刻，终于鼓足了勇气问，"你刚刚的话是什么意思？"

"听不懂吗？"江宸淡然地说，"你以前可不这样笨。"

他从不正面回答人的癖好又来了，乔萝硬着头皮说："你原谅我了？"

"原谅你什么？"江宸笑了笑，"是原谅你当初既不签离婚协议，也不通知我，一声不吭带着祝儿就来了美国？还是原谅你这三年从没有低头的时

Chapter 11
一如初见

候？"

　　"你……"乔萝皱眉，正要说什么时，却见那边哄闹声大起，女孩子们拥着新娘朝这边的树荫下跑来，是新娘抛出的花球飞向了这边。

　　乔萝只觉白色的花影从头上飘忽而过，下一瞬间，耳中便是众人齐齐倒吸冷气的声音。

　　她转过头，看到花球挂在树枝上，在细碎的阳光下摇摇晃晃。

　　她不禁和江宸对视一眼，两人不约而同地想起了八年前如出一辙的一幕。

　　此刻那些追随花球的年轻女孩蜂拥而上，围在他们身边，不甘地看着高悬树枝上的花球，交头接耳地轻声讨论，说这是不是不好的兆头。

　　"当然不是不好的兆头。"江宸忽然出声，拉着乔萝的手，朝花容失色奔来的新娘笑道，"我们结婚那次花球也落到了树上，不过我们感情一直很好，这些年来一如初见。"

　　初见？乔萝心中一动，转头望向他。

　　江宸握着她的手，微笑："那次的狭路相逢，你还记得吗？"

　　"从未忘记。"乔萝望着他的眉眼，在往事倏忽飘过脑海之际洞悉了毕生所求的心愿，嘴里轻声念道："策英气杰济，猛锐冠世，览奇取异，志陵中夏。割据江东，策之基兆也……"

　　江宸皱了皱眉："我还是孙策？"

　　"你不是孙策。"乔萝的双眸在阳光下璀璨生辉，嫣然笑道，"我也不是小乔。"

　　他静静地看着她，片刻，欣然而笑。

　　乔萝恍惚觉得，这是当年飘摇的柳枝后，那俊美绝伦的少年对她暗中展开的笑颜。

▶ **秋白番外·浮世欢**

他缓慢地用颤抖的手摸着自己微弱跳动的胸口，漆黑的眼前异光闪烁，模模糊糊，他隐
约看到，那光影勾勒的是青阁的窄巷、河边的小楼、他的少女。

秋白认识乔欢是在那年费城华人留学生的新年酒会上。

自从出国以来，秋白独来独往惯了，往年并不参加类似活动，只是这年情况有些特殊。一个星期前梅非奇带着孟茵回瑞士复诊，秋白因课业繁忙而留在美国。若是几年前，秋白是绝对不放心让孟茵和梅非奇单独在一起的，但是这几年的海外生活让这个七零八碎的家渐渐有愈合的趋势。梅非奇对秋白虽然还是很冷淡，但至少表面不再嘲讽漠视，甚至在秋白收到沃顿商学院的录取通知书后，梅非奇也让他开始接触梅氏在美东分部的生意。甚至有一日，梅非奇让他将孟姓改回了梅姓。

秋白从来对梅非奇敬畏有加，梅非奇既已抛出橄榄枝，他自然不会违逆抗拒，于是父子之间坚冰虽未消融，表面关系却相处和睦。但最令秋白欣慰的是孟茵如今的状态，许是远离故乡、不再睹物思人的缘故，孟茵在持续的治疗下精神越来越好，抛去旧日记忆不说，渐渐地也能谱写些新的琴曲。

送走梅非奇和孟茵的那天，秋白开车从纽约回费城的路上，接到了章白云的电话。

章白云在电话那边一如既往的气虚声弱、咳嗽不止，断断续续说了他打电话的缘由。

两天前，原来的新年酒会筹备主席因家中变故急急回国撂下担子，底下的学弟学妹一时找不到名望相当的人主持这次活动，于是都来撺掇章白云接手。章白云冷面热肠，受不住他们的苦苦哀求，便接了这个烫手山芋。

章白云虽然身体弱，做事却雷厉风行，迅速定了活动场地和酒会餐饮后，开始筹划酒会上的节目。空白的节目单攥在手里，他能想到的第一个人选便是秋白。

　　章白云是秋白唯一的好友及远房表兄，既然他开了口，秋白自然不能拒绝，只是担心他的身体："你咳嗽怎么越来越重了？身体怎么样？这酒会的事能交代下去的尽量交代下去，你一个躺在医院的人何必操这份心？"

　　"我每年秋冬都这样，习惯了。"章白云在电话那边剧烈咳嗽一通，有些自嘲地说，"难得我还能被人这样惦记一回，发挥余热也是应该的。再说了，以我现在的身体，这热闹是经历一回少一回了。"

　　秋白无话可说，也知道自己不是能劝动他的人，便答应下来，回到费城后力所能及地为章白云的活动统筹搭把手。

　　根据章白云送来的酒会节目单上，秋白要在酒会上表演的节目是《梁祝》的合奏。与他合作的是宾大一位来自中国的交换生，叫乔欢。

　　也姓乔。

　　秋白看着纸上那个"乔"字，说心中没有触动那是不可能的。

　　因酒会的表演不过是留学生们的自娱自乐，非专业也非正式，彩排走台并没有必要。于是秋白第一次见到乔欢，就是在五光十色的舞台上。

　　她从左边上台，他从右边上台。双方在台上匆匆一瞥便各自去乐器后的位子上坐下。她弹奏钢琴，他抚弄古琴。

　　双琴相映，中西合璧，表演倒是行云流水，十分默契。一曲弹完后，台下掌声热烈，纷纷怂恿他们再来一曲。乔欢向来不是羞怯的女孩，大方起身对着台下鞠了一躬，走到秋白身边轻声问："你能弹《春江花月夜》吗？"

　　《春江花月夜》是首古筝曲子，转成古琴有些难度。但秋白只是想了一下，点点头说："你主，我辅。"

　　"好。"乔欢嫣然笑着，坐回钢琴后。

　　婉转清丽的曲子随着钢琴声铺泄满堂，秋白在心不在焉的抚弦中，恍惚想到了青阊镇那张笑意盈盈的脸庞——

"小乔，为什么想学古琴？"

"古琴很好听。"

"古琴悦心，古筝才悦耳。"

"可是你的确弹得很好听啊。"

他现在弹的琴曲大概是好听的，不然台下不会如此鼓动再来一曲。可是他如今弹得再好又如何呢，听众毕竟不是她，也将再不会是她。

他如此想着，心头异样苦涩，指下拨弦愈发散漫起来。

初见的一眼中，秋白对乔欢并没有特别的印象。只是当两人下台后他将古琴装盒时，听到身后有人喊了一声"小乔"，心才彻底颤动。

他回过头，看到一个眉眼风流的男孩子不知何时来到后台，站在乔欢面前，笑容热烈，言语殷勤："小乔学妹钢琴水平不可小觑啊，这次表演真是精彩！对了，我们那桌还空了个位子，一起？"

"好啊。"乔欢很是随和，转身看到秋白若有所思望来的目光，又微笑着对那男孩说，"不过学长还是叫我大乔吧，我还有个妹妹，她才是小乔。"

"原来你还有个妹妹？"男孩子眼睛发亮，"这世上真的有大小乔啊？你妹妹肯定也是个大美女喽。"

乔欢一笑，不置可否，只是看着秋白收琴的动作，似是无意地说："小乔每次收古琴也都要用绸布罩着琴弦，倒是和梅学长习惯一样。"

秋白止住手中动作，朝她看了一眼。

乔欢笑意深深："只是我那妹妹平时比较懒，这些年也没有个严厉的老师指导她，弹的曲子远远不如梅学长。"

秋白望着她，仍旧沉默。那男孩子顺着这话说："你妹妹会弹古琴？看来是个古典美女啊。"

乔欢含笑瞥了男孩一眼，不急不缓地说："我妹妹有喜欢的人了，学长别太惦记。"

秋白这才苦笑了一声，对二人说："你们聊，失陪。"

他独自走到前面的酒会大堂，在章白云那桌略坐了一会儿，便说明天要和导师探讨论文，先回了寓所。

章白云见他有些罕见的失魂落魄，想要追去询问缘由，可酒会这边又少不了他这个主心骨，权衡再三，还是坐定不动。

次日章白云去秋白的住处找他时，发现满屋充斥着浓烈的烟酒味。秋白面色苍白，精神恹恹，开了门后就躺在沙发上闭眼休息。

章白云实在受不了屋子里的味道，边开窗透风边骂："你疯了？又喝酒又吸烟！到底有什么想不开的？"

秋白揉着额角一言不发。

以章白云对他的了解，他素来沉稳温和，并不是行事鲁莽举止放肆的人，这样饮酒吸烟，只怕是心中郁结迟迟难解的缘故。

"是不是为了那个乔萝？"章白云皱着眉，想着当年在瑞士接到的那个电话。电话那边的女孩声音那样小心翼翼，隔着汪洋大海、半个地球，他那时即便还不十分通汉语，却也能体会她语气中十万分的期待与紧张。

章白云又想到当时秋白逼迫自己对那女孩撒谎后的颓废，冷着脸说："我就不懂了，既然相互惦记相互喜欢，为什么你不去找她？还让她找不到你？"

秋白沉默良久，才在章白云的重重咳嗽中涩然说："你不明白。"

"我当然不明白！"章白云怒其不争，气血一乱，咳嗽这时再也停不下来，断断续续地骂他，"我从小就想要个健康的身体却不能，最看不惯的就是像你这样肆意折腾身体的人！身体是父母给的，是他们辛辛苦苦拉扯你长大的，你凭什么这样糟蹋？"

秋白番外
浮世欢

父母……秋白听到这个词心绪翻腾激荡，苍白的脸色骤然发红，似被人戳了痛处难以自制，终于恼羞成怒。他抚着额头从沙发上摇摇晃晃地起身，看着章白云，想说些什么，却又难以启齿。

章白云惊愕地看到秋白的眼里飓风席卷，深如冰潭。

最终章白云叹口气，拍拍秋白的肩："秋白，若是爱而不得，你也要学会放下。"

章白云硬撑着忙过新年酒会，操劳几天，新疾旧疾齐齐发作，不久又住进了医院。他这样频繁的住院终于引起了大家的注意，有好事者打听到他有先天性心脏病，宣扬开来，引得前来探病的同学络绎不绝。

被人在医院瞻仰来瞻仰去，每每收到的还总是饱含怜悯同情的目光，章白云再性淡的人也开始恼怒，自然不会对来探望的人有好脸色。

也唯有秋白来陪他时，他才能耐下心来聊几句。

这天秋白在图书馆查完资料，又到医院来看章白云时，遇到了被护士拒绝在病房门外的乔欢一行人。

乔欢等人手上提着水果篮，对着护士好说歹说却依旧被堵在门外。可秋白一来，那护士却自动侧过身去让他推门。乔欢等人见了，这才知道探病也是亲疏有别，神色都很尴尬。

秋白将门打开一半，想想又回头，拿过他们手上的水果篮，说："这些我带进去，你们的心意我会转告白云。医生叮嘱他现在要静心修养，你们都先回去吧，等出院后，见面的机会多得是。"

他言语温和，面带浅笑，所有人先前的不忿和怒气都被抚平。

乔欢看了大家一眼，微笑着说："是我们考虑不周，那就拜托梅学长了。"

秋白点点头，拿了东西独自进入病房。

"是不是又是一群人堵在门外？"章白云皱紧眉头，脸色极差，"这样成天来吵闹，不知道的人还以为我立马要魂归西天了。"

秋白笑道："你别不知好歹，他们也是仰慕你关心你，才过来探望的。"

章白云重哼："一群目中无人、自视清高的家伙，知道什么是关心？不过是高高在上惯了，正借此发挥他们博大的胸怀施舍同情呢。还仰慕？我看不如说凭吊。"

见他态度如此乖戾，秋白也懒得再劝，只感慨地说："来了美国后，你中文大有进步。"

章白云冷冷地横他一眼："难不成你刚知道我是天纵英才？"

秋白听到这句话忍不住一笑。

章白云按着绞痛的胸口又叹气："也是本人太有脑子，上帝才给了我这样一颗心。中国有句古话叫'情深不寿，慧极必伤'，是不是就是这个意思？"

情深不寿——秋白的心事被触碰，脸色微微一僵。

章白云看到他的脸色便知不妙，忙将话题扯开，说起梅非奇和孟茵就要从瑞士回来，又问他梅非奇离开前交代他处理的梅氏项目进展如何。

相比秋白的后天努力来说，章白云才是真正的有商业天赋。秋白回过神后，将所有事事无巨细跟他说了一遍，请教章白云的见解。

章白云对他的虚心自然不吝点拨，两人聊了半天，等到天色将晚，秋白才从医院离开。

乔欢坐在医院楼下的草地上，无所事事地将手中的杂志翻了一遍又一遍，才终于看到秋白从大门里出来。她收起书跑到他面前："梅学长。"

秋白看着她跑得气喘吁吁的模样，有些诧异："你怎么还在这里？"随即他又明白过来："你在等我？"

"是啊。"乔欢抿着嘴笑，"学长方便的话，能不能让我坐一次顺风

秋白番外
浮世欢

车？"

她的要求突然而莽撞，不过秋白这样脾气的人几乎从来不对人说"不"，他也隐约知道乔欢故意等他的缘由，淡然一笑："走吧。"

坐上车，两人先是一阵沉默，然后乔欢按响了车上的音箱，流畅空灵的轻音乐缓和了气氛，乔欢这才开口问："学长在国内家乡是哪里啊？"

"S市。"

"我妹妹小乔也是来自S市呢。"乔欢顺理成章地将乔萝引出来，又恐秋白误解了这句话，接着解释，"我们家是离异家庭重新组合的，我跟着爸爸，小乔跟着妈妈。也是我们有缘，我们都姓乔，像是天生就注定是一家人。"

她既然开门见山，秋白也就不遮遮掩掩，点点头："我知道。"

"你知道？"乔欢却仿佛很讶异，深深看了一眼秋白，说："我一直以为小乔口中念念不忘的秋白姓孟。"

她把"念念不忘"四字说得深刻，秋白却似乎毫无所觉，温和一笑，不置一词。

他态度淡漠而又疏远，明显是不想就此事往下讨论。乔欢却不想半途而废，她咬咬嘴唇，轻声说："你知不知道乔萝一直在找你？"

秋白唇边的笑浅淡了三分，回答："知道。"

"你……"乔欢对他此刻的态度充满怀疑，想了良久，才问，"你是不是不喜欢她？所以逃避她？"

秋白唇边的笑终于全然消散。他平时对谁都是和颜悦色，看起来是再清雅温润不过的人，可是现在他面容紧绷，眉眼冰凉，紧抿的唇角更是透着说不出的冷厉，让乔欢看着不寒而栗。

她的问题秋白最终没有回答，此后一路秋白也没有再说话。

这是秋白和乔欢的第二次见面，两人对彼此最初还算良好的印象，因这事而坏了几分。

秋白第三次见到乔欢，是在纽约一条大道的公寓楼下。他那时刚好有事在纽约逗留了几天。

时值初夏，天朗气清，他从咖啡厅里见过朋友出来，准备去附近的中央公园散散心。谁料顺着脚下的这条街转个弯，便看到那个女孩子静静地站在公寓楼下，修长的脖颈高高扬起，望着楼上不知哪一层，眼中满是伤痛。

秋白脚下滞了滞。

之前两次他看到的乔欢都是巧笑嫣然、明艳夺目的，他以为她和乔萝不同，是个被父母宠爱着无忧无虑的姑娘。可是眼前的乔欢背影这样孤单固执，神情又是这样伤感无助，平素张扬的美丽此刻棱角全无，让他心中莫名觉得不忍。

他鬼使神差地走到乔欢身后，拍了拍她的肩膀。

"乔欢？"

车水马龙的异国街头骤然听到有人叫自己的名字，乔欢吓了一跳，转过头看到是秋白，忙掩饰了神色微笑道："梅学长，怎么这么巧？"

"是巧。"秋白抬头朝公寓楼上看了看，"你在等人？"

"不是，不是。"乔欢突然有些窘迫，抬手将脸庞边的长发捋到耳后，"这栋公寓楼外建筑很漂亮，一时看入迷了。"

秋白也不点破，看着渐渐沉落的夕阳，似是随意说："时间不早了，我今晚还要回费城。你呢？一起走吗？"

乔欢嘻嘻一笑："好学长，那就让我再蹭一次顺风车吧？"

从纽约开车回费城需两三个小时，好在两人这次关系有所缓和，漫长的路程也就不再那样尴尬。临走前，秋白在街头的面包店里买了两人的晚饭，顺手还拿了一个小巧的芝士蛋糕。

乔欢打开纸袋看到那个蛋糕，虽知他是无意买的，心里却突然感慨万千起来，小声说："其实今天是我的生日。"

秋白笑着说："那我这个蛋糕算是买对了。"

乔欢吃着蛋糕，大概是被甜腻腻的滋味融化了心中防线，便也开始和他倾诉起来："我有个朋友在纽约，我今天是过来找他的，不过他不在家。我等了他一整天，中饭都没吃。"

秋白说："你应该事前和他约好。"

"我……"乔欢有些吞吞吐吐，"我本来想给他惊喜的……"

可是谁料到，他根本就不记得自己的生日，就算一个星期前她打电话和他暗示过几天后会来找他，他也没放在心上。

乔欢又想到，二十岁那年，他特地为了乔萝的生日赶回国。可在她生日那天，他不过是打个电话说了几句祝福的话，又托叶晖给她送了一架钢琴——虽然是自己从小念念不忘的贝森多夫钢琴，她心里却宁愿不要礼物，只要他回来站在她面前给她一个微笑和一个拥抱。

乔欢也知道自己这是妄想，她从很早之前就明白，他眼里心里都是别人，已经没有一寸她存在的余地。可是她也知道，她还有一线生机，那就是乔萝对他费尽心机地讨好从来避退三舍。

只要乔萝不变心，他迟早会失望、会心冷、会回头，会看到她十年如一日站在他的身后。

而让乔萝不变心的源头，却是孟秋白。

乔欢看着身旁这个已经改名梅秋白的男孩，一时思绪沉浮，嘴里的蛋糕也渐渐食之无味起来。

秋白注意到她的目光，他当然不知道她此刻心思百转，只是提醒她："你的手机响了。"

乔欢这才低头掏出手机，看到屏幕上的名字，脸上绽出笑容。

"喂，阿宸……嗯，我去找过你，难得来一次纽约，可惜你不在……今天是我的生日，你还记得啊……那我们下次再聚，你先忙。"

短短几句话，挂了电话，她尽量将伤心和失望表达得恰到好处，连欣喜都是克制的。秋白在旁听着，心里知道她对这个男孩的在乎只怕已经到了战战兢兢的地步。

秋白在心中先暗叹了一口气，嘴里却似随意地问："阿宸？你那个朋友？"

"是啊，他姓江，叫江宸。"乔欢下意识地瞥了一眼秋白，话里有话，"他也是小乔的朋友。"

她和他最后一次通话的声音似乎犹在耳畔："江公子怎么可能是一个人待习惯了，他的朋友那么多。他也不是不会和人交流，而是居高临下惯了。我和他不是一类人，做不成朋友。"

旧日她怨怼的对象如今真的成了她的朋友，而且从乔欢的态度来看，只怕关系还不是朋友这样寻常。

秋白又想起自己前些年回国悄悄去探望她的时候，那个如影随形跟在她身边的男孩，沉默片刻，才笑着说："小乔性子冷淡，不爱和人交往，这个江宸能成为她朋友，想来是对她非常好。"

"他当然对她好！"乔欢冷冷一笑，没有再说话。

秋白觉得他和乔欢其实是同病相怜。乔欢是爱而不得，他更糟糕，是连爱也不能，时至今日，就连曾经美好的小镇回忆也如同刀刃一样，在他忍不住怀念时，一刀一刀切割他的内心。

早在那年得知真相时，他就已经失去了爱她的理由。他除了躲避，唯有躲避。

他倒从来没有想过，会先遇上乔欢。

因那次在车上把话都说开了，华人留学生又是个小圈子，秋白和乔欢三天两头碰到，渐渐也走得近了。秋白和乔欢有对音乐的共同爱好，只要不提

秋白番外
浮世欢

及江宸和乔萝，乔欢性情活泼，秋白随和谦让，两人相处可称默契和谐。

这年春节，乔欢回了一趟国内，回来后精神有些萎靡，很长一段时间眉头紧拧，脸上满是忧愁。她的这种情绪在秋白面前并不掩饰，事实上，秋白不知何时已经成为在美国她唯一可以倾诉的对象。

"她要来美国了。"乔欢告诉秋白，漂亮的眼睛里有光芒闪烁，"她收到了纽约大学、哥伦比亚大学，还有宾大的录取通知书。"

秋白专心看着面前的资料，对她的话毫无反应。

乔欢忍不住又补充："她是来找你的。"

秋白终于抬起了眼帘："你告诉她我在这里了？"

"没有。"乔欢迟疑地说，"我可以告诉她吗？"

秋白微微皱眉，目光落在她脸上仔细看了一会儿，而后轻轻叹了口气，收起书从桌旁走开。

乔欢只当他是默认了，等他走后，拨通了乔杉的电话，婉转说了与当年外婆去世有关的孟秋白就在费城，还是她的校友。

乔杉听完只是淡淡"哦"了一声，乔欢问他会不会告诉乔萝，乔杉说不会，并让她也保守这个秘密。

"为什么？"乔欢惊诧，"难道你不想让小乔高兴？"

"一时的高兴重要，还是一辈子的高兴重要？"乔杉说，"既然外婆当年是因为孟秋白和乔萝的早恋而受的刺激，那么这个孟秋白身上肯定有什么问题，他不适合乔萝。而且……"他话语微顿，平静而郑重地说，"乔欢，我们这个家再也经不起折腾了，如果你还想要这个家，就不要告诉乔萝任何有关孟秋白的消息。"

乔杉语气中的告诫如此分明，乔欢听完死死咬住嘴唇。她突然后悔，在国内吃团圆饭的那个晚上，不管乔萝对她再怎么冷淡，不管她再怎么想看到乔萝思念的模样，关于秋白的消息，她都应该和乔萝提一句的。

乔欢挂断了乔杉的电话，泄气地想：就算现在乔杉阻着拦着，等乔萝来美国，她自然会看到。

可是乔欢也怀疑：即便乔萝来了，秋白会和她在一起吗？他要是不和乔萝在一起，乔萝伤心绝望时岂不是给了江宸一个机会？

乔欢患得患失，对此问题不免想得长远。

这年的春天眨眼过去，初夏来临时又到了乔欢的生日。她不死心再次去了纽约找江宸，乔欢坐在公寓楼下等了整整一天，直到半夜险些被醉酒的黑人男子调戏，她又哭又喊吓走了调戏的人，情绪也同时面临崩溃。

她用力抹着脸上的泪水，想到在乔萝重回北京之前，每年她生日晚会上江宸对她毫无保留的笑脸。

那时的江宸和自己青梅竹马长大，一起读书，一起上下学，一起游玩，一起说笑……

他们有那么多共同的美好时光，却从不敌乔萝回来后在他面前的一个微笑。

乔欢伤心且委屈，泪水控制不住地流淌满脸。她怨恨乔萝，怨恨江宸，同时也怨恨自己——身边追求的男孩子这么多，她为什么仍要把一颗心系在江宸身上，一寸一毫也挪开不了？

真的值得吗？乔欢在哭泣中冷冷发笑。

秋白找来时，乔欢在酒吧里喝得大醉，她还是认得秋白的，抓着他的手又哭又笑。

"秋白……我虽然也曾伤害过她，可是她总能不费吹灰之力夺走我想要的……秋白，我知道你不想和她在一起，我知道你避着她……秋白，乔萝会找到你的，你又要怎样狠心拒绝她？"她心中又恨又不甘，充斥胸膛的怒火将她的理智燃烧殆尽。她浑身颤抖地抱紧秋白，咬着牙说："秋白，我们在一起！"

秋白番外
浮世欢

她的话是疯狂的，声音尖锐激动，没有让人拒绝的余地。

秋白拍拍她颤抖的肩膀，看着她惨白的脸庞上因愤怒而染上并不正常的红晕，说了声："好。"

秋白和乔欢在一起了，和正常的情侣一样，亲亲密密，不分彼此。乔欢甚至从宿舍搬了出来，住入了秋白的公寓。

章白云对于两人的亲近大感困惑，私底下质问秋白："你抽什么风？她是乔欢，不是乔萝！"

"我知道。"秋白回应时面无异色。

章白云按着胸口，倒抽冷气："不知道你们这些心脏正常的人是怎么想的，心意难道能说变就变？它累不累啊？我还当你对初恋是怎么刻骨铭心，原来不过如此。"

秋白只当听不出他的嘲讽，轻轻一笑："白云，不是你和我说的吗？爱而不得，唯有放下。我对乔萝，这辈子都爱而不得，我甚至连一丝希望也不能给予她。"

乔欢不也如此吗？

盛夏之季，秋白从乔欢嘴里听说了乔萝到达美国的日程。

"我们去机场接她好不好？"乔欢挽着秋白的胳膊温柔地说，"毕竟我是她姐姐啊，是她在这里唯一的亲人。"

她唯一的亲人？

是我，不是你。

秋白淡然垂目，在电脑屏幕显现的报表上一行一行输入冰冷的数据。

乔萝到达的那天，他终究是和乔欢去了机场。不为别的，只因他知道这一天逃不过去。有些伤痛，迟到不如早到。

他从不知自己能这样狠心，能够当着她苍白的脸色和绝望的眼神表现得如此自然。与她重逢相见的场景他预演了一遍又一遍，每次想想都痛彻心扉，可是真正面对时，他的灵魂却能徜徉千里之外，让他的冷静与淡然绝无一分拖泥带水，仿佛，他和她的过去真的烟消云散、不值一提。

总归，他能这样无动于衷地目送别人拥着她离去；总归，没人听见他心碎的声音，让他能在黑暗的角落里悄悄舔舐那些不为人知、耻为人知的伤痛——甜蜜而痛苦的，罪孽而快活的，爱着她，远离她。

那天的晚会上，他与乔欢撤回后台，他甚至连衣服也来不及换，便离开后台，寻找乔萝，却发现她已经狼狈离开。他不放心，跟在她身后，看着她哭泣，看着她痛苦，看着她答应了江宸的求婚。

只可惜，相较于他这样愁肠百转的暗自折磨，乔欢的痛苦却是摆在脸上且无法克制的。她的痛苦在听闻乔萝和江宸的婚讯时达到巅峰，并彻底爆发。

"她爱的是你。"乔欢在去往纽约参加婚礼的路程中喃喃不已，"她利用他刺激你。秋白，你真的甘心吗？你就这样把乔萝放走吗？"

"他们结婚和我有什么关系？你别多想。"秋白耐心安抚她。

"他们为什么结婚你心知肚明！"乔欢冷笑，"她在日记里写得很清楚，她从小就喜欢你。即便分离，她对你的感情也越来越深刻。这样钟情于一个人，能在来了美国后短短两个月就改变？"

秋白皱着眉沉默不语。

乔欢喃喃地道："不行，我要去阻止她！她不能这么自私，自己不快活，也要让阿宸一辈子痛苦吗？还有，你怎么办？秋白，你怎么办？"

"你怎么知道江宸会痛苦？"秋白已脸色铁青，"乔欢，别人的事不需我们插手。"

"如果我非要插手呢？"乔欢愤愤不平时，忽感车身一晃，抬头看到秋白骤然掉转方向，尖声问："你干什么？你往哪里开？"

秋白望着远方，叹了口气："也许我们不应该去参加婚礼。"

"我们一定要去……秋白！"乔欢见秋白在逆方向的道上越开越快，忙探身去拉扯方向盘，"你把方向转回来……"

"你干什么？"秋白在她的拉扯下失去了对方向盘的控制，大惊失色时，恰看到对面岔口驶来的卡车，喝道："乔欢，放手！"

"砰"的一声巨响震耳欲聋，身体在倾覆的车身中剧烈翻腾，眼前骤然一片黑暗。周身的血液都在控制不住地往外流淌，呼吸也变得艰难。

他缓慢地用颤抖的手摸着自己微弱跳动的胸口，漆黑的眼前异光闪烁，模模糊糊，他隐约看到，那光影勾勒的是青阁的窄巷、河边的小楼、他的少女。

风声中突然传来瑟瑟琴声，是小楼上、竹帘后、灯光下，她不知疲倦的弹奏。

"秋白，我今天想学《凤求凰》"。

灵魂飘出身体的刹那，他想起了自己教会她的最后一首曲子。

愿言配德兮，携手相将。不得于飞兮，使我沦亡。

不得于飞兮，使我沦亡……秋白突然轻笑。

于这一刻，生死之际，浮世成云，大梦初醒。

恋 / 著

原来圣保罗不悲伤

SO
SAO PAULO
IS
NOT SAD

比圣保罗更悲伤的异国爱情，
比巴黎更浪漫的小说。

唯有相信爱情的人，
才能在这里看到爱情的美丽！

这是一本你值得读十次的小说，当
你读完它，你会邂逅你的挚爱。

要好好活着，
因为你会死去很久很久。

内容简介：

栾欢自小失去母亲，生活窘困，随后幸运地被母亲的初恋
情人李俊凯收养，并和他的儿女结下了深厚的情谊。伴随
着李若芸救下的男人容允桢的出现，他们的生活开始出现
了变化，感情也逐渐决裂……救了容允桢的是李若芸，嫁
给容允桢的却是栾欢……

可怜的少女栾欢，在遭遇失去母亲的困窘之后，随后的幸
运接踵而至。少年李若斯的倾慕，还有遇见的容允桢，让
她实现了现实版本的人鱼公主梦。可是这一切，都建筑在
她小心翼翼守护的秘密之上。也许，到真相大白的那天，
她会变得一无所有，但那些被小心翼翼存储起来的回忆会
伴随着她度过漫长的余生。

幸运的少年容允桢，意外被救之后，遇上了心仪的少女栾
欢，为了彼此的幸福，他向她求婚。然而这一切，都建筑
在他的隐瞒之上，他的心底隐瞒着一个不为人知的秘密。
到最后，当她选择离开他时，他才知道，自己早已无法自
拔地爱上了她。